U0068210

閱讀

渡也

白　靈——
江寶釵
黎活仁

主編
總主編

總主編序

黎活仁

　　2005 年，香港大學中文學院有志於新詩研究者得單周堯主任支持，與徐州師範大學（2012 年改稱「江蘇師範大學」）、武漢大學文學院簽訂「中國新詩研究合作計畫」備忘錄（2005.7.4），為期十年，於兩岸舉行過瘂弦（2005）、鄭愁予（2006）、洛夫（2007）、余光中（2008）、周夢蝶（2009）與商禽（2010）研討會，以上是為十大詩人系列；之後，又有蕭蕭（2010）、白靈（2010）、唐文標、林煥彰（2011）、隱地（2011）、向陽（2011）、羅智成（2012）與路寒袖（2013）等討論會。到渡也（2015）為止，達十五位，十年之期也剛好屆滿。

　　明道大學周夢蝶研討會，不期而會者二三百人，極一時之盛，我校大二大三諸生亦破格應邀，得以多見幾個筵席。周夢蝶其時久臥在床，未便遠行，會後隨白靈伉儷驅車登高望遠，越山得故張學良將軍宅，已為茶寮，翩翩蝴蝶，猶著舊時裳，徘徊不忍捨去。

　　新詩系列研討會如是演變為培訓本科生平台，復旦、明道、台中科大，江蘇師大等均遣子弟前來演練，共析疑議，《閱讀白靈》與《閱讀向陽》多刊本科生制作，是為特色。

　　依時下通例，學者得發表論文，以評職稱，至於謀篇，得心領神會，無師自通，未必如郭靖楊過，獲高人指點，打通任篤二脈，論劍乎華山。台中科大林金龍院長有見及此，數年間與江蘇師大等學府，舉行本科生會議，面授諸生機宜，苟能持之以恒，必能移風易俗。

「渡也國際研討會」主題演講（2015.5.1 鄭振偉副院長攝）

1990 年，簡政珍和林燿德編有《臺灣新世代詩人大系》，入選作家二十四位，即蘇紹連、簡政珍、馮青、杜十三、白靈、渡也、陳義芝、溫瑞安、方娥真、王添源、楊澤、陳黎、向陽、徐雁影、苦苓、羅智成、夏宇、黃智溶、初安民、林彧、劉克襄、陳克華、林燿德與許悔之等。夏宇為後現代主義先驅，曾入選十大，聲名藉甚，世論如積薪，後來居上，亦名符其實，無出其右。林燿德與杜十三同遊岱宗，遂成絕響，其餘各家，二十年人事幾番新，各領風騷。白靈、向陽、羅智成、渡也諸位，簡、林均有論列。

小提琴：葉哲睿博士（維也納音樂暨表演藝術大學小提琴博士）
鋼　琴：葉舒婷女士（嘉義合唱團伴奏）黎活仁攝

事緣台中科技大學語文學院與應用中文系與臺灣文學館、香港大學、復旦大學、廈門大學等十數單位聯合舉辦「2013 楊逵、路寒袖國係學術研討會」（2013 年 3 月 8 日），渡也教授應邀擔任講評，有緣於下午茶歇閒聊，承惠充玉成。渡也國際研討會撰述人至三十多位，中正大學台文所江寶釵所長指揮若定，亦屬事實。

時下的學報多數位化，內容小眾，多兩三頁輕薄短篇，而論文集仍得符合市場經濟，所謂防患於未然，軟硬兼施，各顯神通，作會前審訂，或以評職稱誘因，交學報發表，以此作一篩選，汰其蕪雜，未嘗不可。

所謂不外乎人情，難免網開一面，或聊備一格。如是適足彰顯佳作之精妙絕倫。此亦即阿 Q 精神，自欺欺人。

話分天下大勢，兵家以制空權優先，至於人文科學，則取決於思辯。後現代哲學家羅蒂有先見之明，以為花旗學術不好哲理，長久如此，必唯法國馬首是瞻，淪為附庸。吾國經濟舉足輕重，人文科學以新大陸即附庸

為依歸，取法乎其次，觀羅蒂所論，彼邦漢學亦有所蔽。辛亥凌替，理科看不起文科，外國文學看不起中國文學，中國文學看不起哲學，哲學又看不起教育，風俗衰怨，一至如此。

誠欲凝聚微力，發揮事業，巴什拉四元素詩學中譯陸續問世，有利授業解惑，張娟老師亦《空間詩學》粉絲，乃整合福柯「異托邦」之論，欣然命筆，文長五十紙，若宿成者。實《空城計》諸作功臣。

蜀地社科院游翠萍老師亦有起予之句。子曰：「未知生，焉知死」，國人諱言身後事，游女史以渡也直面禁忌，空花陽焰，非相非非相。儒術於我有何哉？孔丘盜跖俱塵埃，寂然凝慮，慧境圓照。觀游女史所論，非泛泛之談。

昔夫子欲居九夷，又曰：道不行，乘桴浮於海。喪亂以來，民離散相失，適用放逐飄泊之論，張放教授導乎先路，覃思有年，所為鄉愁文學研究都為一集，詳其源流，體大思精，宜置諸左右。渡也屢以屈原自況，王升孟凡珍忼儷傷春悲秋之論，足見《流浪玫瑰》諸作，得騷人之旨。2005年於武漢有瘂弦研討會，遊故里秭歸，白靈後有詩記其事，乘興而去，興盡而返，奚事刻舟！詩人於兩岸阻隔之際，得貴州偷渡茅台，即呼朋引伴，沉吟到汝爾，乃不知有漢，無論魏晉。十年前得以參訪貴陽，黔地房產全國第二，而人均收入亦倒數次位，未因山中千日醉得蒙膏沐，父老早賦歸去來，石田草屋荒蒼苔。

歸去來兮，狐死必首丘。陳氏祖上世居澎湖，族人有四方志，池塘竹樹，廢而為丘壚，春秋佳日，風雨如晦，瞻彼舊鄉，豈不愴恨。

《閱讀渡也》初集十篇，成書於研討會之前，初稿交三位學者作糊名盲審，之後，區區逐字覆核引文，因得以先睹，至感榮幸。又研討會過程，實有賴中正大學台文所江寶釵所長、許劍橋老師、研究助理黃千珊女士大力協調，謹在此致以萬分謝意！

《閱讀渡也》

目　次

《閱讀渡也》

Contents

渡也詩與迷宮*

■黎活仁

作者簡介

黎活仁（Wood Yan LAI），男，1950 年生於香港，廣東番禺人。京都大學修士，香港大學哲學博士。現為香港大學饒宗頤學術館研究員。著有《盧卡契對中國文學的影響》（1996）、《林語堂瘂弦簡媜筆下的男性和女性》（1998），另擔任《閱讀白靈》、《閱讀楊逵》、《閱讀向陽》、《國際村上春樹研究　輯一》、《國際魯迅研究　輯二》、《國際村上春樹研究　輯二》總主編。

論文提要

阿達利（Jacques Attali, 1943- ）《智慧之路——論迷宮》（*Labyrinth in Culture and Society: Pathways to Wisdom*）一書，對迷宮的類型作了概括，並加以說明。本文據這本書的論述，研究渡也詩中的女性、遊戲、八陣圖和微型空間。渡也愛情詩的數量比較多，故女性與迷宮的素材，也較為豐富。

關鍵詞：渡也、女性、迷宮、八陣圖、微型空間

---

* 本文研究得到福建省哲學社會科學基金專案「臺灣中生代華文詩歌的多維研究」（2014B061）資助，謹致謝忱。

一、引言

　　本稿準備以阿達利（Jacques Attali, 1943- ）《智慧之路——論迷宮》
（*Labyrinth in Culture and Society: Pathways to Wisdom*）有關迷宮的理
論[1]，對渡也詩作一研究。

二、女人

　　女性與迷宮的關係，見於埃利希・諾伊曼（Erich Neumann, 1905-60）
《大母神：原型分析》（*The Great Mother: An Analysis of the Archetype*[2]）
的論述。弗洛依德弟子蘭克（Otto Rank 1884-1939）的「出生受傷」（the
birth trauma）說嬰兒從母體脫離誕生的過程，其中的劇烈震動，留下在嬰
兒的記憶之中，人類常常想著回到子宮這個樂園（reunion with mother）[3]。

（一）女性與容器

　　弗洛依德以後，影響最大的精神分析家是容格（Carl G. Yung, 1875
-1961），而諾伊曼又是容格的首徒，《大母神：原型分析》論證了集體無
意識之中，如果擬人化的話，是一位女性，一位母親，換言之，人類思維
的主宰，是一位偉大的母親，容格心理學在中國，仍算流行，但不是普及
到嘭嘭上口的常識。迷宮與女性的生殖功能有關，子宮是生與死的空間，
無意識回歸子宮，回歸未誕生的狀況，即沒有生命的時空，就相當於死。
諾伊曼特別引茱亞德（John W. Layard）的歸納以為談助：迷宮的主要原
型特徵是：1）.總是與死亡和再生；2）.總是與洞穴（極或是建造的居所

---

[1]　雅克・阿達利（Jacques Attali 1943- ），《智慧之路——論迷宮》（*Labyrinth in Culture and Society: Pathways to Wisdom*），邱海嬰譯（北京：商務印書館，1999）。

[2]　埃利希・諾伊曼（Erich Neumann 1905-60），《大母神：原型分析》（*The Great Mother: An Analysis of the Archetype*），李以洪譯，北京：東方出版社，1998。

[3]　Otto Rank *The Trauma of Birth* (New York: Harper & Row 1973) 192.

有關）；3）.迷宮的主持人是一位女人；4）.想進入迷宮取勝的，都是男人[4]。也就是說女陰是迷宮的入口[5]：

　　渡也詩比較重要的，是寫他與幾位女性的戀情。前述茉亞德之論，迷宮有可能以建築物的形式出現，在渡也則是把女友比喻為一座城，所謂情場如戰場，比作攻城也是合理的：

　　　　我想妳就是三國蜀人諸葛亮／鎮守在高高的西城上／悠閑地彈琴／自在的琴聲中並沒有／暗藏兵器／這樣，我想妳就是企圖讓我猜測／妳城裏囤積了用不完的／情／取不盡的／愛／／

　　　　這樣，我豈可效法魏人司馬懿／不戰而退／我一定要帶領三十萬大軍／闖進城裏／勇敢地／把妳以及妳綿綿的情愛／擄走／／

　　　　率軍入城／我才發現城中竟然／一無所有／甚至妳／也不在城內／我才發現，原來　妳是最難攻打／最難抵抗的一座／空城／／

　　　　茫然的我已不再猜測／棄劍立在風中並且開始幻想／幻想妳早已派遣大兵／在空城四周團團包圍我的一生／哎，既然中計，既然失策／即使能成為妳的俘虜　也是好的（渡也，〈臺灣榕樹〉，《空城計》[6]）

另外有一首〈棄城〉，城自動失守之後，卻不知何故放棄了，重返之時，但見已變為蕪城：

　　　　十五年前，嚴冬／我決心攻城／雖然護城河很廣，很深／牆高三千丈／／

　　　　我下令攻城／並未攜帶一兵一卒／以及任何武器／我只率領幾十封情書／和一大群愛／妳的城便被我俘虜了／／

　　　　今年春天我返回城裏／回想十一年前／我離城的情景，並且感到／抱歉／護城河乾了／城牆病倒了／妳在那裏？／妳在那裏？

---

[4]　諾伊曼　179。
[5]　阿達利　107。
[6]　渡也，〈空城計〉，《空城計：渡也情詩集》（台北：漢藝色研，1998）8。

／我大聲喊／荒煙蔓草從四面八方／洶湧而來（渡也，〈棄城〉，《空城計》[7]）

〈暴君焚城錄〉是對橫刀奪愛者表示要用攻城的玉石俱焚手段，收復失地，失地即心愛的佳人：

接到密告後／我立刻領十萬大軍／埋伏在妳城外／並且高聲喊／「趕快投降吧／妳已經被包圍了」／早已嫁人的妳／只從城內拋出一段往事還我／我一聲號令／千萬支擁抱著火的箭／便向妳燒過去了／／

熊熊的火／憤怒的愛的暴君／就要去索取妳的宮殿／妳的倩影／我就要教世上最痛的一場大火／到城裡去／迎娶妳的一生（渡也，〈暴君焚城錄〉，《手套與愛：渡也情色詩》[8]）

（二）航海

「迷宮之路永遠是夜海遠航的開端」，「男性追隨著太陽，沉落到吞噬的冥界，沉落到恐怖母神的死亡子宮。導向危險的旋渦的迷宮之路」（《大母神》[9]）應該說明的是，古代人看到夕陽西沉，以為太陽是去了地獄，去了黑暗的國度，死者的冥界，到早上又再誕生。太陽在茫茫大海西沉，如同大航海，進入大地的子宮。年輕人談情說愛，到沙灘漫步，看著晚霞，然後海誓山盟，也是常有的事，〈妹妹〉一詩寫兩人在海邊談分手，心情像太陽沈下去：

最苦楚最無奈時／我一定要帶妳去海邊／看潔白的浪花結合又揮手分離／看潮汐滾滾湧向我們的一，生／又頭也不回地奔到遠方去／／……

7　渡也，〈棄城〉，《空城計》　28。
8　渡也，〈暴君焚城錄〉，《手套與愛：渡也情色詩》　56-57。
9　諾伊曼　179。

最痛心最難忍時／也只有這樣坐在一起／在遼闊的淡水海灘上／看蒼老的夕陽在海平線／看我們依偎坐在即將沈下去的／夕陽心中（渡也，〈妹妹〉，《空城計》[10]）

於集體無意識中就回憶起迷宮，如下的〈魚〉，就寫這種相擁作慾海夜航的的情色詩：

也只有在夜晚／燈冷卻以後／我們才能開始發熱／開始泅泳／在沒有水的河床／我奮力游入妳生命深處／為了讓妳也能游入我的一生／讓我們這無鱗無鰭的／兩尾魚／邂逅彼此的春天／〈有斑鳩在草叢中不斷地啼叫〉／並且在黑暗而又滾蜜的草叢中／互贈因感激而流下來的／水／然後斑鳩停止歡唱／我們分離／為了下次的泅游／／

也只有在夜晚／燈冷卻以後／所謂生命的意義／在乾涸的河床／才能獲得圓滿的闡釋／因為我們都從河床來／子子孫孫也從河床來／因為世界／也是（渡也，〈魚〉，《手套與愛：渡也情色詩》[11]）

《大母神》說，迷宮出現於埃及的死者審判和古代原始祕儀，在現代人的心理發展進程也會出現。「在午夜時分，在死者的國度，在夜海航行的中途」，會出現「裁決降臨的時候」，故「迷宮具有危險性」[12]。渡也〈兼愛非攻〉是寫幾個女人爭風呷醋，對他進行責難。春秋時代的墨家主家「兼愛非攻」，因為提倡非攻，故對守城的戰略甚有研究：

我在研究兼愛的思想／並且實踐這套理論／阿桃卻站在我心的邊緣地帶／哭得墨子束手無策／阿桃指責王蘭花搶走她的地盤／搶走了我的心／那株蘭花動手抓破阿桃的果皮／後來李小梅也加入／兵荒馬亂之中／在我小小的心裏／製造一個愛的／春秋戰國／／

---

[10] 渡也，〈妹妹〉，《空城計》　10。
[11] 渡也，〈魚〉，《手套與愛：渡也情色詩》　114-15。
[12] 諾伊曼　179。

　　　　她們一起打破了墨子的哲學體系／我彷彿聽到／墨子揮汗高聲急呼／非攻非攻（渡也，〈兼愛非攻〉，《空城計》[13]）

（三）打電話

　　德里達說電影、電視、電話之類的聲音再生產，大大增加了幽靈的因素[14]。利蘭・萊肯（Leland Ryken）《聖經文學導論》（*A Literary Introduction to the Bible*）說：呼語（Apostrophe）是「用以稱呼實際上不在場的人或擬似的物」，以下是該書舉的例：「神的城啊，有榮耀的事乃指著你說的」（〈詩篇〉87：3[15]）；「我的心哪，……你要稱頌他的聖名」（〈詩篇〉103：1[16]）[17]。

　　保羅・德曼（Paul de Man, 1919-83）〈失去原貌的自傳〉（"Autobiography as Defacement"）[18]，以擬人法虛擬死者的聲音，虛擬的聲音以「呼語」呈現[19]，「從呼語到一個缺席的、死亡的，或者不具聲音的實體的虛構」，並「假定了後者進行回答的可能性」[20]。把佳麗當作女神來供奉，是熱戀的癥候，語音即邏各斯，邏各斯最早的定義是神的聲音，把佳人的邏各斯奉若神明，在兩情相悅，失去理智之時，未必是壞事，應視為人生的一個階段；因愛情的神聖，以至佳人的「呼語」就有著宗教感情那麼的崇敬[21]。

13　渡也，〈兼愛非攻〉，《空城計》　120。

14　安德魯（Andrew Bennett, 1960- ）、尼古拉（Nicholas Royle），〈幽靈〉（"Ghost"）《關鍵字：文學、批評與理論導論》（*An Introduction to Literature Criticism and Theory*），汪正龍、李永新譯（桂林：廣西師範大學出版社，2007）133。

15　《聖經》（《新舊約全書》〔和合本（神版）〕），（香港：香港聖經公會，1999）722。

16　《聖經》　733。

17　萊肯（Leland Ryken），《聖經文學導論》（*Literature of the Bible*），黃宗英譯（北京：北京大學出版社，2007）169。

18　保羅・德曼（Paul de Man, 1919-83），〈失去原貌的自傳〉（"Autobiography as Defacement"），李自修譯，收入《解構之圖》，保羅・德曼著，李自修等譯（北京：中國社會科學出版社，1998）195-98。

19　德里達（Jacques Derrida, 1930-2004），《多義的記憶──為保羅・德曼而作》（*Memoires for Paul de Man*），蔣梓驊譯（北京：中央編譯出版社，1999）37。

20　德曼　198。

21　魯道夫・奧托（Rudolf Otto, 1869-1937），《論〈神聖〉：對神聖觀念中的非理性因素及其與理性之關係的研究》，成窮、周邦憲譯（成都：四川人民，1995）；吳福友，〈「神聖」之永恒魅力──對《論神聖》一書的解讀〉，《金陵神學志》2

相好不在場，即各在天一方，於是有感於「芙蓉如臉，柳如眉」[22]，像幽靈無處理在，還有在耳邊迴響著的呼喚：

> 早晨我喝豆漿／妳浮在碗裡／午覺醒來／我對鏡梳髮／妳坐在鏡裡／晚上我在燈下讀書／妳躺在書裡／我把燈熄去／妳亮在黑暗裡／我急急閤上眼／妳站在我眼裡／我睡著時／妳醒在我夢裡／／
>
> 這樣／日夜不停／跟隨我到北部／七年來／被我遺棄在南方的妳／從沒閤過眼／不曾微笑過／總是帶著淚痕／躲在每個深夜的電話裡／低聲對我說／「回來好嗎」（渡也〈回來好嗎〉，《手套與愛：渡也情色詩》[23]）

電話是渡也讀大學時最時麾的溝通工具，當然現在有了互聯網，方法多樣化了，阿利達說因為有可以拒絕不接電話的可能，而讓電話變得像迷宮[24]，〈喂〉是寫女性在睡夢中，還來不及醒過來長談，或故意不講話：

> 深夜突然／投入一枚等待十多年的／銅板／電話響了，好久／她才接／似乎剛自一個夢裏／剛從某一男人的體溫中／突然醒來／／
>
> 「還記得我吧」／我拿出十幾年前的聲音／再度使用／她淡淡地回答／「喂」／我問她／「好嗎」／
>
> 又是一聲／「喂」／／
>
> 深夜突然／放回極度疲倦／極度失望的聽筒／讓她的聲音／讓她的世界／消失（渡也，〈喂〉，《空城計》[25]）

（2005）：177-89；王宗昱.〈評埃利亞德論神聖〉，《求是學刊》4（1993）：30-36。
[22] 白居易，〈長恨歌〉，《白居易詩選》，趙立、馬連湘選注（長春：吉林文史出版社，2000）86。
[23] 渡也，〈回來好嗎〉，《手套與愛：渡也情色詩》　72。
[24] 阿利達　97。
[25] 渡也，〈喂〉，《空城計》　32。

三、遊戲、八陣圖

伊利亞德是容格派的宗教學家,他的神話學是以月、女姓、農耕連成一個體系,並採類似榮格的「集體無意識」的心理學方法。又認為月相的變幻,起支配的作用。《神聖的存在》(*Patterns in Comparative Religion*)[26]說月的周期循環不息,這種生死的節奏,在還沒進入文明時代的人看來,像控制著一些周期性的自然現象,如水的潮汐和下雨),植物的周期(種子、生長、豐收),女性的月事。月神於是主宰著宇宙,編織著周期以及人類的命運,因此月神擬人之時常坐在紡綞車旁邊[27]。

(一)編織

戀愛時會編織綺夢,編毛衣送給男友,男友送對方以絲綢,紗巾,以為信物,並作人生規劃,人生規劃,就是編織人生的美夢。〈詩經衛風:氓〉是重寫《詩經・氓》的內容,本來原詩是諷諭女性不要與男的太隨便,因為容易始亂終棄,吃了大虧。據哈樂德・布魯姆(Harold Bloom, 1930-)的誤讀論,是後世作家於前輩經典,心理上會有著類似「弒父娶母」情結的弒父傾向,一定會加以扭曲、改寫,以謀求創新[28],渡也詩中的男士,變成了對婚姻有所期待,沒有把女的遺棄:

> 除了布與絲的交談是/最溫微的陰謀/夜晚的星星是我們祕密放上去的/但是……你說,鳩在復關/豈僅是一種等待哪/桑還未墜落//
>
> 桑還未墜落/我已急欲將自己織成一方/繫在你車上/飄在你襟上/的一方帷巾/繽紛了三年//
>
> 然後便是無岸的淇水了//

---

[26] 伊利亞德(Mircea Eliade),《神聖的存在》(*Patterns in Comparative Religion*),晏可佳、姚蓓琴譯(桂林:廣西師範大學出版社,2008)第 4 章,〈月亮和月亮的神祕〉,148-74。

[27] 伊利亞德 148-74。

[28] 翟乃海,〈哈羅德・布魯姆詩學研究〉,博士論文,山東師範大學,2012;艾潔,〈哈羅德・布魯姆文學批評理論研究〉,博士論文,山東大學,2011。

除了／緩緩飄落之中，湯湯淇水之外／漸漸轉暗的，一片／桑葉（渡也，〈詩經衛風：氓〉，《空城計》[29]）

在〈一段錦〉，女方為一家人編織著美夢：

她把我們的／害羞，對視／細語和心跳／再加上一些糖／織成一段／錦／／

她把年華縫了又縫／笑聲一律錠放在外／模仿錦花／有皺紋的憂愁只許／藏在內面當裏子／鮮明的顏彩／照亮我／暗的／她自己留著／／

她把我和她／和即將來的孩子／密密縫起來／用她手中看不見的／針／再加上永遠拉不斷的／線（渡也，〈一段錦〉，《空城計》[30]）

〈秋娘〉的女主人公能「日夜紡織」黑紗，無疑是月神，長廊像款款衣帶，是因為如印度人所認為時間在冥冥中是一條條黑色的線，故時間空間，都不過是編織命運黑紗的結果[31]：

回憶年少時也曾暗藏一把溫柔的劍蓄意化裝跟蹤一株身披古典／衣裳的秋菊於潔白如伊款款衣帶的長廊終因伊手上屨瀳的琴音／一如輕飛的花香逼我現身復因深處的一番回眸猝不及防的美麗／將我擊倒還要我仰望伊成一面黑亮的星空緩緩下降並用微微負／氣的髮絲一如伊日夜紡織的黑紗輕輕將我和劍一起覆蓋（渡也，〈秋娘〉，《空城計・秋娘》[32]）

（二）陸地如棋局

「蒼天如圓蓋，陸地為棋局，世人黑白分，往來爭榮辱。」（《三國演義》第37回[33]）。西方古典主義時期，把宇宙想像為一部靜態機器，現

[29] 渡也，〈詩經衛風：氓〉，《空城計》　72。
[30] 渡也，〈一段錦〉，《空城計》　46。
[31] 伊利亞德，《神聖的存在》　172。
[32] 渡也，〈秋娘〉，《空城計》　98。
[33] 羅貫中（羅本，1330-1400），《三國演義》（上海：上海古籍出版社，1995）294。

在大概以「熱學第二定律」來理解，認為宇宙不斷對外擴散，擴散之後不能收回來。古代中國流行蓋天和渾天說，說宇宙好像一個蓋，或一團氣：〈起手無回〉就是據古代的迷宮論，來刻劃下棋的心境：

> 我低著頭下棋／派兩匹儂出征／牠們併肩作戰／塵土飛揚／子彈尖叫，砲彈大吼／／
>
> 楚河對岸有卒受傷／漢界那邊／士、象皆為國陣亡了／似乎歷代將士都在都在這小小戰場／衝鋒、仆倒／為了什麼？／／
>
> 一個年輕人在旁觀看／默默不語／似乎隔了許久／他的鬢髮漸漸霜白／／
>
> 對方想改變攻勢……我說，人生／起手無回／血／在棋盤蜿蜒流竄／為了什麼？／／
>
> 我殺了黑將／
>
> 黑將臨終前／慘叫一聲／來不及留下遺言／我並沒有救他／只有微笑／那年輕人仍然不語，仍然／注視著我／／
>
> 其實，黑方不是輸家／我也沒有打勝仗／那年輕人仍然不語，仍然／注視著鬢髮霜白的我／／
>
> 我一面推進部隊，竟然／想起古代文人／首先想赶坎坷的蘇東坡／後來，陶淵明竟然／在棋盤走動／／
>
> 我擦乾汗／擦乾血／把受驚的兵吁回／把俥偽收回／把主炮收回／讓它們安安靜靜 回到原來的位置，回到／沒有戰火的家鄉
> （渡也，〈起手無回〉，《不准破裂》[34]）

〈俥〉也是以下棋比喻人生：

> 一個俥／在棋盤橫衝直撞，殺賊／擒王的俥／迷失在街頭／他並未在戰場遺失心／遺失了頭顱／他只是躺在二十世紀／燈紅酒綠的鬧區／／
>
> 離開棋盤／等於離開戰場，離開了／家鄉，他神色倉皇／弟兄們一定在尋找他／馬炮兵一定／有的被困，有的／受傷，有的含笑／陣亡／／

---

[34] 渡也，〈起手無回〉，《不准破裂》（彰化：彰化縣立文化中心，1994）210-13。

　　這俥也許在尋找／敵人，將士象車馬包卒／如今安在？／此番是為尋仇而來？／或者敗陣而逃？／是厭倦殺伐、血、炮聲而逃離戰場？／／

　　這孤立無援的／俥來到市中心，來到／人的世界，來到／更大的棋盤／面對人生，抬望眼／前程全是悔恨／下錯一著／只好流浪街頭，任人／踩踏／／

　　何時重披戰袍／再出征啊上楚河漢界／何時與帥會合，救亡／圖存（渡也，〈俥〉，《我是一件行李》[35]）

四、微型空間

　　巴什拉（Gaston Bachelard, 1884-1962）《空間的詩學》（*The Poetics of Space*）說過微型空間反過來變得很大，「渺小之物和廣潤之物是和諧並存的」，「小中見大」[36]，渡也的〈小小江山〉是寫編籠子的工匠，感到自己也不過是住在宇宙的牢籠：

　　我的鄰居／關先生／專門製造且販賣鐵籠／關雞、鴨、鳥 拘、猴、兔、蛇……／堅固耐用／自由亦鎖在籠子裏／而尚未出售的籠子關著／空無／／

　　關先生是我的鄰居／夜以繼日低頭製造／小小監獄，小小江山／他與籠子相依為命／整整四十年／／

　　有一個籠子始終／沒有，亦無法賣出／有一個看不見／巨大的籠子／裏面關著無數籠子／還有一個不斷製造籠子的／關先生／而關先生始終不知道／關先生關在籠中／宛如猴、狗、兔、蛇／／

　　生、老、病、死也都／眼淚和微笑也都／愛與恨也都／關在裡面／／

　　用力掙扎一輩子，渴望／脫離籠子／而這籠子宛如他賣的籠子／牢不可破／／

---

[35] 渡也，〈俥〉，《我是一件行李》　36-39。

[36] 巴什拉（Gaston Bachelard, 1884-1962）《空間的詩學》（*The Poetics of Space*），張逸婧譯（上海：上海譯文出版社，2009）186。

　　我是關先生的鄰居，也是／籠子的鄰居／從小看籠子至今／日以繼夜／看籠子的一生，以及／關先生的一生／似乎哪個籠子也住著一個／我，一個巨大的寂寞／（養在深閨人未識）／似乎，我也在裏面埋首編造／永遠／永遠打不開的／籠子（渡也，〈小小江山〉，《不准破裂》[37]）

（一）壺中天地

　　中國神話，把宇宙想像為一個「壺」，即所謂「壺中天地」，仙鄉就在壺中。《列子‧湯問篇》說東邊海中的三神山，有一座名為「方壺」[38]，《後漢書‧方術列傳下》費長房傳記有老翁，自稱是神仙，傍時份就跳進一個檐上的壺，費有一次隨老翁躍進去，但見陳設華麗，美酒嘉餚無缺[39]。後來建造花園，也以有壺中天地的規劃為理想[40]，以下是〈紫砂名壺〉一詩：

　　明明茶桌上只蹲著一把壺／我打開壺蓋／清朝宜興壺名家全在壺中／製壺／我把壺中的壺蓋一一打開／明代宜興壺名家分別在壺中／泡茶／／

　　茶桌上只蹲著一把名壺／我打開壺蓋／啊，深不見底的壺／我大聲喊／清朝名家陳曼生應聲爬上來／明代時大彬也緩緩爬上來／最後只剩下陸羽蹲在壺底／渾身茶香（渡也，〈紫砂名壺〉，《流浪玫瑰》[41]）

此外，在《留情》也有〈紫砂壺〉一首[42]。後世的燒香用的博山爐，上有三神山，配合燒香的想像[43]。渡也有〈宣德香爐〉一詩：

---

[37] 渡也，〈小小江山〉，《不准破裂》　234-377。

[38] 楊伯俊（1909-92），《列子集釋》（上海：龍門聯合書局，1958）95。

[39] 范曄，《後漢書》（北京：中華書局，1965）2742。

[40] 曹淑娟，〈江南境物與壺中天地──白居易履道園的收藏美學〉，《臺大中文學報》35（2011.12：86-125。

[41] 渡也，〈紫砂名壺〉，《流浪玫瑰》（台北：爾雅，1999）23-24。

[42] 渡也，〈紫砂壺〉，《留情》（台北：漢藝色研文化事業有限公司，1993）52。，

[43] 王龍，〈山東地區漢代博山爐研究〉，碩士論文，山東大學，2013；王燕，〈漢代藝術中的仙山圖像研究〉，碩士論文，中央美術學院，2011；姚聖良，〈先秦兩漢神仙思想與文學〉，博士論文，山東大學，2006；惠夕平，〈兩漢博山爐研究〉，碩士論文，山東大學，2008。

　　傳世五百多年／只為了與你邂逅／／

　　你以手輕敲我，詢問我／我以清脆的古音／回答／你以生命聆
聽，五百多年了／我的嗓子仍然不變／生而為金屬／意志亦須堅定
不變／／

　　明朝不明，清代不清／世間一切都虛偽／只有我才是唯一的／
真理／在骨董櫥中獨對多變的／宇宙／／

　　煎熬五百多年／爐中已一無所有／那麼香味從何飄來？你問
／其實，五百多歲便是一種香／銅綠銹也是一種香／而爐內一望無
際的空／最香（渡也，〈宣德香爐〉，《流浪玫瑰》[44]）

（二）別有洞天

　　小川環樹（OGAWA Tamaki, 1910-93）〈中國魏晉以後（三世紀以降）
的仙鄉故事〉曾經把中國神仙故事，統計出一個敘事模式，其中一個情節
就是穿過一個洞穴[45]，「出生受傷」之後期待「回歸母體」的精神分析，
可為注腳。桃花源正是「別有洞天」的神話，是一個迷宮，渡也有以下一
詩——〈桃花源記——給苗栗育達〉：

　　趁芳草鮮美／我們播下種子／在育達的懷中／八千株樹苗怡
然自得／而且開始做夢／／

　　夢見／遼闊／／

　　良田與美池都說好了／桃花和翅膀都約好了／都要躍昇，成為
／天空（渡也，〈桃花源記——給苗栗育達〉，《太陽吊單槓》）[46]

（三）盤栽的宇宙

　　石泰安（Rolf Stein 1911-99）《盆栽的宇宙》一書，是從中國人的仙
境想像，把縮小到花盆去的園藝，作了一番歸納[47]。不但是盆栽，現在金

---

[44] 渡也，〈宣德香爐〉，《流浪玫瑰》7-9。

[45] 小川環樹（OGAWA Tamaki, 1910-93），〈中國魏晉以後（三世紀以降）的仙鄉故
事〉，張桐生譯，《哲學・文學・藝術——日本漢學研究論集》，王孝廉譯（台北：
時報文化出版企業有限公司，1986）148-56。

[46] 渡也，〈桃花源記——給苗栗育達〉，《太陽吊單槓》（彰化：彰化縣立文化局，
2011）43。

魚缸也有假山，假山是三神山的縮型，模仿「壺中天地」。渡也《落地生根》有一輯寫盆栽的詩，沒有寫到仙山，卻有縮型的千歲老樹：

　　　　你贈予它任何肥料／多少愛／它都願意接納／然後以一批綠色的春天／報答你／／

　　　　你叫粗鉛線誘導它的立姿／要什麼款式／它便伸手給你什麼／在美學與藝術批評之下／所有的根鬚攫住有限的泥土／無限的一生皆隨鉛線的心意／而彎曲／／

　　　　就這樣你使千歲的老榕樹／寓丈凌雲的身軀／宛如一個太平盛世／住在一尺見方的陶盆中／不說一句話地／看盡人來人往／看你花開花謝（渡也，〈臺灣榕樹〉，《落地生根‧臺灣榕樹》[48]）

五、結論

　　人生的未知之數，就像一個迷宮，於是文學自然離不開這個日夕實踐的軌跡。以阿達利《智慧之路──論迷宮》一書為基礎，再配合《大母神》、《神聖的存在》、《盆栽的宇宙》等名著的論述，以為分析。渡也的迷宮，最有特色是把女人比作一座城，戀愛比作攻城，被遺棄的女人比作蕪城。編織的詩，也十分優雅，依伊利亞德的推論，是要表達出宿命論──一切冥冥中有主宰。渡也喜歡古玩，其中壺在中國空間觀，至具迷宮的原理。依上述綜合，渡也寫了很多阿達利意義的迷宮，成為解讀他作品的一個方法。

---

[47]　石泰安（ロルフ・スタン Rolf Stein, 1911-99），《盆栽の宇宙誌》（《盆栽的宇宙》，*Jardins en miniature d'Extrême-Orient le Monde en petit*），福井文雅（FUKUI Fumimasa, 1934- ）、明神洋（MYOJIN Hiroshi）譯，東京：せりか書房，1985。

[48]　渡也，〈台灣榕樹〉，《落地生根》（台北：九歌出版社，1989）149-50。

參考文獻目錄

A

阿達利（Attali, Jacques）.《智慧之路──論迷宮》（*Labyrinth in Culture and Society: Pathways to Wisdom*），邱海嬰譯。北京：商務印書館，1999。

AI

埃利希‧諾伊曼（Neumann, Erich）.《大母神：原型分析》（*The Great Mother: An Analysis of the Archetype*），李以洪譯，北京：東方出版社，1998。

AN

安德魯（Bennett, Andrew），尼古拉（Nicholas Royle），〈幽靈〉（"Ghost"）《關鍵字：文學、批評與理論導論》（An Introduction to Literature Criticism and Theory），汪正龍，李永新譯。桂林：廣西師範大學出版社，2007，128-35。

BA

巴什拉（Bachelard, Gaston）《空間的詩學》（*The Poetics of Space*），張逸婧譯。上海：上海譯文出版社，2009。

CAO

曹淑娟.〈江南境物與壺中天地─白居易履道園的收藏美學〉，《臺大中文學報》35（2011）：86-125。

DE

德里達（Derrida, Jacques）.《多義的記憶──為保羅‧德曼而作》（*Memoires for Paul de Man*），蔣梓驊譯。北京：中央編譯出版社，1999。

HUANG

黃玉燕.〈回憶《神曲》－史上最宏偉的朝聖之詩〉,《校園》49.5（2007）:
　　60-63。

HUI

惠夕平.〈兩漢博山爐研究〉,碩士論文,山東大學,2008。

LAI

萊肯（Ryken, Leland）.《聖經文學導論》（*Literature of the Bible*）,黃宗
　　英譯。北京:北京大學出版社,2007。

WANG

王龍.〈山東地區漢代博山爐研究〉,碩士論文,山東大學,2013。
王燕.〈漢代藝術中的仙山圖像研究,碩士論文,中央美術學院,2011。

RUAN

阮晶京.〈博山爐的歷史〉,碩士論文,中央美術學院,2012。

SHEN

沈宗霖.〈由〈桃花源記并詩〉檢視陶淵明筆下的現實虛構與時空重設〉,
　　《東華中國文學研究》1（2002）:105-31。

SHI

石泰安（ロルフ・スタン, Stein Rolf）.〈盆栽の宇宙誌〉（《盆栽的宇宙》
　　Jardins en miniature d'Extrême-Orient le Monde en petit）,福井文雅
　　（FUKUI Fumimasa）、明神洋（MYOJIN Hiroshi）譯。東京:せり
　　か書房,1985。

XIAO

小川環樹（OGAWA, Tamaki）.〈中國魏晉以後（三世紀以降）的仙鄉故
　　事〉，張桐生譯，《哲學・文學・藝術──日本漢學研究論集》，王
　　孝廉譯。台北：時報文化出版企業有限公司，1986，148-56。

YAO

姚聖良.〈先秦兩漢神仙思想與文學〉，博士論文，山東大學，2006。

YI

伊利亞德（Eliade, Mircea）.《神聖的存在》（*Patterns in Comparative
　　Religion*），晏可佳、姚蓓琴譯。桂林：廣西師範大學出版社，2008。

YU

余哲安（Reynolds, Brian）、謝惠英.〈但丁《神曲》中的女性啟蒙角色〉，
　　《中外文學》32.6（2003）：15-42。

ZHU

朱文信.〈但丁：生命就是偉大的朝聖之旅－讀《神曲・序曲》前12行〉，
　　《新世紀宗教研究》6.2（2007）：163-73。

Du Ye's Poems and Labyrinth

Wood Yan LAI
Honorary Researcher, Jao Tsung-I Petite Ecole
The University of Hong Kong

Abstract

The thesis summed up and explain the typies of labyrinth according to Jacques Attali's book——*Labyrinth in Culture and Society: Pathways to Wisdom*. This thesis analyse Female games eight diagrams labyrinth and micro space in Du Ye's poems according to the book's discussion. There are more love poems so the materials of female and labyrinth are also relatively rich.

Keywords: Du Ye Female labyrinth Eight Diagrams Micro space

渡也詩的嘆老與悲秋

■王升

作者簡介

　　王升（Sheng WANG），內蒙古自治區赤峰學院科技處教授，近五年著有《茨威格小說藝術論》、《西方文化要義》等。

論文提要

　　本文從日本學者藤野岩友於中國文學嘆老與悲秋研究所建立的體系理論，對渡也詩作一深入探討。屈原存世之作執筆之時，年事已高，常有遲暮之思，常常感到要趁有生命之年，立功立名；建功立業的想法受到挫折，就因懷才不遇而悲秋，人生之秋，就是垂暮之年。落葉和白髮，是嘆老文學常用的語辭。由此建立渡也詩的解釋體系。

關鍵詞（中文）：渡也、嘆老、悲秋、時間意識、日本漢學

一、引言

　　〈古詩十九首〉常常因為年老而感傷，詩句的出現的老字很多，成為特色。中國文學的「嘆老」模式研究，是藤野岩友（FUJINO Iwatomo, 1898-1984）《楚辭》學較為著名的一個方面，近年也有中譯[1]後來又對《詩經》的嘆老作了研究[2]，黎活仁對此有較全面的介紹[3]參考稱便。嘆老同時多有「悲秋」之表現，松浦友久（MATSUURA Tomohisa, 1935-2002）《中國詩歌原理》[4]一書也有詳細說明，中國學者或多或少受其啟發[5]。

　　嘆老與悲秋，與屈原（屈平，前 352-前 281）有密切的關係，屈原寫作〈離騷之時已年老，於是十分焦急，想為楚國做點事，沒有因為年老而放棄。渡也（陳佑啟，1953-）很多作品提及屈原，而屈原的忠君愛國，是最大的特色。

　　渡也詠史的長詩，〈最後的長城〉歌頌虎門燒鴉片煙事件的林則徐（1785-1850）[6]，〈宣統三年〉之於熊秉坤（1885-1969）和武昌革命[7]，〈永不回頭的方聲洞〉為烈士方聲洞（1886-1911）[8]樹碑立傳。國家民族的意識，與屈原是類似的。

---

[1]　藤野岩友（FUJINO Iwatomo, 1898-1984），〈楚辭中的「嘆老」系譜〉，《巫系文學論：以《楚辭》為中心》，韓國基譯（重慶：重慶出版社，2005）430-41。這部分有黎活仁的扼要介紹：〈從嘆老到喜老──《詩經》《楚辭》到白居易的演變〉，《香港大學中文學院八十周年紀念學術論文集》，單周堯主編（上海：上海古籍出版社，2009）337-57。

[2]　藤野岩友，〈詩經「嘆老」〉（〈詩經的「嘆老」表現〉），《中国の文学と禮俗》（《中國的文學與禮俗》，東京：角川書店，1976）37-43。

[3]　黎活仁，〈從嘆老到喜老──《詩經》《楚辭》到白居易的演變〉　337-57。

[4]　松浦友久（MATSUURA Tomohisa, 1935-2002），《中國詩歌原理》，孫昌武（1937-）、鄭天剛（1953- ）譯（瀋陽：遼寧教育出版社，1990）。

[5]　黎活仁有以下有關「悲秋」論文：1）.〈秋的時間意識在中國文學的表現：日本漢學界對於時間意識研究的貢獻〉，《漢學研究之回顧與前瞻》，林徐典編（北京：中華書局，1995），上卷，〈文學語言卷〉，395-403；〈洛夫在八十年代末期遊歷大江南北後的作品〉，《中華文學的現在和未來──兩岸暨港澳文學交流研討會論文集》，黃維樑（1947-）編（香港：鑪峰學會，1994）182-91。

[6]　渡也，〈最後的長城〉，《最後的長城》（台北：黎明文化事業公司，1988）44-74。

[7]　渡也，〈宣統三年〉，《最後的長城》　5-17。

[8]　渡也，〈永不回頭的方聲洞〉，《最後的長城》　21-42。

　　《不准破裂》有一組服兵役時的作品，〈國旗〉可為代表，也可屬入愛國詩：「我看到每一個人心裡／生命中／都飄揚一面／國旗／／……在夕暉中／我細小的影子／我細小的影子激動，而且／流下淚來（渡也，〈國旗〉，《不准破裂》[9]）

二、以垂直的空間取消時間

　　巴赫金（M. M. Bakhtin, 1895-1975）《拉伯雷研究》（*Rabelais and His World*）說中世紀的宇宙，仍受亞里士多德（Aristotélēs, 前 384－前 322）的上、下和垂直的觀念影響。中世紀思想和文學創作中，運動帶有垂直性質[10]。時間呈水平方向，評價不高[11]，遊記也不往遠方前進[12]。

　　渡也頗有一些以屈原為題材的作品，看不到嘆老悲秋的字詞。可視為以垂直破壞嘆老悲秋的傳統敘事，達到創新的目的，布魯姆（Harold Bloom 1930-）的「誤讀」[13]就是提倡用這種方法重寫改寫，或說明古代名家就是以這種方法對前代經典作一扭曲，達到不一樣的效果。

　　這些作品，內容是穿越時空，回到屈原的楚國，以改寫歷史，時間可以逆轉，於是變得不重要。寫法如黃易（黃祖強，1952- ）《尋秦記》（1994-96）[14]，《尋秦記》後拍成電視劇，家傳戶曉，主角項少龍（電視劇中是項羽〔項籍，前 232 年－前 202 年〕之父）原為香港警察，因女友別戀，於是接受烏有博士的建議，乘坐時間機器，回到戰國的趙國，協助趙國的公子趙盤，冒充是死去的嬴政（前 259－前 210），期間直接參與秦始皇統一中國的大業，對一些歷史細節作任意改易。眾所周知，威爾斯（H. G. Wells 1866-1946）寫過《時間機器》（*Time Machine*）的科幻小說，膾炙人口，但小說是航向人類遙遠的未來。

---

[9]　渡也，〈國旗〉，《不准破裂》（彰化：彰化縣立文化中心，1994）115-16。

[10]　巴赫金，《拉伯雷研究》（*Rabelais and His World*），《巴赫金全集》，李兆林、夏忠憲等譯，錢中文主編，卷 6（石家莊：河北教育出版社，1998）466。

[11]　巴赫金　467。

[12]　巴赫金　467。

[13]　艾潔，〈哈羅德・布魯姆文學批評理論研究〉，博士論文，山東大學，2011；翟乃海，〈哈羅德・布魯姆詩學研究〉，博士論文，山東師范大學，2012。

[14]　黃易（1952- ），《尋秦記》（香港：黃易出版社有限公司，1994-96）。

（一）以時間機器往來今古的屈原

渡也筆下的屈原故事也作了不少改動；〈屈原之一〉說當年投汨羅江的是影子而已[15]，〈憤怒的屈原〉說屈原要率領江水，改寫正史，把懷王（芈槐，？－296BC）放逐，把令尹子蘭溺死於汨羅江[16]。另一方面，屈原也來到現代，以陌生化的角度，觀察社會現狀，敘述者和屈原，自由來往於古代楚國和今日的臺灣之間，也沒有去什麼地方，正因為運動是垂直的：

> 一九八〇年夏天／我沿高速公路南下／心裡湧動涉江與懷沙／／
>
> 我看到三閭大夫／佩芝蘭以為飾／在路邊／低頭獨行／
>
> 他首如飛蓬如／動亂的楚國／眼中流著哀傷／一看到我，馬上／別過頭去／／
>
> 一九八〇年八月／我默默南下／謫貶我的不是楚懷王／也不是頃襄王／原來是 我自己／／
>
> 一九八七年九月／我終於穿著一襲唐裝／手執黑扇，毅然／離開眾人皆醉的嘉義／離開我心中的汨羅江／帶著屈原，再度／北上（渡也，〈渡也與屈原〉，《不准破裂》[17]）

（二）〈漁父〉與超現實主義的無厘頭對話

布勒東（André Breton, 1896-966）的〈第一次超現實主義宣言〉（"The First Surrealist Manifesto"）說「瘋人的肺腑之言」最有想像力[18]，元曲中比較喜歡重寫〈漁父〉[19]，上面引文也有行吟圖，另外《我策馬奔向歷史》也有〈漁父〉一詩，〈第一次超現實主義宣言〉認為對話最適用於超現實

---

[15] 渡也，〈屈原之一〉，《不准破裂》2-3。

[16] 渡也，〈憤怒的屈原〉，《不准破裂》6-8。

[17] 渡也，〈渡也與屈原〉，《不准破裂》12-14

[18] 布勒東（André Breton, 1896-966），〈第一次超現實主義宣言〉（"The First Surrealist Manifesto"），丁世中譯，《未來主義 超現實主義 魔幻現實主義》，柳鳴九（1934- ）主編（北京：中國社會科學出版社，1987）242。

[19] 廖藤葉，〈元曲中的屈原主題〉，《國立臺中技術學院通識教育學報》5(2011):3+5-19。

主義，尤其是牛頭不答馬嘴的交談最有意思[20]，屈原與漁父的答問，以能無厘頭為理想，看官您看渡也不也有神來之筆嗎？

> 漁父低聲說／如果你是一滴清水／在大濁流中／不要對河流說／「我不是濁的…」／／
>
> 屈原大聲喊／倘若我是世上僅有的一滴清水／在大濁流中／要躍起來對河流說／「我是清的！」（渡也，〈漁父〉，《我策馬奔進歷史》[21]）

渡也強調自己是清白，是他在解嚴後，衝著社會的變化，寫了很多所謂「感時憂國」詩。屈原來到臺灣，看到比戰國還是亂的文壇，而且以陌生化的角度，說對電腦感到好奇，臺灣詩人常常借屈原的視角，觀察工業化的社會弊端[22]：

> 在水底沈睡兩千多年／睜眼已是民國／／
>
> 滿街都是詩人／都以電腦寫詩／他們要他以電腦和鐳射／寫楚辭／連電腦也對他搖頭／／
>
> 如今詩壇／比春秋戰國還亂／凡是新奇就是／萬歲（渡也，〈屈原與電腦〉，《我策馬奔進歷史》[23]）

張大春（1957- ）〈將軍碑〉[24]也是以超越時空的超現實主義，用以諷刺時弊，〈卜居〉就是這種筆法。

三、屈原：渡也的陰影

據容格（Carl Gustav Jung 1875-1961）心理學，陰影來自人格最原始的地方，有邪惡的一面，也有積極的一面[25]，譬如不會文學的農人，某一

---

[20] 布勒東，〈第一次超現實主義宣言〉266。

[21] 渡也，〈漁父〉，《我策馬奔進歷史》（嘉義：嘉義市立文化中心，1995）115。

[22] 林餘佐，〈屈原在現代詩中的抒情召——以羅智成、楊澤、大為例〉，《東華中國文學研究》10（2011）：126-142。

[23] 渡也，〈屈原與電腦〉，《我策馬奔進歷史》135。

[24] 陳正芳，〈魔幻現實主義在台灣小說的本土建構以張大春的小說為例〉，《中外文學》31.5（2002）：131-64。

天會突然寫作不斷[26]。屈原對渡也的影響，除了文學創作方面，就是對政局，也不迴避，多所發言，可視為陰影的作用。

（一）屈原：渡也的陰影

屈原根本是敘述者的陰影，有時見於鏡像（「夜快車上／窗玻璃上的／那人」），陪伴在身邊已三十多年：

在夜快車上／我一面吸煙，一面／注視窗玻璃上的／那人／他也吸著煙看我／一點人世熾烈的火／在他手上／／

我們這樣相對無言／已經三十三年／他的底細／我十分瞭解／今晚他又皺著眉頭／有屈原沿湘水而下的心情／苦笑時／又像極永州愚溪的柳宗元／他在玻璃內獨自生活／三十三年／除了我／沒有人了解他的思想／他的生命／／

在急馳的夜快車上／我一面安慰他一面／吸煙吐煙／煙霧瀰漫／一九八六年春天／煙頭的火／煙頭的生命／逐漸瘦小／他的臉也開始／模糊不清（渡也〈他在玻璃內獨自生活〉，《我策馬奔進歷史》[27]）

（二）魔幻超現實主義：渡也與屈原終於因為受讒而合體

《如影隨形：影子現象學》說影子跟自我對決，常用地震、火山爆發，洪水、山崩等自然現象的破壞力量來顯示[28]，此詩用土石流比喻讒言，渡也因土石流的撞擊變成屈原，與屈原合體。七月初應是夏天，據「悲四時」的發展，悲秋就發展至以四時均感到可悲的時間觀，讒言的破壞，自然是很可悲的事。

25　霍爾（C.S. Hall）、諾德貝（V.J. Nordby）《榮格心理學入門》（*A Primer of Jungian Psychology*），馮川譯（北京：三聯書店，1987）56-61。河合隼雄（KAWAI Hayao, 1928-2007）有《如影隨形：影子現象學》（《影の現象學》，羅珮甄譯，台北：揚智文化事業股份有限公司，2000）56-61。

26　霍爾　57。

27　渡也，〈他在玻璃內獨自生活〉，《我策馬奔進歷史》　50-52。

28　河合隼雄　247。

　　七月初／家家戶戶都出太陽／颱風和土石流卻放話要找我／指名道姓／／

　　家離江潭澤畔很遠／離山更遠／土石流卻堅持要來／吞噬一樓客廳和楚辭／我躲到四樓／土石一腳踢開四樓牆壁／把我撞成屈原／／

　　為什麼？／我請問太卜鄭詹尹／詹尹曰：「土石流並非／並非從山坡河道來／是從人心最黑暗深處來」／原來／是從女同事心中來／原來風風雨雨都聽她差遣／土石流也由她供應（渡也，〈卜居〉，《攻玉山》[29]）

（三）陰影的反撲

　　〈基督教公墓〉內容像〈國殤〉，悼念無名戰士，不過加入西洋的神，和對神的質疑，對氣氛加以破壞，或者是提問人生意義：

　　數千溫和的基督教徒／死後仍不忘來此聚會／來此傳教／／他們全到天國了嗎？／／

　　一名戰士來此公墓沈思／鋼盔下有一顆堅硬的頭顱／頭顱裝滿了／連槍管也裝滿了／戰爭／弟兄全到戰場了嗎？／／

　　一名戰士來此公墓休息／有子彈從他眼前／呼嘯而過／他起立，肩槍，上刺刀／他看到每一個墓碑／都持著一個十字架／每一個十字架／都向天國瞄準／／

　　全副武裝的戰士終於明白／其實，槍並非帝國主義／神／才是（渡也，〈基督教公墓〉，《不准破裂》[30]）

這首詩用說容格心理學來分析，有特別的意義，容格說如果長期壓制陰影的話，陰影會反撲，譬如戰爭就是基督用善壓抑陰影的結果，人類陰影透過殘酷的暴力去釋放[31]。

---

[29] 渡也，〈卜居〉，《攻玉山》　40-41。
[30] 渡也，〈基督教公墓〉，《不准破裂》　128-29。
[31] 霍爾　60。

四、渡也的悲秋與樂秋

秋天之所以感到可悲，據藤野岩友的統計，有幾方面：1）.因為是年老，而更想為國家民族做點事情，表現出積極進取的一面，立功立名，留名後世；2）.因為到了人生之秋，即老年，有感於去日苦多而悲傷，這方面與嘆老結合；3）.看到「搖落」的樹木——葉子都掉下來，因為移情作用，而感到身體的衰敗。

（一）立功立名的儒家精神的表現

《論語》「君子疾沒世而名不稱」（〈衛靈公〉[32]）與〈離騷〉所言「來吾道乎先路」[33]、「及前王之踵武」[34]也就是儒家的「致君堯舜」的理想。並深以不能「立名」而感到憂慮。「時繽紛以變易兮，又何可以淹留。[35]」「汨余若將不及兮，恐年歲之不吾與。[36]」渡也希望青史留名，成為有數的文學家，在〈文學史〉一詩中，渡也提及屈原、賈誼（前 200-前 168）、柳宗元（773-819）、李賀（790-816）等著名詩人，自己跟他們是一個系列——江山之助是渡也的筆名：

> 無數屍體／從眼前漂流而過／有的仰臥，有的／以背部瞄準天空／河水十分興奮／不知他們是誰／／
>
> 後來我發現／每一個屍體都有標籤／／
>
> 屈原賈誼／柳宗元李賀……／迅速流去／／
>
> 沒有吟唱／哎，死後仍不免／流浪／／
>
> 最後一個流過來了／標籤寫著／江山之助（渡也《我策馬奔進歷史‧文學史》）[37]）

---

[32] 洪興祖（1090-1155），《楚辭補注》，白化文校點（北京：中華書局，1983）12。
[33] 洪興祖　7。
[34] 洪興祖　9。
[35] 洪興祖　40。
[36] 洪興祖　6。
[37] 渡也，〈文學史〉，《我策馬奔進歷史》（嘉義：嘉義市立文化中心，1995）79-80。

在〈孤兒〉一詩，渡也要把少作，記述與牧凰初戀的《歷山手記》送進中國文學史：

> 啊，一本乏人關懷的小書／蹲在世上最幽暗的牆角／我向它敬禮，並且／給它最熱列的掌聲／／
> 並且我要用春風將它帶走／帶它到書店外成為即將來到的明天／和太陽見面／和巨大的中國文學史見面（渡也，〈孤兒〉，《不准破裂》[38]）

（二）自由的悖論：〈收割〉的悲秋

作為中國文學教授，文化中國自然在渡也的心理空間有一定位置，〈我從冰箱拿出唐朝〉（《我是一件行李》）可為代表。而身處的臺灣，由於解嚴而自由化，出現政黨輪替，國民黨被民進黨取代，之後，國民黨又奪回政權，選舉像嘉年華會，烏托邦臺灣的自由，如赫勒（Agnes Heller, 1929- ）《現代性理論》（*A Theory of Modernity*）所說：「自由作為基礎也就意味著一切沒有基礎。[39]」取消了預設的宏大敘事之後，「自由的悖論衍生出真理的悖理」，人言言殊，各有各的真理[40]，〈收割〉就是以「悲秋」意識寫這種「全臺灣綻滿千瘡百孔」亂像：

> 這是秋天，收割的季節／全國盛開旗幟的花朵／左一片國民黨的花瓣／右一片民進黨的葉子／前面若站著民進黨的綠／後面必跟著國民黨的藍／相依為命／全國候選人都在政敵耳朵裡生命裡／都在麥克風深處／挖對方的眼睛／掘對方的墳墓／／
> 旗幟也在風中相互刺痛／彼此的傷口／連總統也在台上努力收割／別人的良心／這是秋天，豐收的季節／／像我們的道路／像現在的道路／未來的前途／傷口未癒的我在旗海中感覺／這是愛與民主（渡也_《我策馬奔進歷史》[41]）

---

[38] 渡也，〈孤兒〉，《不准破裂》　90。
[39] 阿格尼絲‧赫勒（Agnes Heller, 1929- ），《現代性理論》（*A Theory of Modernity*），李瑞華譯（北京：商務印書館，2005）26。
[40] 趙司空，《後馬克思主義與後現代的烏托邦——阿格妮絲‧赫勒後期思想述評》（上海：上海社會科學院出版社，2013）99。
[41] 渡也，〈收割〉，《我策馬奔進歷史》　121-22。

前引年輕服兵役時寫的〈國旗〉，面對汪洋的旗海，感到莫名的驕傲和興奮，至於民主選舉的「全國盛開旗幟的花朵」，卻像「相互刺痛」「彼此的傷口」。研究「日常生活」有名的赫勒說，傳統上，家與陌生的地方，是有區別的，但自由的悖論，卻不是固定的，是永遠朝著未來而發展，現代人的家園永遠是陌生，或者回不來的。或有著熟識中的陌生的感覺[42]。

（三）離別詩的悲秋

渡也的著作中，多次提及與牧凰的苦戀，其人後來嫁了人，分手後也不叫什麼凰了，而化作秋菊，也就是把悲秋和苦戀、失戀結合來抒情：

> 那年我們活在彼此的愛裡／妳給我的信／裝滿歡笑的聲音／妳總是記得在結尾／署名牧凰／七年前我離開妳如拋棄一朵花／妳才決心改名為／經霜愈傲的／秋菊／在信中對我流淚／／
> 這七年每晚的夢裡／牧凰總是帶秋菊來找我／仍有微笑溢出／那牧凰的眼睛／而被冷風擁抱的／那秋菊凌亂的髮絲裡／永不止息的／恨／仍在飛動（渡也，〈筆名〉，《手套與愛：渡也情色詩》[43]

與牧凰分手後，似有七年一敘之約，牧凰已有兩歲小孩，但懷抱似有秋意，即苦於病患而消瘦：

> 七年前我曾為妳的倩影作素描／那張素描我只珍藏一年便遺棄了／七年後我們在台中重逢／婚後的妳比秋天還瘦弱／妳懷抱中的男孩已兩歲／用不清晰的語音叫我叔叔（渡也，〈素描〉，《手套與愛：渡也情色詩》[44]）
> 我們在那黃昏的站牌偶然重逢／妳正抱著妳的兒子等末班車／站牌的身影似乎有意掩飾／妳頰上少婦的淚水／我伸手欲阻止秋風撲打妳的黑髮／像七年前那樣／而那猶未懂事的小孩／用長久的哭聲推開我（渡也，〈站牌〉，《手套與愛：渡也情色詩》[45]）

---

[42] 赫勒　266；趙司空　122。
[43] 渡也，〈筆名〉《手套與愛：渡也情色詩》（臺北市：漢藝色研，2001）-64-65。
[44] 渡也，〈素描〉，《手套與愛：渡也情色詩》　68。
[45] 渡也，〈站牌〉，《手套與愛：渡也情色詩》　103。

曹丕（187-226）〈燕歌行〉是以閨怨出名的七言悲秋佳作，以男性作「閨音」，即「陰性書寫」，這裡則從男性的角度，思念別後的戀人。〈怨情——第二首〉（有「娥眉似秋風」之句[46]）、〈舊情〉（有「長成一株秋菊」之句[47]）、〈黑暗〉（有「在秋天裡，熄燈」之句[48]）、〈菊花與劍〉（有「終於在深秋」之句[49]）和〈深秋〉[50]，見於《手套與愛：渡也情色詩》，都是悲秋的戀歌。

（四）蟬的嘆老與樂秋

〈知了〉以蟬喻陶淵明（陶潛，365-427）），說「蟬隨身攜帶一個小口哨／到處舉行快樂音樂會」，如此，與小尾郊一（OBI Kôichi, 1913-2004）對陶詩的詮釋暗合。

> 證明蟬聲擊打人類／多愁的人立刻化成一灘淚水／並且指出，蟬鳴故意在秋天 推銷哀怨／／其實，蟬隨身攜帶一個小口哨／到處舉行快樂音樂會／／
>
> 脆弱的旅人聞蟬想起故園的手／而微小的蟬該想起什麼／三星期的歲月／沒有重量的一生／因此只能學習楊朱的哲學／及時行樂／這摔不破的宿命論／蟬也完全／知了／小時與污泥為青梅竹馬／長大後帶西風在高枝流浪／天地即是最理想的別墅／露水與風／比滿漢全席還甜美／蟬隨身攜帶一個小風琴／到處舉辦袖珍演奏會／／
>
> 動物中的／陶淵明／歸去來兮／在秋天結束營業時／率領所有的動物／包括螳螂和黃雀／包括人類／回歸一個遙遠的／夢（渡也，〈知了〉，《不准破裂》[51]）

---

[46] 渡也，〈怨情——第二首〉，《手套與愛：渡也情色詩》 117。
[47] 渡也，〈舊情〉，《手套與愛：渡也情色詩》 129。
[48] 渡也，〈黑暗〉，《手套與愛：渡也情色詩》145。
[49] 渡也，〈菊花與劍〉，《手套與愛：渡也情色詩》 143。
[50] 渡也，〈深秋〉，《手套與愛：渡也情色詩》150。
[51] 渡也，〈知了〉，《不准破裂》 173-75。

1.陶詩的樂秋

　　小尾郊一指出陶潛（365-427）有「樂秋」的寫法，尤其是歸隱之後，感到一切都很好，十分愉快[52]，和〈和郭主簿〉一詩正是典型的例：

> 　　和澤周三春，清涼素秋節。露凝無游氛，天高風景澈。陵岑聳逸峰，遙瞻皆奇絕[53]。

陶公作品不多，其他名篇具同樣特色，例如：「秋菊有佳色，裛露掇其英，泛此忘憂物，遠我遺世情」（〈飲酒詩〉[54]）、「采菊東籬下，悠然望南山」（〈飲酒詩〉[55]），兩首詩都是寫賞秋菊時那種極為快樂的心情。

2.《詩經》的嘆老與及時行樂

　　及時行樂是《詩經》的嘆老特徵，見於〈秦風・車鄰〉、〈唐風・山有樞〉和〈小雅・頍弁〉都有這種表現。以上的例是說人生苦短，不快樂地過活，或有車馬不善於利用，或不儘情享受一番，就不白白地走一遭了：

> 　　今者不樂，逝者其耋。……今者不樂，逝者其亡。（〈秦風・車鄰〉[56]）
>
> 　　子有衣裳，弗曳弗婁。子有車馬，弗馳弗驅。宛其死矣，他人是愉。（〈唐風・山有樞〉[57]）
>
> 　　有頍者弁，實維在首。爾酒既旨，爾肴既阜。豈伊異人，兄弟甥舅。如彼雨雪，先集維霰。死喪無日，無幾相見。樂酒今夕，君子維宴。（〈小雅・頍弁〉[58]）

---

[52] 小尾郊一（OBI Kôichi, 1913-2004），〈詠秋詩〉，《中國文學中所表現的自然與自然觀》，邵毅平譯（上海：上海古籍出版社，1989）58-61。

[53] 陶潛，《陶淵明集》，王瑤編注（北京：人民文學出版社，1956）12。

[54] 陶潛　52。

[55] 陶潛　51。

[56] 金啟華（1919-），《詩經全譯》（南京：江蘇古籍出版社，1984）266。

[57] 金啟華　245。

[58] 金啟華　560。

3.〈古詩十九首〉的嘆老與及時行樂

　　及時行樂到《古時十九首》（〈青青陵上栢〉、〈今日良宴會〉、〈驅車上東門〉、〈生年不滿百〉）大大發展起來，成就膾炙人口的作品。這些詩是說人生苦短，不如痛快地大喝大吃，穿一下華衣美服，珍惜眼前的光陰，遊樂一番。只有三星期壽命的蟬，其及時行樂的方法，以古詩的模式而言，是聽音樂和夜遊兩類：

　　　　　「斗酒相娛樂，聊厚不為薄，……極宴娛心意，戚戚何所迫。」（〈青青陵上柏〉[59]）

　　　　　「今日良宴會，歡樂難具陳，彈箏舊逸響，新聲妙入神。」（〈今日良宴會〉[60]）

　　　　　「不如飲美酒，被服紈與素。」（〈驅車上東門〉[61]）

　　　　　「畫短苦夜長，何不秉燭遊。為樂當及時，何能待來茲」（〈生年不滿百〉[62]）

　　　　　「被服紈與素」（〈驅車上東門〉[63]）

（五）子彈悲秋／樂秋

　　《不准破裂》一輯服兵役的詩，如果從超現實主義的角度來閱讀，無疑一流的佳作，特別是射擊的題材，布勒東的〈第二次超現實主義宣言〉（"The Second Surrealist Manifesto"）也說要把破壞當作常規，「除了暴力以外」，沒有其他想法，超現實主義者都會閃過舉行手槍發射的念頭[64]。〈決戰〉內容是槍與十字架約好在秋天對決，

　　　　槍與十字架約好／在山上對決／／

---

[59] 北京大學中國文學史教研室選注，《兩漢文學史參考資料》（北京：中華書局，1965）576。

[60] 北京大學中國文學史教研室　578。

[61] 北京大學中國文學史教研室　589。

[62] 北京大學中國文學史教研室　591。

[63] 北京大學中國文學史教研室　589。

[64] 布勒東，〈第二次超現實主義宣言〉（"The Second Surrealist Manifesto"），丁世中譯，柳鳴九　284。

　　　　秋天的時候／只有十字架如約赴會／而槍躲在暗處／槍膛裝
滿一彈匣的／仇恨／／
　　　　槍與十字架相約／在山頂決戰／至於十字架心中到底／懷著
子彈？還是鴿子／只有神知道／／
　　　　黃昏的時候／西風中開始有聲音迴盪／槍仍躲在山下／而十
字架還在山上／它們勉強微笑，異口／同聲說：保持／善良（渡也，
〈決戰〉《不准破裂》[65]）

其實槍製造了更多的十字架。表面看是悲秋之作，但超現實主義來看，這
簡單是快樂之極的玩意，絕無悲情，即以悲為樂了。〈射擊白雲〉也是超
現實主義意義的好詩，因為把破壞力發泄出來：

　　　　全副武裝的軍隊／攜帶過量的仇恨經過懸崖／／
　　　　沒有武裝的／白雲／伏在懸崖下／靜靜地繪製／無際的山水
畫／／
　　　　有位士兵忽然舉起步槍／射擊毫無抵抗力的白雲／淒厲的雲
叫聲／永遠在山谷中／徘徊不去／／
　　　　然後那位士兵反綁雙手／低頭跪在草上／靜候山水對他瞄準
／決戰（渡也，〈射擊白雲〉，《不准破裂》[66]）

〈射擊白雲〉是以軍訓為題材，可以理解，但《我是一件行李》，卻有〈向
詩開槍〉的作品，因為「詩情」「千呼萬喚不出來，我只好／對詩開火[67]」，
這無疑說明渡也有著布勒東超現實主義的「射擊情結」。

五、結論

　　藉著日本學者建構的悲秋嘆老時間模式，來分析渡也的作品，發現他
能夠以布魯姆的「誤讀」來扭曲的前代經典，用以創新。譬如渡也重寫屈
原故事時，以超現實主義或魔幻超現實主義，加上中世紀的垂直的空間

---

[65] 渡也，〈決戰〉，《不准破裂》　132-33。
[66] 渡也，《不准破裂》　130-31。
[67] 渡也，〈向詩開槍〉《我是一件行李》（台北：晨星出版社，1995）192。，

觀，來取消時間，取消屈原故事最為核心的悲秋嘆老時間模式。另一方面，「射擊情結」又能結合超現實主義的精神，成為謀篇的一種策略。蟬的及時行樂，給合《詩經》和〈古詩十九首〉的嘆老和樂快，也可視為渡也的佳作。

（拙稿是在黎活仁教授指導下寫成，謹在此致以萬分謝意。）

參考文獻目錄

BA

巴赫金（Bakhtin, M.M.）.《拉伯雷研究》（*Rabelais and His World*），《巴
赫金全集》，李兆林、夏忠憲等譯，錢中文主編，卷 6。石家莊：河
北教育出版社，1998。

BU

布勒東（Breton, André）.〈第一次超現實主義宣言〉（"The First Surrealist
Manifesto"），丁世中譯，《未來主義　超現實主義　魔幻現實主義》，
柳鳴九主編。 北京： 中國社會科學出版社，1987，240-76。
——.〈第二次超現實主義宣言〉（"The Second Surrealist Manifesto"），柳
鳴九主編 277-335。

CHEN

陳正芳.〈魔幻現實主義在臺灣小說的本土建構以張大春的小說為例〉,《中
外文學》31.5（2002）：131-64。

HE

河合隼雄（KAWAI, Hayao）.《如影隨形：影子現象學》（《影　現象學》,
羅珮甄譯。台北：揚智文化事業股份有限公司，2000。
赫勒，阿格尼絲（Heller Agnes）.《現代性理論》（*A Theory of Modernity*），
李瑞華譯。北京：商務印書館，2005。

HUANG

黃易.《尋秦記》。香港：黃易出版社有限公司，1994-96。

HUO

霍爾（Hall, C.S.）、諾德貝（V.J. Nordby）.《榮格心理學入門》（*A Primer
of Jungian Psychology*），馮川譯。北京：三聯書店，1987。

LI

黎活仁.〈從嘆老到喜老——《詩經》《楚辭》到白居易的演變〉,《香港大學中文學院八十周年紀念學術論文集》,單周堯主編。上海:上海古籍出版社,2009,337-57。

——.〈秋的時間意識在中國文學的表現:日本漢學界對於時間意識研究的貢獻〉,《漢學研究之回顧與前瞻》,林徐典編。北京:中華書局,1995,上卷,〈文學語言卷〉　395-403。

——.〈洛夫在八十年代末期遊歷大江南北後的作品〉,《中華文學的現在和未來——兩岸暨港澳文學交流研討會論文集》,黃維樑編。香港:鑪峰學會,1994.182-91。

LIN

林餘佐.〈屈原在現代詩中的抒情召喚——以羅智成、楊澤、大為為例〉,《東華中國文學研究》10(2011):126-42。

LIU

廖藤葉.〈元曲中的屈原主題〉,《國立臺中技術學院通識教育學報》5(2011):3+5-19。

SONG

松浦友久(MATSUURA, Tomohisa).《中國詩歌原理》,孫昌武、鄭天剛譯。瀋陽:遼寧教育出版社,1990。

TENG

藤野岩友(FUJINO, Iwatomo).〈楚辭中的「嘆老」系譜〉,《巫系文學論:以《楚辭》為中心》,韓國基譯。重慶:重慶出版社,2005,430-41。

XIAO

小尾郊一(OBI, Kôichi).〈詠秋詩〉,《中國文學中所表現的自然與自然觀》,邵毅平譯。上海:上海古籍出版社,1989,58-61。

XU

許又方.〈路曼曼其脩遠兮╱論〈離騷〉中的時空焦慮〉,《東華人文學報》
　　3（2001）:381-416。

ZHAO

趙司空,《後馬克思主義與後現代的烏托邦──阿格妮絲・赫勒後期思想
　　述評》。上海:上海社會科學院出版社,2013。

The Old-Plaint and Autumn-Sadness in Du Ye's poem

Sheng WANG
Professor Science & Technology Department
Chifeng University

Abstract

Basing on Japanese scholar Fujino Iwatomo's study about old-plaint and autumn-sadness phenomenon in Chinese literature this paper attempts to carry out a discussion of Du ye's poem. When Qu Yuan flung into his great workshe was already advanced in years. With the melancholy of old age Qu Yuan was eager about making achievements in his remaining years. As a result of the failure he felt frustrated for all his talent and soaked himself in the sad mood for autumn. The autumn of life is the twilight years of people. Fallen leaves and gray hair are frequently used vocabularies of "sighing for old" literature. In this waythe interpretation system of Du ye's poem is built.

Keywords: Du ye, Old-Plaint, Autumn-Sadness, Time View, Japanese Sinology

渡也詩歌的空間研究

■游翠萍

作者簡介

　　游翠萍（Cuiping YOU），四川省社會科學院助理研究員，文學碩士，主要從事現當代文學研究。

論文提要

　　在「空間轉向」的背景下，以「空間」維度切入對渡也詩歌的研究。渡也詩歌的空間生產呈現出融歷史性、社會性、空間性於一體的「第三空間」特徵。同時，渡也的詩歌空間也是一種英雄空間，但後現代文化則讓英雄詩難以為繼。渡也詩歌空間尚有可拓展的巨大潛力，死亡空間、人性空間和救贖空間都亟待敞開，加之渡也有重構物我和諧空間的努力，若從「有物之陣」走向「無物之陣」，可望創造出新的詩歌空間。

關鍵詞：渡也詩歌、空間生產、空間的精神分析、空間開拓、空間展望

　　視詩歌為自己的血、肉和生命的渡也[1]，窮四十餘年之力，寫作了 17
本詩集，「題材小自小草、野花，大至世界、宇宙，包羅萬象。[2]」創造了
一個極其廣闊的詩歌空間，讓人眼花繚亂。渡也的詩歌空間，既是他生於
斯長於斯的臺灣空間，也是他在想像中行走的大陸空間，是歷史空間，也
是現實空間，是文化空間，也是自然空間，是私人空間，也是公共空間，
是日常空間，也是政治空間，是身體空間，也是精神空間……是詩人主體
與歷史、文化、自然、社會、政治、人性、情感、身體、欲望等各種因素
相互滲透、融合、衝突、爭奪的空間。

　　本文嘗試在「空間轉向」的背景下研究渡也詩歌。時間和空間本密不
可分，但近現代以來的人類思想史中，時間被不斷強調，空間卻不斷「貶
值」，「空間被當作死寂、固定、非辯證和靜止的東西。相反，時間卻是
豐富的、多產的、有生命的、辯證的。[3]」不過，在經由列斐伏爾（Henri
Lefebvre, 1901-91）、福柯（Michel Foucault, 1926-84）等諸多後現代思想
家闡發之後，空間不再是「一個空空蕩蕩的容器，其內部了無趣味，裡面
上演著歷史與人類情欲的真實戲劇」[4]，而是「一種『產物』，是由不同範
圍的社會進程與人類干預形成的，又是一種『力量』，它要反過來影響、
指引和限定人類在世界上的行為與方式的各種可能性。[5]」「空間轉向」帶
來的重要結果，是將原來隱匿的或者說被壓抑的「空間」維度呈現了出來，
提供了觀察世界的另外一種方式[6]。本文從「空間」維度進入渡也詩歌，就

---

[1]　渡也，〈序〉，《新詩補給站》（臺北：三民書局股份有限公司，2001）2。
[2]　渡也，〈年光誤客轉思家〉，《我策馬奔進歷史》（嘉義：嘉義市文化中心，1995）
　　3。
[3]　菲力浦・韋格納（Phillip E. Wegner），〈空間批評：批評的地理、空間、場所與文
　　本性〉（"Spatial Criticism"），程世波譯，《文學理論精粹讀本》，熱拉爾・熱奈
　　特（Gérard Genette, 1930- ）等著，閻嘉主編（北京：中國人民大學出版社，2006）
　　135。
[4]　韋格納　135。
[5]　韋格納　137。
[6]　這從列斐伏爾（Henri Lefebvre, 1901-91）可以看出來。在《空間的生產》（*The
　　Production of Space*）中，列氏將空間分為：絕對空間、抽象空間、共用空間、資本
　　主義空間、具體空間、矛盾空間、文化空間、差別空間、主導空間、戲劇化空間、
　　認識論空間、家族空間、工具空間、休閒空間、生活空間、男性空間、精神空間、
　　自然空間、中性空間、有機空間、創造性空間、物質空間、多重空間、政治空間、
　　純粹空間、現實空間、壓抑空間、感覺空間、社會空間、社會主義空間、社會化空

是將渡也詩歌空間視為一個動態的建構過程，既探究其詩歌空間的生產方式，也對其詩歌空間進行精神分析，並在此基礎上，進一步探討其詩歌空間的潛在可能性以及未來拓展的方向。

一、渡也詩歌的空間生產：歷史、社會與空間的三元辯證

渡也詩歌創作極其豐富，但細細考察下來，可以看到詩人主要創造了以下幾大類空間：歷史文化空間、情愛空間、「世界」空間、自然空間、童真空間。總體而言，渡也的詩歌空間，並非單純、靜止、凝固、客觀、封閉的空間，而是類似美國後現代地理學家愛德華・索亞（Edward W. Soja, 1940- ）所謂的「第三空間」。「第三空間」不同於傳統的第一空間（物理空間）和第二空間（精神空間），而是一個包融二者進而超越二者，實現歷史性、社會性和空間性三元辯證統一的開放性空間，是豐富、複雜、混沌的空間[7]。索亞曾引用博爾赫斯（Jorge Luis Borges, 1899-1986）的《阿萊夫》（*Aleph*）來描述其「第三空間「的特徵：

> 阿萊夫的直徑大概一英寸多一點，但所有的空間都在其中，大小絲毫沒有變化。每個物體（比如鏡面）都是無窮盡的，因為我從宇宙的任何一個角度都清清楚楚地看到它。我看到浩瀚的大海；看到黎明與黃昏；看到美洲眾多的人群；看到黑金字塔中央的一張泛著銀光的蜘蛛網……我看到愛的結合，死的更改；我從每一個點和每一個角度看到阿萊夫，在阿萊夫裡我看到地球，在地球上我看到阿萊夫……我感到頭暈目眩，我潸然淚下，因為我親眼目睹到了那個祕密的、假想的事物，它的名字家喻戶曉，但還沒有人見過，它就是無法想像的宇宙[8]。

間、國家空間、透明空間、真實空間以及女性空間。邁克・迪爾（Michael J. Dear），〈後現代血統：從列斐伏爾到詹姆遜〉（"Postmodern Bloodlines: From Lefebvre to Jameson"）《代性與空間的生產》，包亞明主編（上海：上海教育出版社，2002）83。

[7] 〔美〕愛德華・索亞（Edward W. Soja），《第三空間：去往洛杉機和其他真實和想象地方的旅程》（*Thirdspace: Journeys to Los Angeles and Other Real-and-Imagined Places*），陸揚、劉佳林、朱志榮、路瑜譯（上海：上海教育出版社，2005）90-103。

[8] 索亞　71。

　　博爾赫斯的「阿萊夫」多少顯得有些烏托邦，因為「阿萊夫」的視點幾乎可說是「上帝」超越時空的全知視點。「阿萊夫」裡，所有具象、抽象的事物都處於同一空間和時間，是人類語言、思想、智慧難於去描述的空間。相較而言，索亞的「第三空間」批評具有可操作性，以此來考察渡也詩歌，可以讓我們對渡也詩歌的空間生產特徵有一個比較清晰的瞭解。

　　歷史文化空間是渡也花了極多精力來構築的空間。初略統計，渡也詩歌中與歷史人物和事件、民俗采風和鄉土文化、古董文物和生活用品相關的詩作達一百四十多篇[9]。這些詩作，既有對歷史的迷戀、想像，也有對歷史的質疑、調侃，甚至有對歷史的翻案、改寫。如〈我策馬奔進歷史〉：

　　　　二十五史在燈下仰首看我／夏商周、春秋戰國……／唐宋、明清……／全到桌上來／似乎有人在書裡／在古代，向我招手／／
　　　　我站起來／穿著西裝，策馬／奔進歷史／奔進深不見底的書中／沿著清明元宋……／奔去[10]

　　在這裡，歷史與空間相遇，歷史被空間化，歷史、現實、古人、今人、奔馬、西裝、時間、空間全融於一個空間裡。

　　　　我聽到人民的哀號／在各朝代／我問他們在等待什麼／他們異口同聲：「期待／未來」／他們不知道／活在他們心目中的／未來的人類／啊，渴求／過去／我往回走／他們和我相向，快速／向前衝[11]

　　被誘惑的詩人遭遇了歷史的尷尬，似乎「我」與「古人」不同的價值觀之間產生了衝突和碰撞。事實並非如此，歷史進化的觀念是一個現代性觀念，並不屬於古人。古人的觀念裡更多的是「天不變，道亦不變」、「天人合一」的循環觀，時間是循環往復的，歷史也是不斷重複的。進化史觀提供的是一種完全相反的時間意識，這種時間是線性的、進步的、向前的，歷史的價值不是指向過去而是指向未來，傳達的是一種求新求變的思

9　林怡汝，〈渡也新詩的詠史特質研究〉，碩士論文，中興大學，2007，57。
10　渡也，〈我策馬奔進歷史〉，《我策馬奔進歷史》　44。
11　渡也，〈我策馬奔進歷史〉　47。

想[12]。在中國一百多年的現代化進程中，一直存在兩種現代性，一種向前看，一種向後看。所以確切地說，「我」不是在與古人對話，而是兩類現代人之間的對話，但詩歌把向前看的人放進了歷史空間，把向後看的人放在現代空間，讓這兩類人在歷史空間中相遇，呈現出不一樣的歷史景觀。

> 我策馬奔到宋朝／王安石正在蔣山隱居／他還不知道歷史／歷史激動地痛斥／江西臨川王安石／他還不知道歷史／歷史只是一個空洞的／深淵／／
>
> 到唐朝時／太宗正在點燃／玄武門之變／有兵器慘叫／有血／啊，只有血才能／流成一部中國史[13]

詩人奔到宋朝的蔣山，發現激動的歷史與隱居的王安石毫不相關，歷史不過是王安石（1021-86）不認識的某人的閒言碎語，這些閒言碎語甚至沒有進入王安石的耳朵。同樣，到了唐朝的玄武門，卻看到流血兵變成就的歷史。最後，無計可施的詩人只好「頭也不回地／往唐虞三代……」。很顯然，這樣一個歷史空間，是詩人精心構建的空間，透過詩人在歷史中的穿越、對話和觀察得以產生，也回應了詩人的感歎：「歷史只是一個空洞的／深淵」，表達出詩人對歷史的複雜情結。

再如〈三八節〉：

> 沙文主義發明之前／男人哭哭啼啼／嫁給女人／幾個男人嫁給同一個女人／在同一張床上／同一個夢裡／／
>
> 男人必須打獵／洗衣、燒飯、照顧孩子／組織 PTT 公會，以及／勇敢地成為一個／賠錢貨／／
>
> 男人必須遵守三從／耳朵成為收音機／收聽母親太太女兒的廣播／／沙文主義發明之前／一切以女人為中心／地球為女人而瘋狂地／旋轉／／

---

[12] 1895 年，嚴複譯赫胥黎（Thomas Henry Huxley, 1825-95）《天演論》（*Evolution and Ethics*），以達爾文（Charles Darwin, 1809-82）的進化論為基礎，宣揚物種之間的生存競爭和自然淘汰的歷史進化論，對中國傳統的「天命輪回觀」形成巨大的衝擊。參見林基成，〈天演＝進化？＝進步？〉，《二十世紀中國文學史論（一）》，王曉明主編（上海：東方出版中心，1997）157-167。

[13] 渡也，〈我策馬奔進歷史〉　45-46。

　　　　Lady First ／在四千三百年前／在唐虞之前／天天都是／三
八節[14]

　　在這個歷史文化空間中，從上古一直到現代，打獵、PTT 公會、三從、
收音機、Lady First，人類四千多年的男性主導的歷史、社會、文化、物質，
在時間空間上自由地展開，既有時間上的穿越，也有空間上的位移。當詩
人說「在四千三百年前／在唐虞之前／天天都是／三八節」時，詩人用幽
默、調侃的語言改寫了三八節的文化意義，指出這不過是一段被男性沙文
主義截斷的歷史空間。

　　再如〈銅臉盆〉：

　　　　洗面架上置放一個／高齡的銅臉盆／它的時代已煙消雲散／
它仍無恙地活著／／

　　　　我把臉盆倒放／幾張陌生的臉從盆中滑出／不知是當年誰遺
失的／／

　　　　我用這個清代的容器／裝滿民國的自來水／正欲俯身洗臉／
卻看見一個纏足的女人／坐在水中／然後看見甲午年／黃海海戰
／水逐漸轉紅／炮聲響起／臉盆驚慌／掉落地上／不斷發出淒厲
的金屬聲／宛如古代女子的哀鳴／仔細傾聽，又感覺／像似清朝三
百多年／無奈的憤怒[15]

　　詩中出現了生活空間：洗臉、洗腳，出現了女性空間：纏足，也出現
了政治空間：甲午海戰。詩人將清代的容器、民國的自來水、臉盆的驚慌、
女子的哀鳴、清朝的憤怒融為一體，在想像甲午海戰被血染紅的海水、隆
隆的炮聲、淒厲的金屬聲中，以戲劇化的場景重構了一段日常空間、政治
空間與女性空間互滲穿越的歷史空間。

　　再如史實對照的〈包青天〉：

---

[14]　渡也，〈三八節〉，《我策馬奔進歷史》　38-39。
[15]　渡也，〈銅臉盆〉，《留情》（臺北：漢藝色研文化事業有限公司，1993）4。

　　　　虎頭鍘已喝下過量的血／四品侍衛展昭也咳嗽發燒／冤案仍
前仆後繼而來／一九九三年，每晚八點／包青天仍在華視加班／用
區區一片額上的月亮／奮勇抵抗室外巨大的黑暗／／

　　　　嫌犯個個武功高強，飛天鑽地／只好奏請皇上加派／烏茲槍、
戰鬥機以及／無敵鐵金剛／／

　　　　無邊落木蕭蕭下／不盡弊案滾滾來／各縣市炒地皮、北市捷運
弊案／至今尚未審理／有人利用上班時間／搭公家飛機下鄉輔選
／不知如何斷案／／

　　　　啊，隔壁的小孩又在唱／太空有個包青天／鐵面無恥辨忠奸[16]

　　歷史空間（包青天、展昭、嫌犯、武功、虎頭鍘）、現實空間（一九
九三、華視、加班、烏茲槍、以及無敵鐵金剛、弊案、炒地皮、輔選）穿
插交錯，加上有意的「誤聽」（「開封」被轉換成「太空」，「無私」轉
換成「無恥」），時空交錯中又呈現出時空不變的效果，在歷史空間中強
化了針砭時弊的效果。

　　又如〈靈山〉：

　　　　日本僅僅率領一條丁字褲／和三圍／（沒有帶禦飯團）／攻打
臺灣／這是二十一世紀甲午之戰／飯島愛和飯桶愛／成為戰勝國
／／

　　　　柏拉圖式性愛／成為每個人的聖經／每個人的靈山／被印度
牛索去的三萬靈魂／可惜……來不及朝拜了[17]

　　詩歌後注：「二月初，女藝人飯島愛（IIJIMA Ai, 1972-2008）來台促
銷自傳《柏拉圖式性愛》，轟動全台。著有《靈山》、《一個人的聖經》
小說之諾貝爾文學獎得主高行健（1940- ）同時來台演講。前者受讀者歡
迎之盛況，較後者有過之無不及。」詩歌將不同的兩個人、兩件事、兩種
反應並置和拼貼，如新聞報導式地描繪當代社會時空錯亂的精神症候，亦
呈現出當代文化空間的複雜性、曖昧性。

---

[16] 渡也，〈包青天〉，《我策馬奔進歷史》　128-29。
[17] 渡也，〈靈山〉，《攻玉山》（彰化：彰化縣文化局，2006）90。

　　甚至渡也詩歌的自然空間，往往也不是純粹的自然空間，如〈鎮風塔〉：

　　　　天在煽風，海在煽風／風也在煽風／所有鎮風塔都團結／一致，瞄準風／／向風的軀殼／風的靈魂／開火／／向風的前世／風的今生，風的來世／開火／／

　　　　明朝風／清朝風／民國風／荷蘭法國日本風／都在發燒／都在咳嗽，都在／打噴嚏／／

　　　　數百年了／一切都被鎮住了／只有風，沒有被鎮住／只有鎮風塔風獅爺被吹成／風[18]

　　這裡呈現的是自然空間、歷史空間、民族空間、文化空間的相互滲透。名為「鎮風塔」，實則寫「風」，既寫自然界的風，也轉喻臺灣的歷史。天、海、風組成了一個象徵力量和永恆的自然空間，明朝風、清朝風、民國風、荷蘭風、法國風、日本風則勾勒出一段臺灣幾百年間歷史空間的種種變化，朝代更迭，來來往往，發燒、咳嗽、打噴嚏，呈現出明顯的病態。但物（鎮風塔）卻比人類和歷史都更長久，而比物更長久的，卻是風，大自然永恆的力量，它讓一切都降服於己。這樣強大的生命力，人類沒有，歷史沒有，物也沒有。

　　可以看到，無論是以歷史回應現實，或以現實呼應歷史，或以自然對抗歷史，渡也詩歌都呈現出歷史、社會、空間相互滲透的特點，從而創造出意義豐富、複雜、開放的詩歌空間。索亞說：「空間批判並不反歷史，它實際上是在努力建構社會性—歷史性—空間性之本體論的三元辯證法，希望在知識構成的每一個層面上三者都能夠通力合作。只要不是編年史或傳說，歷史就必須在根本上是空間的，是關於空間性的，就像歷史根本上是社會的，是關於人類生活的社會性的一樣」，「每一種地理以及在真實和想像的第三空間的每一次旅行，也同樣具有歷史性和社會性，有空間方面的『限定』也有歷史和社會方面的『限定』。[19]」

---

[18] 渡也，〈鎮風塔〉，《澎湖的夢都張開了翅膀》（澎湖：澎湖縣政府文化局，2009）24-25。

[19] 索亞　221

二、渡也詩歌空間的精神分析：英雄主義、英雄詩及其深層心理

脫離了時間壓制的「空間」，不僅是生產性的，並且自身也是有生命的：

> 再現性空間是有生命的：它會說話。它擁有一個富有感情的核心或者說中心……它包圍著熱情、行動以及生活情境的中心，這直接暗含時間。結果它有著各種各樣的描述：它可以是方向性的、環境性的或者關係性的，因為它本質上是性質上的、靈活的和能動的[20]。

渡也所構築的詩歌空間是一個鮮活的生命空間，詩歌語言不斷延伸敞開，有不同的表情，不同的意見，不同的姿態。考察其詩歌空間，會感受到一個明顯的精神特徵——英雄主義。白靈（莊祖煌，1951- ）指出：「渡也是一位現代詩俠。如果生在古代江湖，他會是劫富濟貧的義俠；如果在革命時代，他會是開第一槍的前鋒烈士」，「五十多年前以筆代劍的賴和（1894-1943）在今天渡也的身上也看到了相同的身影。[21]」李瑞騰（1952- ）亦指出：「他恩怨分明，以行動和詩文報恩的例子甚多，而一旦有怨，則『發出怒吼』，有『挑戰惡勢力，打擊黑暗面』的勇氣與決心。[22]」渡也身上的這種英雄氣、俠氣投射在詩歌中，使其詩歌空間呈現出強烈的英雄主義色彩。

渡也詩歌的英雄空間，呈現出來的是一個不完美、不完善、需要改變和拯救的空間，一個呼喚生命、美好、正義的空間，一個表達焦慮、不滿、憤怒的空間，也是一個起而行動甚至復仇的空間。渡也詩歌中，「劍客」、「靶場」、「槍戰」、「坦克」、「槍械」、「出擊」、「決戰」等語詞常常成為其詩題。歷史空間雖然是詩人非常迷戀的空間，但其中太多不平不善不公，所以詩人常常會「穿越」干預；「世界」空間，則充斥著醜惡

---

[20] 索亞　87-88。
[21] 白靈（莊祖煌，1951- ），〈不畏烏雲與烈日——評渡也《攻玉山》〉，《文訊》258（2007）：100，101。
[22] 李瑞騰（1952- ），〈語近情遙——渡也詩略論〉，《國文學誌》10（2005）：224。

政治、戰爭、生態破壞、欲望、面具、虛偽、謊言和顛倒,詩人與「世界」之間呈現出緊張、對立、衝突、棄絕的關係;兩性空間裡,渡也不驕傲地自詡為「有時鎩羽,但往往凱旋」的「愛情戰鬥機」[23],主要體現為一種空間征服、身體征服;而在日常婚姻生活空間,則多以天氣、太極、茶道、暗器、熱戰、冷戰、焦土政策、停電等呈現出空間衝突和爭奪。自然空間被詩人視為真實、正常的生命結構空間,但這個空間卻常常處於受傷和被毀壞中,當詩人無「地」可居時,他甚至希望借助於大自然的毀滅性力量來表達他的憤怒。

英雄空間離不開英雄人物,渡也詩歌中不乏各種英雄人物。英國歷史學家湯瑪斯‧卡萊爾(Thomas Carlyle, 1795-1881)在他那部備受爭議的《英雄與英雄崇拜》(*Heroes and Hero Worship*)中談到了六種英雄:神明英雄、先知英雄、詩人英雄、教士英雄、文人英雄和帝王英雄[24]。比較卡萊爾的英雄譜系,渡也筆下沒有神明英雄、先知英雄和宗教英雄,有詩人英雄(如屈原〔前 352-前 28〕、賴和〔賴河,1894-1943〕)、思想英雄(如孔子〔孔丘,前 551-前 479〕)、民族英雄(如吳鳳)、生態英雄(如余玉賢〔1934-93〕),已故臺灣前行政院農委會主任委員),甚至還有後現代英雄(如飯島愛)。渡也在延續詩人英雄、文人英雄的古典傳統的同時,也在改寫英雄家譜。

在英雄譜系中,最重要的還是詩人自我英雄形象的空間書寫。「策馬奔進歷史」是渡也詩歌一個非常重要的空間隱喻,奔馬英雄(雖然穿著西裝),是傳統英雄空間意象的再現。渡也既「策馬奔進歷史」,也策馬奔進「世界」、奔進自然、奔進情愛,這個奔馬英雄出現在渡也詩歌的歷史的、文化的、現實的、想像的、日常的、公共的……每一個江湖空間裡。在這些江湖空間裡,詩人或造訪、挑戰各路英雄,或路見不平、拔刀相助,或攻城掠地、凱旋得勝。我們看到,既有對屈原的惺惺相惜和拔刀相助:「我們準備痛擊楚國的首都/以及小人們的頭顱/我們準備將頃襄王

23　渡也,〈愛情戰鬥機〉,《手套與愛:渡也情色詩》(臺北:漢藝色研文化事業有限公司,2001)3。

24　〔英〕湯瑪斯‧卡萊爾(Thomas Carlyle, 1795-1881),《英雄與英雄崇拜》(*Heroes and Hero Worship*),何欣譯(瀋陽:遼寧教育出版社,1998)。

流放／流放漢北和江南／然後，逼令尹子蘭／自沉汨羅江」（〈憤怒的屈原〉[25]）

也有跟杜甫（712-770）的單挑：「有種你再出來／放把火燒掉悶死人的／律絕的規律／把一東二冬三江那本詩韻扔回唐朝／咱們在臺北比賽／就在洛夫家裡好了／你我各經營一首三百行的敘事詩／比個高下，看誰得首獎」（〈戲贈杜甫〉[26]）

還有對孟浩然（孟浩，689 或 691-740）的諷刺：「我敢說孟夫子日夜所想的／盡是榮華富貴／究竟他還想些什麼／也只有他心裡有數／／其實他躲在床下／怕見唐玄宗（李隆基，685-762，712-756 在位）／這種苦肉計未免造作／我操／隱居鹿門山更是騙人的把戲／可憐李白受他蒙騙最深」（〈戲弄孟浩然〉）[27]，以及對自我「以筆為劍」的英雄形象書寫：「想起你在稿紙上／奔波數十年／為國家為人民／大聲急呼」（〈自祭文〉）[28]，「奮鬥幾千年／筆和劍業已筋疲力盡／然而人性仍然奸險／世界依然闇昧動盪／握筆和劍的我已被人陷害／已被邪惡的炮彈擊中／被黑暗淹沒」（〈筆和劍〉）[29]。正是在這種與歷史上的英雄之間的相惜、單挑、譏刺以及自戀中，詩人的自我英雄形象呈現出來。

愛默生（Ralph Waldo Emerson, 1803-82）指出：「對於這一切外在的惡，人在內心深處採取了一種好戰的態度，並且證實了他單槍匹馬對付百萬敵軍的能力。靈魂的這種好戰態度我們稱之為『英雄主義』[30]」，「它的終極目標就是極大的蔑視虛偽和邪惡，有能力承受惡勢力所施加的一切災難。它說真話，它公正、慷慨、好客、溫和，瞧不起斤斤計較，也瞧不起被人瞧不起。[31]」陳平原（1954- ）在《千古文人俠客夢》中亦指出：

---

[25] 渡也，〈憤怒的屈原〉，《不准破裂》（彰化：彰化縣立文化中心，1994）8。

[26] 渡也，〈戲贈杜甫〉，《不准破裂》　22。

[27] 渡也，〈戲弄孟浩然〉，《憤怒的葡萄》（臺北：時報文化出版事業有限公司，1983）138-39。

[28] 渡也，〈自祭文〉，《不准破裂》　93-94。

[29] 渡也，〈筆和劍〉，《我是一件行李》（台中：晨星出版社，1995）171-72。

[30] 〔美〕愛默生（Ralph Waldo Emerson, 1803-82），《愛默生隨筆全集》，蒲隆譯（北京：國際文化出版公司，2006）124。

[31] 愛默生　124 -26。

　　　武俠小說的根本觀念在於『拯救』……內在精神是祈求他人拯
　救以獲得新生和在拯救他人中超越生命的有限性[32]。

　　但是，作為「以武犯禁」[33]的英雄俠客，行走江湖，替天行道，不是
依靠正當的賦權，乃是依靠自我判斷和社會良知，他自己的良心就是律
法，因此在渡也詩歌中，常常看到對政治的不滿、憤怒和抨擊。不過，詩
人對政治的抨擊並沒有明確的黨派立場，如白靈所說的那樣，「並不偏頗
於某一政黨、某一政治人物」[34]，卻更見出這種泛政治批判立場背後的江
湖思維。因此，渡也詩歌的英雄空間，非史家公允持平的空間，乃是俠客
路見不平的空間，是充滿不平、不善、對立、衝突、反抗、拯救、報恩、
復仇的空間，是矛盾和悖論的空間。這樣的空間，不可避免地呈現出二元
對立的道德空間特點：一方面是純潔、善良、正義、君子……另一方面是
虛偽、面具、小人、奸臣……在渡也的詩歌江湖上，總是出現這樣的對立
面、對立的人群、甚至對立的自我。在其情色詩中，我們也會看到隱晦的
二元對立結構，例如，詩人自我與「劍」同構而女性與「暗器」的結合：

　　　劍把前生今生來生都還給／一顆江南的梨子／以便多情的梨
　子把一生的淚水都還給／一把塞北的劍（〈梨子與劍〉[35]）
　　　敵方使用暗器……不跟我講話／不燒飯／不洗衣／偶爾瞪我
　幾眼／眼裡藏著軍用地雷／藏著比刺刀還鋒利的／恨／這就是心
　狠手辣的太太慣用的／暗器（《暗器》[36]）

　　從俠文化觀念看，「劍」呈現的是「正面品格」，而毒藥、暗器、機
關等都代表「倫理意義上的負面價值」[37]。詩人反對戰爭、反對流血，但
詩人的詩歌空間中卻充滿了衝突、進攻、戰鬥、復仇等因素；詩人反對傷
害女性，但在自身的情愛史中，卻用愛情讓非道德的情感、行為合理化，
表現出明顯的悖論。

---

[32]　陳平原（1954- ），《千古文人俠客夢》，《陳平原小說史論集》，中冊（石家莊：
　　河北人民出版社，1997）1138。
[33]　韓非子，〈五蠹第四十九〉，《韓非子》（瀋陽：遼寧教育出版社，1997）180。
[34]　白靈　101。
[35]　渡也，〈梨子與劍〉，《手套與愛：渡也情色詩》　108-09。
[36]　渡也，〈暗器〉，《空城計》（臺北：漢藝色研文化事業有限公司，1998）126。
[37]　陳平原　1027。

從存在主義精神分析的角度看，「英雄主義是對死亡恐懼的反映」[38]。人是一種半符號性半動物性的悖論存在物：一方面，人有一種符號的身份，讓他可以翱翔天空、思考宇宙；另一方面，人又是「一種蛆蟲」，而且還是「蛆蟲的口中之食」。這種悖論性存在帶來人自身的分裂：「他知道自己天生麗質，在自然界出類拔萃；然而遲早總要回歸幾英尺的地下，在黑暗中默默無聲地腐爛和永遠地消失。[39]」因此，追求不朽，戰勝人的荒誕命運，就成為人類個體及人類社會的最大目標。人類社會和文化是「世俗英雄主義的載體」，人類社會總是在不斷地創造自己的英雄和英雄詩：

> 文化英雄系統可以是巫術的、宗教的，可以是原始的、世俗的和科學的，也可以是文明的。形式如何無傷大雅，因為歸根結底它們都是神話英雄系統……希望和信念在於：人在社會中創造的事物具有持續的價值和意義；這些價值和意義超越了死亡和腐朽；人及其產品具有重要意義[40]。

渡也的英雄主義和英雄詩，當作如是觀。詩人從來也沒有隱瞞自己想成為詩人英雄的渴望，也毫不掩飾自己覬覦文學史的「野心」：「能上文學史，佔有一席之地，乃是我最大的願望也。」[41]渡也甚至在詩歌中想像：

> 無數屍體／從眼前漂流而過……／屈原賈誼／柳宗元李賀……最後一個流過來了／標籤寫著／江山之助[42]

但是，渡也畢竟是一個「現代詩俠」而非古典俠客，他所面對的是一個後英雄時代。所以，在知其不可為而為地重構或解構古典英雄空間的同時，渡也詩歌也呈現出一種與傳統英雄空間不同的特徵，出現了後現代英雄，如飯島愛：

---

[38] 〔美〕恩斯特‧貝克爾（Ernest Becker），《拒斥死亡》（*Denial of Death*），林和生譯（北京：華夏出版社，2000）13。

[39] 貝克爾　30。

[40] 貝克爾　6。

[41] 渡也，〈年光誤客轉思家〉，《我策馬奔進歷史》　5。

[42] 注：江山之助為渡也另一筆名。渡也，〈文學史〉，《我策馬奔進歷史》　79-80。

　　　　柏拉圖亞裡斯多德黑格爾／尼采都有性愛和哲學／所以飯島
愛也有／／

　　　　她攜帶火的胴體／和高行健一起／燃燒臺灣／屈原則流亡漢
北，行吟澤畔：／／

　　　　神啊，求求你／／

　　　　全臺灣都滾到臺北／睜著把眼睛伸進去／伸進內衣深處／也
是一種／性愛／／

　　　　也是一種／漢他病毒／使冷的文學結冰／爭議核四存廢的舌
／傻眼[43]

一個以身體書寫為標籤的後現代英雄飯島愛，在民眾中掀起的熱情如漢他
病毒一樣蔓延，甚至讓「核四」存廢的社會熱點問題也讓位一旁。當飯島
愛這樣的後現代英雄出現時，其實意味著每個人都可以成為自己的英雄，
古典意義上的英雄也徹底消解：

　　　　在這個英雄空間中，英雄已不再是一個固定的點或一條確定的
　　　　線，就像《三國演義》和《水滸傳》中都有的「五虎上將」那樣，
　　　　是一條線的延伸，而是一個充滿了想像性和可塑性的三維體，在這
　　　　個三維體中，時間已不再是英雄存在的唯一標誌，相反，時間被空
　　　　間化甚至網格化了……正是在時間被空間化了這個網中，英雄傳承
　　　　的時間之矢逡巡、彷徨，要不就是拐彎，要不就是墜落，要不就是
　　　　摧折，那種上古英雄、古代英雄、現代英雄、當代英雄的線性延伸
　　　　已經被縱橫交織的網格所扭曲、所隔斷[44]。

人類追求成為英雄是想「證明自己是宇宙中具有首要價值的對象」，「表明
自己比他人他物更為重要」[45]，如果每個人都可以成為英雄，英雄也就不
復存在了。當後現代英雄在渡也詩歌中不斷出場的時候，已然解構了英雄
夢和英雄空間。

---

[43]　渡也，〈飯島愛〉，《攻玉山》　88-89。
[44]　王建疆，〈後現代語境中的英雄空間與英雄再生〉，《文學評論》3（2014）：162-63。
[45]　貝克爾　5。

三、渡也詩歌的空間開拓：死亡空間、人性空間與救贖空間

英雄夢終結之後，渡也的詩歌空間，還能重構不朽英雄夢嗎？渡也的詩歌空間，還有其他的可能性嗎？在法國批評家布朗肖（Maurice Blanchot, 1907-2003）看來，「敞開，即詩歌。[46]」布朗肖認為，文學空間是一種死亡空間，寫作正是要「投身到時間不在場的誘惑中去」[47]，詩歌需要走向世界的內部，「轉移到最內在和最不可見之中」，以致可以讓「內部和外部收縮在惟一的連續的空間裡」[48]。考察渡也詩歌可以發現，其詩歌中涉及的死亡空間、人性空間和救贖空間，是尚未完全敞開的空間，與其他空間的互通交融亦有相當的餘地，而這些空間一旦完全敞開，將會對渡也詩歌的空間詩學和美學帶來新的突破和變革，引領詩人重寫英雄詩。

我們先討論渡也詩歌的死亡空間。死亡恐懼一般會帶來兩方面的結果：一是以生抗死，特別表現為對不朽的追求，也是前述英雄詩的來源；一是以死抗死，爭奪自我對死亡的控制權。在渡也詩歌中，我們可以很容易觀察到第一種情形，死亡是生命的敵人，詩人熱烈地擁抱生、抵抗死。同時，詩人也直接書寫死亡。渡也詩中，死亡是一個對生者封閉的空間，也是終點和虛無的空間：「找了幾十年鑰匙的我／終於也擁有一把／我急急把鎖打開／推門一看，原來裡面／只有兩個字：／終點／目瞪口呆地看我」（〈鑰匙大王〉[49]），詩人竭力要抹去「死」：「剛剛擦掉／那個字，又出現了／且越來，越大／／他不斷地流淚／用盡一生擦拭／死」（〈那個字〉[50]）厭惡被死亡「金榜題名」：

> 每個人呱呱墜地／即都上榜／都考上／人生／恭喜金榜題名／／
> 雖然聯考落榜／或讀書留級／只要好好活著／即是在人生榜
> 單／名列前茅／那是一所最高學府／死亡／是另一所／／

---

[46] 〔法〕布朗肖，莫里斯（Maurice Blanchot, 1907-2003），《文學空間》（*The Space of Literature*），顧嘉琛譯（北京：商務印書館，2003）138。

[47] 布朗肖　12

[48] 布朗肖　133。

[49] 渡也，〈鑰匙大王〉，《我策馬奔進歷史》　74。

[50] 渡也，〈那個字〉，《我策馬奔進歷史》　41。

　　　最後，兩眼一閉／兩腳一伸／恭喜恭喜，每個人又都題名／於
錄鬼簿上（《金榜題名》[51]）

　　以及心有不甘的自祭：「翻山越嶺終於找到／千里孤墳／碑上刻著兩
個隸書／渡也／墳上雜草有強烈的／生之欲望……我流下兩行悲痛／千
里孤墳，無處話／淒涼」（〈自祭文〉[52]），這種對死亡的排斥感甚至體
現在詩人對「物」的死亡或消失上：「前半生的茁長／只是為了後半生的
／墜落嚥／冰涼的落葉／離開我的掌心／只能說再見的落葉」（〈落葉[53]〉，
如別爾嘉耶夫（Nikolaĭ Berdiaev, 1874-1948）所說的那樣，「不但不能容
忍人的死亡，而且也不能容忍動物、花朵、樹木、物品和房屋的死亡。[54]」
　　然而，詩人在情感上對死亡的拒絕和排斥，卻將死亡的真實性、絕對
性以及死亡與語言之間的微妙關係顯露出來。法國思想家巴塔耶（George
Bataille, 1897-1962）認為，語言是沈默的，本質上就是死亡，而死亡是人
生「一個神祕的部分」。死亡的神祕性不在於它的不存在、不可理解性或
可怕性，而在於「它以『不存在』的形式而滲透到已經本來就已經不存在
的生命之中；而它的這種神祕性，又因為借助於語言文字的神祕性而變成
可怕的力量，時時威脅著每個生存的人。[55]」詩人筆下的死亡，恰如德里
達（Jacques Derrida, 1930-2004）所謂的「蹤跡」般「既在場又不在場」、
「既不在不場也不缺席」[56]，詩人用盡一生試圖「擦拭」「那個字」，而
「那個字」卻始終如幽靈般揮之不去。
　　死既避無可避，不如正視之。從敞開詩歌空間、創造更大詩歌境界的
角度來看，死亡是登堂入室的鑰匙。當死亡空間與生命空間、愛欲空間、
人性空間、永恆空間、歷史空間、現實空間、宇宙空間等結合的時候，會
創造出更奇妙的空間形態。五四女作家冰心（謝婉瑩，1900-99）詩文中有

---

[51]　渡也，〈金榜題名〉，《我策馬奔進歷史》　48-49。
[52]　渡也，〈自祭文〉，《不准破裂》　92-94。
[53]　渡也，〈落葉〉，《落地生根》（臺北：九歌出版社有限公司，1989）188-89。
[54]　〔俄〕別爾嘉耶夫（Nikolaĭ Berdiaev 1874-1948），《論人的使命——悖論倫理學
　　體驗》（The Destiny of Man），張百春譯（上海：學林出版社，2000）332。
[55]　高宣揚，〈喬治・巴塔耶對語言的批判和對生死的探索〉，《後現代主義哲學講演
　　錄》，馮俊等著，陳喜貴等譯（北京：商務印書館，2003）163，165。
[56]　汪民安，〈蹤跡〉（"trace"），《文化研究關鍵詞》（南京：江蘇人民出版社，2007）
　　516。

大量的死亡書寫，其死亡空間是與生命、愛、宇宙、自然、人類完全融合在一起，既是黑暗、枯萎，也是安息，有時還充滿了美感和詩意[57]。在九葉詩人穆旦（查良錚，1918-77）那裡，死亡則打開了幽暗詭異的門，與自然、生命、愛欲、人性等多種因素糾結在一起。詩劇《森林之魅——祭胡康河上的白骨》中，「森林」和「人」之間展開了一場驚心動魄的死亡與生命的決鬥：

> 森林：沒有人知道我，我站在世界的一方。／我的容量大如海，隨微風而起舞，／張開綠色肥大的葉子，我的牙齒。／沒有人看見我笑，我笑而無聲，／我又自己倒下來，長久的腐爛，／仍舊是滋養了自己的內心。……
>
> 人：是什麼聲音呼喚？有什麼東西／忽然躲避我？在綠葉後面／它露出眼睛，向我注視，我移動／它輕輕跟隨。黑夜帶來它嫉妒的沉默／貼近我全身。而樹和樹織成的網／壓住我的呼吸，隔去我享有的天空／是饑餓的空間，低語又飛旋。[58]

森林原野常被渡也視為生命空間而予以頌贊，詩人曾寫道：「綠／是植物高興時所說的／話」[59]。但在穿越過野人山、從地獄生還的穆旦筆下[60]，森林卻成為遮蔽一切的死亡空間，綠不再是生命象徵，反而成了致命的「毒藥」：「綠色的毒，你癱瘓了我的血肉和深心！」[61]

再看渡也詩歌的人性空間。英雄空間所建構的二元對立和道德化傾向，使得詩人著力點在攻擊、批判和戰鬥，而非細緻入微地探測，所以渡也詩歌的人性狀態呈現出兩極傾向：一方面，詩人不遺餘力地抨擊人性的種種醜惡：「阿公，你離去／你的兒女開始不清明／開始互相謾罵，並且

---

[57] 拙文〈重釋冰心——死亡恐懼及其寫作〉探討了冰心的死亡書寫及其意義，指出：「批評界對冰心死亡書寫和虛無意識的回避、貶低和誤讀，其實也恰好揭示出中國文化中『不知生，焉知死』、懼死畏生的大恐懼和集體無意識，透露出我們民族性格中隱而未現的『死亡恐懼』。」游翠萍，〈重釋冰心——死亡恐懼及其寫作〉，《中華文化論壇》8（2013）：78-79。

[58] 穆旦（查良錚，1918-77），〈森林之魅——祭胡康河上的白骨〉，《穆旦詩選》（北京：人民文學出版社，1986）96-97。

[59] 渡也，〈綠話——為綠化年而寫〉，《我策馬奔進歷史》　32。

[60] 陳伯良，《穆旦傳》（杭州：浙江人民出版社，2004）71-75。

[61] 穆旦，〈森林之魅——祭胡康河上的白骨〉　98。

／勇敢地械鬥／為了你留下的產業／你留下的血汗／他們搶著要的，並
非／你的家教你的訓詞」（〈清明〉[62]），「有一種帽子／脫也脫不掉／
講話、寫東西不謹慎／思想不小心／隨時給你一頂／讓你隨帽子一起／入
獄」（〈帽子〉[63]）；另一方面，詩人也製造人性光環：「數十年了／您
以血汗灌溉／在臺灣每一寸土地／所以菜才能自立／樹才能成家／豬牛
羊鹿都點頭感激／魚都懂事／農民都有夢……／您安心地走吧」（〈您
安心地走吧〉[64]），「花草樹木因愛而生／向光茁壯／為何這苦難的女人
／因愛受傷／因向光而受傷／因人類的未來而／脊椎側彎（〈因向光而受
傷〉[65]）。

　　這種人性兩極化建構方式，亦表現在詩人的情愛空間裡：一方面是充
斥著「戰火」的婚姻生活：「先打一場熱戰／戰場沒有刀沒有槍／只有獅
吼和指甲滿天飛……接下來便是冷戰／家裡一片冰天雪地……最後是一
貫伎倆／焦土政策」（〈戰爭前夕〉[66]），另一方面是一段唯美的永恆愛
情：「有一種菊花奮力向上生長／只是為了引頸眺望／遠遠的南方／有一
種菊花並沒有活著／它死在過去的南方」（〈菊花淚〉[67]）。詩人懶得去
想「永遠的牧凰」可能在另一個空間裡扮演著「母老虎」，也不理會張愛
玲（張煐，1920-95）所看到的「一級一級，通入沒有光的所在」的人性深
淵[68]，更未直面魯迅（周樟壽，1881-1936）不僅發現「人吃人」、進而發
現「我也吃人」時的人性恐怖。[69]

　　在自我探測方面，詩人或充滿自憐，早年〈象徵〉、〈一滴水如是說〉、
〈病起〉、〈蒼顏書生小集〉等詩作中呈現出卑微、病、衰容、蒼顏的自
我形象，或隔著玻璃觀察：

---

[62] 渡也，〈清明〉，《我策馬奔進歷史》，88-89。

[63] 渡也，〈帽子〉，《我策馬奔進歷史》，87。

[64] 渡也，〈您安心地走吧〉，《我策馬奔進歷史》　99-100。

[65] 渡也，〈因向光而受傷〉，《我策馬奔進歷史》　62。

[66] 渡也，〈戰爭前夕〉，《空城計》（臺北：漢藝色研文化事業有限公司，1998），
162。

[67] 渡也，〈菊花淚〉，《空城計》　70。

[68] 張愛玲（張煐，1920-95），〈金鎖記〉，《張愛玲精選集》（北京：北京燕山出版
社，2006）54。

[69] 魯迅（周樟壽，1881-1936），〈狂人日記〉，《魯迅全集》，卷 1，2014 年 5 次印
刷（北京：人民文學出版社，2005）444-55。

「今晚，他又皺著眉頭／有屈原沿湘水而下的心情／苦笑時／又像極永州愚溪的柳宗元／他在玻璃內獨自生活」（《他在玻璃內獨自生活》），[70]

又或呈現自我的兩極掙扎：

每一分／都是離別／我向自己說再見／向虛偽的自己／啊，每一秒都是／離別／我向純潔、善良、正義……／含淚說，再見（〈離別〉[71]）

我進去時，他正要從冬天出來。我真的看不到他。他在我裡面流淚，掙扎著，急欲出來（〈ego〉[72]）

不過，當渡也退出自我的世界和情緒判斷，與物件保持一定距離，並且借助陌生化的語言、物象來刻劃人性時，往往能不經意間呈現人性的豐富。但總的來說，因著英雄主義的傾向，渡也的人性探測和自我省思尚處於比較表像化的層面。

至於神聖救贖空間，渡也詩歌是相對隔膜的。或許是因為「無所不能的神靈未免過於虛幻，打抱不平的俠客更切近人世間」[73]，即使涉及神聖救贖空間，詩人也願意把它們世俗化、實在化，如在〈致上帝〉、〈耶穌與燒油餅〉、〈教徒日記〉、〈耶穌的信徒〉中，詩人就大膽挑戰神聖世界，定罪上帝、調侃耶穌、嘲笑信徒、解構教義。

無論中外，宗教對於拓展詩歌空間的作用是巨大的。克爾凱郭爾（Søren Kierkegaard, 1813-55）、托爾斯泰（Leo Tolstoy, 1828-1910）、妥斯妥耶夫斯基等（Dostoyevsky Fyodor, 1821-81）與人性和自我的搏鬥，背後是基督教思想；曹雪芹（曹霑，1717-63）的《紅樓夢》，離不開佛教思想。無論是打開死亡之門還是透視人性黑暗，宗教都可以提供豐厚的資源，同時也是開啟觀察宇宙、人生、世界、社會、人性的大門。例如，開一代詩風的郭沫若（郭開貞，1892-1978），其思想深受泛神論影響，同時又融合了莊

---

[70] 渡也，〈他在玻璃內獨自生活〉，《我策馬奔進歷史》　50-51。

[71] 渡也，〈離別〉，《我策馬奔進歷史》　59-60。

[72] 渡也，〈ego〉，《面具》（台中：台中縣立文化中心，1993）4。

[73] 陳平原　927。

子（莊周，約前 369 年－前 286 年）、王陽明（王守仁，1472-1529）心學、基督教思想，《天狗》塑造了一個上天入地、與宇宙同構的英雄自我形象：

> 我是一條天狗呀！／我把月來吞了，／我把日來吞了，／我把一切的星球來吞了，／我把全宇宙來吞了。／我便是我了！……我飛奔，／我狂叫，／我燃燒。／我如烈火一樣地燃燒！／我如大海一樣地狂叫！／我如電氣一樣地飛跑！[74]

再看作為文學文本的《聖經》（*The Holy Bible*），詩人所創造的神聖宇宙空間何其廣闊迷人：

> 是誰定地的尺度？／是誰把準繩拉在其上？／地的根基安置在何處？／地的角石是誰安放的？／那時，晨星一同歌唱，／神的眾子也都歡呼。／／
>
> 海水沖出，如出胎胞，／那時誰將它關閉呢？／是我用雲彩當海的衣服，／用幽暗當包裹它的布，／為它定界限，／又安門和閂。（《約伯記》38：5-10）[75]

　　當詩歌向神聖空間關閉的時候，其實是失去了空間敞開的更多可能性。從筆者的閱讀感受而言，渡也個性中欲突破時空限制的英雄氣，受制於某些空間的封閉性和形而下性，所以我們在渡也詩歌中所能看到的最大空間意象僅止於暴怒的自然，可以制服人類愛恨情仇的自然力量。如果詩人可以進入到死亡深淵、人性黑暗、神聖救贖空間，讓詩歌的空間完全敞開，在此基礎上重構歷史、文化、社會、情愛、生命諸空間，很有可能創造不一樣的詩歌境界，因為，「詩人走向最內層，這並非為了在上帝身內突然出現，而是為在外部突然出現，為了忠於塵世、塵世生活的圓滿和極大豐富，此時它就以它那股超越一切計算的力量噴出邊際。」[76]這樣的空間意味著：

---

[74] 郭沫若（郭開貞，1892-1978），〈天狗〉，《郭沫若文集（上）》，中國現代文學館編（北京：華夏出版社，2000）26。

[75] 〈約伯記〉（"Job"），和合本《聖經》（*The Holy Bible*，上海：中國基督教三自愛國運動委員會、中國基督教協會，2009 年版，2011）507。

[76] 布朗肖　133-34。

在那裡所有一切都返回到深刻的存在，在那裡在兩個領域之間
有著無限的過渡，在那裡一切都在死去，但是在那裡死亡是生命的
知心伴侶，在那裡恐懼是愉悅，在那裡歡慶在悲哀，而悲哀會增光，
這空間本身正是「萬物像奔向離自己最近最真實的實在那樣」朝它
奔去之處，即最大的圓圈和不停變化的那個空間，它是詩歌的空
間。[77]

四、渡也詩歌的空間展望：從「有物之陣」到「無物之陣」

這部分我們將讓想像如「澎湖的風都張開了翅膀」一樣，展望一下渡
也詩歌空間的可能性。在渡也的詩歌空間，我們必會注意到這是一個被
「物」所填充和佔有的空間，一個「物戀」空間。渡也酷愛古物，「家中
裝潢、擺設、用具，十之六七是民藝、古物」[78]，其大量民藝古物詩、地
方詩、植物蔬果詩[79]，或以物喻物，或以物喻情，或具體，或抽象，都以
「物」築之。至於渡也情詩，雖號稱「香豔大膽」[80]，但並非「身體寫作」，
而是借寫物、狀物、物喻來構建其情愛空間。

鮑德里亞（Jean Baudrillard, 1929 -2007）認為，物戀「意指一種力量，
一種物的超自然的特質，因此類似於主體中某種潛在的魔力，投射於外，
而後被重新獲得，經歷了異化與複歸。[81]」渡也詩歌的物戀情結比較複雜，

---

[77] 布朗肖　138。

[78] 渡也，〈序〉，《流浪玫瑰》（臺北：爾雅出版社有限公司，1999）1-2。

[79] 渡也詩歌涉及民藝物品有：《留情》中的銅臉盆、銅熨斗、馬鈴、長宜子孫鏡、銅
油燈、古鐘、番刀、綠釉陶枕、筷子籠、紅眠床、三寸金蓮、牛軛、車輪、肚兜、
石磨、石臼、古硯、鼓等；《流浪玫瑰》中有雙魚鼻煙壺、宣德香爐、飯桶、尿壺、
神像、石獅、紫砂名壺、銀燭臺、荷包袋、石珠、天燈等。涉及植物方面，《落地
生根》收入近四十餘首吟詠花草、蔬果的詩：秋海棠、菊花、楓、杜鵑、孤挺花、
日日春、黛粉葉、九重葛、萬年輕、勿忘我、榕樹、無花果、母親花、聖誕紅、喇
叭花、竹、含羞草、落地生根、福建茶、小草、空心菜、西瓜、香瓜、枯葉、落葉、
新葉等；地方風物方面，有自然風景如阿里山、日月潭、澎湖，也有歷史建築和現
代景觀如嘉義雙忠廟、紅毛井、監獄，彰化八卦山大佛，澎湖的鎮風塔、四眼井、
媽宮古城、地景藝術，還有地方美食如嘉義方塊酥、雞肉飯，彰化某豆漿店、酒，
澎湖花菜幹、黑糖糕等等。

[80] 渡也，〈序〉，《手套與愛：渡也情色詩》　4。

[81] 〔法〕鮑德里亞（Jean Baudrillard, 1929 -2007），《符號政治經濟學批判》（*For a Critique*

不是佛洛伊德（Sigmund Freud, 1856-1939）基於陽具補償的「戀物癖」或馬克思主義的「商品拜物教」可以解釋。渡也詩歌中的物，很多看起來是日常或普通的物，但往往被賦予了特殊的意義和價值。從現象學角度看，「把詩歌空間賦予一個對象，就是賦予這個對象比它客觀具有的空間更多的空間，更恰當地說，就是跟隨它的內心空間的擴張。[82]」從精神分析看，「人以某種方式把文化編織物用作一種魔力，憑藉它們去超越自然的現實」，「如果被戀物是一種巫術般的魔術，那麼它自然就具有了巫術的性質，即它必然具有它力圖把握的事物之某些性質。[83]」當詩人在「物」前流連徘徊時，現實空間消失，歷史、情愛、生命的永恆空間卻得以呈現，詩人以物的恒久性來對抗現實的脆弱、易逝和平庸，讓歷史和現實經由物的反照，放射出本雅明（Walter Benjamin, 1892-1940）所謂的特殊「光暈」（Aura）。渡也詩歌「物戀」所呈現的，依然是對「不朽性」的追求。

不過，從重建中國詩歌傳統的角度看，渡也詩歌的「物戀」相當重要。中國的古典性空間，在上是統管萬有的「天」、「道」；在下是地（物）和人，是一個天、地、人和諧的「天人合一」空間。但是，以人本思想和進化思想為基礎的現代性空間的生產卻改變了傳統空間樣態：一方面，人類宣告「上帝死了」，建構起一個「人」作為宇宙主宰的人本空間，取代了原來的神本空間，天人關係斷裂；另一方面，進化論又以「向前看」代替了「向上看」、「敬天」，使得現代詩歌喪失了古典詩歌的宗教精神和哲學淵源。從物我關係來看，現代化以來的物我關係又經受兩層重創，使得建立在「天人合一」基礎上的物我空間碎裂、坍塌：一是生態破壞，被污染的河流、山川、空氣……沒辦法再作為審美觀照和物我同構的對象；二是後現代以來的文化解構行動，致力於破壞物我關係，讓「物」成為孤立無援、無依無靠的「物」。例如，韓東（1960-）的〈有關大雁塔〉（「我們爬上去／看看四周的風景／然後再下來」[84]）直接斷了詩人們登樓望遠、

---

of the Political Economy of the Sign），夏瑩譯（南京：南京大學出版社，2009）77。

[82] 〔法〕巴什拉（Gaston Bachelard, 1884-1962）《空間的詩學》（The Poetics of Space），張逸婧譯（上海：上海譯文出版社，2013）261。

[83] 貝克爾 276。

[84] 韓東（1960-），〈有關大雁塔〉，《二十世紀詩歌精選》，沈慶利選編（北京：人民文學出版社，2005）208-09。

發思古之幽情的念頭，而伊沙的〈車過黃河〉（「列車正經過黃河／我正在廁所小便……只一泡尿功夫／黃河已經流遠」[85]）則以惡作劇的小便弄髒了黃河的詩歌河道。

　　然而，渡也卻以英雄詩人的雄心，試圖恢復古典詩歌物我合一的傳統。閱讀渡也詩歌所帶來的久違快感，在很大程度上也與詩人所建構的「物」之空間有關。渡也詩歌中的「物」，雖然很多是日常之物、身體之物、現代之物，已非傳統之「物」，似乎並不能讓人感受到古典詩歌所創造的物我和諧，但仍然有著古典詩歌的「擬物」特徵。最為重要的是，在渡也詩歌中，他戀慕作為生命象徵的自然之物，甚至包括不登大雅之堂的身體器官（〈器官二首〉），以對抗非自然之物、無生命之物、商品之物。此外，渡也對歷史的癡迷，堅持創作「既具有詩質、詩味，又有很多人看得懂」的詩歌[86]，本身就是對古典詩歌傳統的追慕，而在其寫物狀物的詩中，更是可以明顯感受到詩人重建和恢復這一傳統的個人努力。比如「劍」，渡也在其詠史詩、情色詩中都寫到「劍」。古典詩歌有很多關於「劍」的描寫，因為劍是所有冷兵器中「最有文化意味的」，「『書劍飄零』……在文學作品中是個相當高雅的『意象』」[87]。但由於作為兵器的「劍」和俠客在現代社會中的消失，導致「負劍行遊」、「書劍飄零」等古典的物我關係不能在現實中重建，而詩人只能選擇向劍告別（《劍客》），或以劍來喻情愛糾纏（〈梨子與劍〉、〈菊花與劍〉）。再如「菊」，古典詩歌中有「采菊東籬下」（陶淵明〔372？-427〕)〈飲酒〉)[88]的隱逸、「人比黃花瘦」（李清照〔1081-約1141〕〈醉花陰〉)[89]的貞潔、「遙憐故園菊」（岑參〔715-770〕），〈行軍九日思長安故園〉[90]）的思鄉等多種物我關係，而渡也卻只能在他的情愛空間「栽種」菊花，賦予菊花含怨、

85　伊沙，〈車過黃河〉，《二十世紀詩歌精選》　227-28。
86　渡也，〈自序〉，《不准破裂》（書序查無頁碼）。
87　陳平原　1020，1022。
88　陶淵明（372?-427），〈飲酒〉，《陶淵明集》，王瑤（1914-89.）校注（北京：作家出版社，1956）63。
89　李清照（1081-約1141），〈醉花陰〉，《李清照集》（北京：中華書局，1962）11。
90　岑參（715-770），〈行軍九日思長安故園〉，《岑參詩選》，劉開揚選注（成都：四川文藝出版社，1986）132。

含恨、復仇、臨刑等新的意義（〈菊花的回答〉、〈復仇的菊花〉、〈鷹
與菊花〉、菊花與劍〉）。很明顯，渡也努力想重建傳統詩歌空間和諧的
物我關係，但在現代生活中，這個空間已經碎裂，無法復原，我們所能聽
到的只是古典詩歌一個遙遠的回聲。

那麼，還有沒有可能找到這樣一條回歸之路？環境治理非詩人所能
為，但在詩歌中探索天、地、人和諧統一空間的路徑卻是可以大膽嘗試的。

在〈這樣的戰士〉中，魯迅描寫了一個在「無物之陣」中戰鬥的戰士：

> 但他舉起了投槍。
>
> 他微笑，偏側一擲，卻正中了他們的心窩。
>
> 一切都頹然倒地；——然而只有一件外套，其中無物。無物之
> 物已經脫走，得了勝利，因為他這時成了戕害慈善家等類的罪人。
>
> 但他舉起了投槍。
>
> 他在無物之陣中大踏步走，再見一式的點頭，各種的旗幟，各
> 樣的外套……。
>
> 但他舉起了投槍。
>
> 他終於在無物之陣中老衰，壽終。他終於不是戰士，但無物之
> 物則是勝者。[91]

雖然魯迅有自己的解釋[92]，但「無物之陣」卻給現代中國文化精神留
下了巨大的闡釋空間。很顯然，在這場「無物之陣」的戰鬥中，「敵人」
未勝，「戰士」未勝，唯「無物之物」勝了。魯迅一生以戰士自居，以知
其不可為而為之的態度進行「深沉的韌性的戰鬥」[93]但他在「無物之陣」
的戰鬥中，既定了「敵人」的罪狀，同時也解構了「戰士」的戰鬥。魯迅
已然感受到了戰鬥的絕望，正如他早年在給許廣平（1898-1968）的信中
說，「我只覺得『黑暗與虛無』乃是『實有』，卻偏要向這些作絕望的抗
戰。[94]」

---

[91] 魯迅，〈這樣的戰士〉，《魯迅全集》，卷 2，219-20。
[92] 魯迅自己說：「《這樣的戰士》，是有感於文人學士們幫助軍閥而作。」魯迅，〈《野
　　草》英文譯本序〉，《魯迅全集》，卷 4，365。
[93] 魯迅，〈娜拉走後怎樣〉，《魯迅全集》，卷 1，171。
[94] 魯迅，〈兩地書〉，《魯迅全集》，卷 11，466-67。

　　在渡也以「物」建構的英雄空間裡，詩人像魯迅筆下的戰士一樣，不斷地設立敵人、對手，將他的匕首、投槍向著那些「物」擲去。詩人對「無物之物」並非沒有感知，但他無視那些「物」背後「空無一人」、「空無一物」。在那些書寫歷史、死亡的詩作中，詩人完全能夠感受到黑暗與虛無；但或許正因為這樣隱隱的虛無和恐懼，英雄詩人不是正面迎擊，反而是以更多的物來充實這個「無物之陣」，或虛晃一槍，或化無為有，以坐實自己的假想敵和假想物，建構起一個以生抗死、以物抗無、以自然對抗「世界」、以世俗對抗神聖的屬於渡也的不朽空間。

　　渡也詩歌空間的突破，意味著詩人需要面對「無物之陣」，也即布朗肖所謂的「從可見之物變成不可見之物」[95]。「無物之陣」不是陣地的轉換，而是看到「外套」之下的「無物之物」，看到唯「無物之物」為實有。走向「無物之物」，意味著走向歷史、文化、社會、流言……，意味著走向死亡，走向人性深處，走向神聖空間，走向世界的內部空間，走向那個看不見的「天」、「道」。試想，當渡也攜「物」之利器、以英雄詩人的氣質進入到死亡空間、人性乃至自我的黑暗空間，或生死搏鬥、或以靜制動的時候，當詩人在有物、無物空間自由行走，以無物入有物，以無間入有間，盡情鋪排其「物戀」的時候，當詩人不再是作為一個英雄去拯救世界，而是作為一個謙卑的個體去尋求救贖、去尋「道」的時候……渡也詩歌不僅將開啟一個廣闊無限的空間，很有可能創造出寓抽象於具體、既有形又無形、既傳統又現代的新詩空間。至此，我們可以讓想像飛得再高一點，期待「世界和我們中間的帷幕永遠揭開了。如歸故鄉一樣，我們恢復了宇宙底普遍完整的景象」[96]那樣一個和諧迷人的詩歌空間，這個空間曾向上古的詩人開啟過，如今或將再次向現代詩人開啟：

　　　　當我們放棄了理性與意志底權威，把我們完全委託給事物底本
　　　性，讓我們底想像灌入物體，讓宇宙大氣透過我們心靈，因而構成
　　　一個深切的同情交流，物我之間同跳著一個脈搏，同擊著一個節奏
　　　的時候，站在我們面前的已經不是一粒細沙，一朵野花或一片碎

---

[95] 布朗肖　138。
[96] 梁宗岱，〈象徵主義〉，《梁宗岱文集Ⅱ（評論卷）》，馬海甸編（北京：中央編譯出版社，2003）74。

瓦,而是一顆自由活潑的靈魂與我們底靈魂偶然的相遇:兩個相同
的命運,在那一剎那間,互相點頭,默契和微笑。[97]

---

[97] 梁宗岱　77。

參考文獻目錄

AI

〔美〕愛默生（Emerson, Ralph Waldo）.《愛默生隨筆全集》，蒲隆譯。
　　北京：國際文化出版公司，2006。

BA

〔法〕巴什拉，加斯東（Bachelard, Gaston）.《空間的詩學》（The Poetics
　　of Space），《空間的詩學》，張逸婧譯。上海：上海譯文出版社，
　　2013。

BAI

白靈.〈不畏烏雲與烈日──評渡也《攻玉山》〉，《文訊》258（2007）：
　　100-01。

BAO

〔法〕鮑德里亞（Baudrillard, Jean）.《符號政治經濟學批判》（For a Critique
　　of the Political Economy of the Sign），夏瑩譯。南京：南京大學出版
　　社，2009。

BEI

〔美〕貝克爾，恩斯特（Becker, Ernest）.《拒斥死亡》（Denial of Death），
　　林和生譯。北京：華夏出版社，2000。

BIE

〔俄〕別爾嘉耶夫（Berdiaev, Nikolaï）.《論人的使命──悖論倫理學體驗》
　　（The Destiny of Man）張百春譯。上海：學林出版社，2000。

BU

〔法〕布朗肖，莫里斯（Blanchot, Maurice）.《文學空間》（The Space of Literature），顧嘉琛譯。北京：商務印書館，2003。

CHEN

陳伯良.《穆旦傳》。杭州：浙江人民出版社，2004。

陳平原.《千古文人俠客夢》，《陳平原小說史論集》，中冊。石家莊：河北人民出版社，1997。

DI

迪爾，邁克（Dear, Michael J.）.〈後現代血統：從列斐伏爾到詹姆遜〉（"Postmodern Bloodlines: From Lefebvre to Jameson"）《現代性與空間的生產》，包亞明主編。上海：上海教育出版社，2002，83-110。

GAO

高宣揚.〈喬治・巴塔耶對語言的批判和對生死的探索〉.《後現代主義哲學講演錄》，馮俊等著，陳喜貴等譯。北京：商務印書館，2003，152-169。

GUO

郭沫若.《郭沫若文集》，中國現代文學館編，上冊。北京：華夏出版社，2000。

KA

〔英〕卡萊爾，湯瑪斯（Carlyle, Thomas）.《英雄與英雄崇拜》（Heroes and Hero Worship），何欣譯。瀋陽：遼寧教育出版社，1998。

LI

李瑞騰.〈語近情遙──渡也詩略論〉，《國文學誌》10（2005）：221-33。

LIANG

梁宗岱.《梁宗岱文集Ⅱ（評論卷）》。北京：中央編譯出版社，2003。

LIN

林基成.〈天演＝進化？＝進步？〉，《二十世紀中國文學史論（一）》，
　　王曉明主編。上海：東方出版中心，1997，157-67。

林怡汝.〈渡也新詩的詠史特質研究〉，碩士論文，中興大學，2007。

LU

魯迅.《魯迅全集》。北京：人民文學出版社，2005。

MU

穆旦.《穆旦詩選》。北京：人民文學出版社，1986。

SHEN

沈慶利選編.《二十世紀詩歌精選》。北京：人民文學出版社，2005。

SHENG

《聖經》。上海：中國基督教三自愛國運動委員會、中國基督教協會，2009。

SUO

〔美〕索亞，愛德華（Soja, Edward W.）.《第三空間：去往洛杉機和其他
　　真實和想象地方的旅程》（*Thirdspace: Journeys to Los Angeles and Other
　　Real-and-Imagined Places*），陸揚、劉佳林、朱志榮、路瑜譯。上海：
　　上海教育出版社，2005。

WANG

王建疆.〈後現代語境中的英雄空間與英雄再生〉，《文學評論》3（2014）：
　　159-66。

汪民安.〈蹤跡〉（"trace"），《文化研究關鍵詞》。南京：江蘇人民出版
　　社，2007，516。

WEI

韋格納，菲力浦（Wegner, Phillip E.）.〈空間批評：批評的地理、空間、
　　場所與文本性〉（"Spatial Criticism"），程世波譯，《文學理論精粹
　　讀本》，熱拉爾・熱奈特（Gérard Genette）等著，閻嘉主編。北京：
　　中國人民大學出版社，2006，135-47。

YOU

游翠萍.〈重釋冰心──死亡恐懼及其寫作〉，《中華文化論壇》8（2013）：
　　71-79。

The Spatial Form of Du Ye's Poems

Cuiping YOU

Aassistant Researcher SiChuan Academy of Social Sciences

Abstract

With the background of 'spatial turn'studying Du Ye's poetry on the aspect of 'space'.　he space production of Du Ye's poetry show that poetry characteristics of "the third space" which blend historicalsocial and spatial together. At the same timethe poetry space of Du Ye also is a heroic spacebut postmodern civilization difficult to sustain the heroic poem. The poetry space of Du Ye Still can broaden the enormous potentialdeath spacehumanity space and salvation space are waiting to researchplus Du Ye' effort of reconstitute thing-persons relationship and harmonious spaceif the poetry developing from 'array of something' to 'array of nothing' it may create new poetry space.

Keywords: Du Ye' s poetry space productionthe psychoanalysis of space the development of space the expectation of space

渡也的詩歌的空間詩學研究
——以巴什拉理論作一分析

■張娟

作者簡介

張娟（Juan ZHANG），女，2007 年畢業於南京師範大學，文學博士，現為東南大學人文學院副教授，中國現代文學研究會會員。主要研究領域為中國現當代文學，近年來重點研究領域為現代市民小說、魯迅與城市研究等。承接國家、省部級項目多項。出版專著兩部。在 CSSCI 等核心期刊、省級期刊發表論文三十餘篇。

論文題要

渡也詩歌中關注日常生活，詩歌中有的大量空間形象和物質意象。論文借助巴什拉的「空間詩學」理論，對渡也詩歌的中的私密空間（書房、日常物件、門窗意象）進行場所分析；借用「暴風雨中的家宅」、「垂直的空間」、「家宅與宇宙」理論對渡也詩歌中的空間意象做精神分析；整合「中心與離散」、伊利亞德「神聖的存在」和異托邦理論解釋渡也詩歌中的異質空間與離散心態。

關鍵詞：渡也、巴什拉、空間詩學、散居、伊利亞德、異托邦

一、引言

　　本文準備以空間詩學研究渡也的詩歌。自從亞里斯多德（Aristotle, 前 384－前 322）《詩學》（*Poetics*）已降，西方文藝理論逐步將「文藝理論」以「詩學」代稱，形成悠久的詩學傳統，詩歌紛繁複雜的「形象」（image）問題成為詩歌研究的重鎮。當代西方已經逐步突破文學禁錮，滲透吸納豐富寬廣的社會歷史文化語境，特別是二十世紀末後現代「空間轉向」（spatial turn）進一步形成了當代詩學的疆界擴張。法國著名哲學家加斯東‧巴什拉（Gaston Bachelard, 1884-1962）[1]的《空間詩學》（*The Poetics of Space,* 1957）就是當代空間史學的一個重要標誌。巴什拉重視探討詩歌的「詩意空間」，通過家屋與宇宙、鳥巢、貝殼、角落等空間意象，闡發「幸福的空間」思想，無獨有偶，渡也詩歌寫作有高度的藝術知覺，在他詩歌創作中可以看到從詩歌的「時間形象」到「空間形象」的轉變，渡也詩歌的「空間形象」是怎樣的，其「空間形象」又是如何誕生的，我們應該如何把握渡也詩歌的空間形象，是值得我們探討的命題。

　　形象是詩人表現世界的不可或缺的工具。對於個人而言，形象是一個客體（人或物）在主體大腦裡的再現（representation），西方的形象來源於拉丁語 imago，以為圖片（picture）、外觀形象（semblance）。客觀來說，形象會受到社會歷史和文化傳統的影響，但主要植根於個人的心理和感覺。渡也的詩歌中我們同樣可以看到這種細微的空間形象的差異，借助巴什拉的空間詩學，可以說明我們認識到渡也寫作的各種外在表像空間背後的「內在空間」，它們由情感、記憶、想像、潛意識等激發而形成，充斥著豐富的心理和精神因素。空間幫助詩歌完成了對整個宇宙的神奇描繪，也幫助詩人「摹仿上帝的創世的行動，在較小規模上創造了他自己的詩歌

---

[1]　加斯東‧巴什拉（Gaston Bachelard, 1884-1962），哲學家、科學家，法國哲學家，科學家，詩人。早年曾攻讀自然科學，1927 年獲文學博士學位，1930 年起先後任第戎大學、巴黎大學教授，1955 年以名譽教授身分領導科學歷史學院，並當選為倫理、政治科學院院士，1961 年獲法蘭西文學國家大獎。主要著作有：《夢想的詩學》（1960）、《火的精神分析》（1937）、《科學精神的形成》（1938）、《空間的詩學》（1957）等。

小世界或小宇宙。[2]」本文擬藉由巴什拉空間詩學，探討渡也詩歌中的空間如何通過自己的形象表徵，使得詩歌獲得隱喻和形式的力量，實現詩人內在的情感的外化和理性的表達。

二、私密空間的精神分析

巴什拉認為「家」是私密空間的一種代表性隱喻。「家」並非一種單純的物理場所，而是反映了親密、孤獨、熱情的隱喻性意象，是感性的場所。

（一）「家宅」與書房

渡也的詩歌中很少出現單純意義的「家」，他的家往往是以「書房」作為代稱的。「書房」對於渡也來說，具有非常重要的意義，這是他寫作的地方，也是他在詩中經常提到的屬於自己的私密空間。

在人類的空間構建中，「家」是最重要的一種空間建築。〈莊子·盜跖〉中說：「古者禽獸多而人少，於是民皆巢居以避之。晝拾橡栗，暮棲木上，故命之曰有巢氏之民。[3]」從早期巢居式的山洞，到現在的形態各異、功能齊備的住宅，「家」成為我們生活中最重要的一個空間，不僅遮風擋雨，同時庇佑夢想。

「家宅庇佑著夢想，家宅保護著夢想者，家宅讓我們能夠在安詳中做夢。並非只有思想和經驗才能證明人的價值。有些代表人的內心深處的價值是屬於夢想的。[4]」渡也在詩歌中寫到：

> 攜帶筆和稿紙／和一個尚未完成的使命／我上班，在渡也工作室／工作室中沒有禮拜天／也沒有國定假日／不領薪水 也不發年終獎金／／

---

[2] 胡家巒，《歷史的星空——英國文藝復興時期詩歌與西方宇宙論》（北京：北京大學出版社，2001）4。

[3] 郭慶藩（1844-96?），《莊子集釋》（北京：中華書局，1982）994-95。

[4] 巴什拉（Gaston Bachelard，1884-1962）《空間的詩學》（The Poetics of Space），張逸婧譯（上海：上海譯文出版社，2009）4-5；譚宇靜，〈空間與詩：對巴什拉《空間的詩學》形象問題的分析與述評〉，碩士論文，浙江大學，2012。

　　　　在渡也工作室上班／我不斷地捕捉／社會大眾的淚水（渡也
　　〈不准破裂・上班〉）[5]

　　渡也的上班並非一般意義的交換價值的勞動，而是一種事業，這種事
業不謀求利益，也不需要報酬，這是詩人的事業，也是詩人生命的堅守。
上班的全部行為凝聚在一個空間裡，就是渡也先生的「書房」──「渡也
工作室」。

　　其次，書房是密閉的空間，只要進入書房「生活便開始，在封閉中、
受保護中開始，在家宅的溫暖懷抱中開始。[6]」這種溫暖的呵護是接近於母
性的。在〈書房〉一詩中，渡也把書房比作一朵盛開的鮮花，意象非常溫
暖精美。

　　　　我坐在書香裡／眼坐在書香裡／心，靜靜坐在書香裡／／
　　　　文學歷史哲學美學社會學人類學／圍看著我／書開花，香四
　　溢／／
　　　　身躺在書房裡／心躺在書房裡（渡也〈不准破裂・書房〉[7]）

　　花瓣會呈現四面向內聚合的形態，從而形成一個私密的空間，這個空
間是溫暖又芬芳四溢的，躺在書香中，如同一個赤裸的嬰兒，享受著母
親的溫暖擁抱。正如人在孤獨的時候會蜷縮自己的身體尋找溫暖，這正是
摹擬躺在母親子宮中的嬰兒的形態。我在書房是完全放鬆的，是充滿安
全感的。但是生活總是充滿戰爭與紛爭，在〈鴿子與同情〉中，渡也寫到
自己夜深在書房趕寫論文，但是「毫不掩飾的刀槍／在世界各地／盡情綻
放」[8]。正是有了「書房」這樣一個保護精神自在的「幸福空間」形象，我
可以在遇到淒風苦雨的時候，「把自己像書一樣／合起來」，甚至可以釋
放自己的能力，反對象化把書房置於自己的保護之下，讓「書房疲倦地躺
在我心裡」[9]。

---

[5]　渡也，〈上班〉，《不准破裂》（彰化：彰化縣立文化中心，1994）84。
[6]　巴什拉，《空間的詩學》　5。
[7]　渡也，〈書房〉，《不准破裂》　74。
[8]　渡也，〈鴿子與同情〉，《我是一件行李》（台北：晨星出版社，1995）147。
[9]　渡也，〈書房〉，《不准破裂》　75。

　　吸引詩人不斷地回歸書房的是什麼呢？巴什拉說：「內心空間的存在是幸福的存在[10]」渡也描寫書房，真正談論的並不僅僅是書房本身，而是書房帶給他的愉悅與幸福感，而這正是一個讀書人的人文價值所在。當詩人在空間中流連的時候，時間的飛逝是懸置的，空間變成了時間長河中的一系列定格。那些留在記憶中的空間，是經歷了柏格森（Henri Berson, 1859-1941）時間意義上的「綿延」之後的時光的化石，回憶變成了空間化的存在，靜止不動，並且由於情感的意味而更加堅固美麗。

（二）日常生活物件

　　法國哲學家亨利・列斐伏爾（Henri Lefebver, 1901-91）[11]在巴什拉的空間詩學基礎上進一步整合了精神空間和物質空間，引入了社會空間的概念。他提出了「再現的空間」，認為「空間可以重複性再現，它會說話。它由一個情感的核心（或中心）：自我、床、臥室、公寓、住宅；或者廣場，教堂，墓地。它包含了激情、行動和生活的中心，這直接蘊含了時間。[12]」

　　正如巴什拉在《空間詩學》裡宣稱的可以閱讀家宅，在對這些家宅中物件的隱喻研究中，巴什拉主張「我們應該回到對創造性想像力的實證研究上來，借助抽屜、箱子、鎖和櫃子這些主題，我們將重新接近內心空間夢想那深不可測的儲藏室。」[13]就渡也詩歌中常見的日常生活物件，可列表如下：

---

[10] 巴什拉，《空間的詩學》　11。
[11] 亨利・列斐伏爾（Henri Lefebver, 1901-91）法國哲學家，著名西方馬克思主義學者，是西方學界公認的「日常生活批判理論之父」，「現代法國辯證法之父」，區域社會學、特別是城市社會學理論的重要奠基人。他的主要著作有《辯證唯物主義》（1938）、《日常生活批判》（三卷，1947、1962、1981）和《空間的生產》（1974）、《城市革命》（1970）。彭愷，〈空間的生產理論下的轉型期中國新城問題研究〉，博士論文，華中科技大學，2013。張岳，〈流動空間的生產與城市性〉，博士論文，中央民族大學，2013。
[12] Henri Lefebvere, *The Production of Space* trans. Donald Nicholson-Smith (Mass: Blackwell Publishers, 1991) 41-42.
[13] 巴什拉，《空間的詩學》　84。

〈椅子〉、〈座位〉、〈占位子〉	〈不准破裂〉（178-80，182-85，187-89）	椅子、座位
〈童〉	〈面具〉	幼時的櫥櫃
〈梳子與剪刀〉、〈梳子〉	〈不准破裂〉（188-89，192-93）	梳子與剪刀
〈街頭二題─鑰匙〉 〈街頭二題─異國女子〉 〈鑰匙大王〉	〈不准破裂〉（200-01，202-03） 〈我策馬奔進歷史〉（73-74）	鑰匙
〈太平〉	〈不准破裂〉（214-16）	門
〈煙灰缸〉	〈不准破裂〉（224-25）	煙灰缸
〈一盞燈〉	〈不准破裂〉（228-29）	燈
〈飲水機〉	〈不准破裂〉（220-21）	飲水機
〈小小江山〉	〈不准破裂〉（234-37）	鐵籠
〈新詩極短篇〉	〈我是一件行李〉（163）	民藝古物
〈杜斯托也夫斯基〉	〈面具〉（7）	落地長鏡

　　巴什拉在對箱子等日常生活物件的分析中揭示了這些物質的心理學內涵。在渡也的詩中我們也體會到凝聚在這些日常物件中的情感與思想內涵。渡也的詩中，椅子是人類的象徵，讓座的過程也是詩人的生命歷程；梳子梳理的不僅僅是頭髮，還是世間的不平；門是生命之路的象徵；飲水機裡面可以看到人情；燈是祖先穿下來的沒有鎢絲沒有形體的精神；渡也熱愛收藏，在「家中有許多民藝古物／現代的我看年邁的它們／有時覺得它們不是物／而是抽象的時間和寂寞」（渡也〈我是一件行李・新詩極短篇〉[14]）

　　在渡也的詩歌中，很少有疊進四季歷史的衣櫃，沒有潔白的像月光的床單，也沒有里爾克（Rainer Maria Rilke, 1875-1926）式的隱祕的箱子，渡也認識圍繞在自己身邊的貼身物質世界，很少會執著於日常生活物件本身，而是借用這些物件表達自己對於宇宙人生的看法。由日常生活空間擴展到心理空間，體現了一個詩人學者的人文情懷。

（三）「門」與「窗」的空間轉換

　　渡也的詩歌中「門」「窗」意象是比較常見的。門窗是連接內外空間的，作為空間的天然分界線，門窗可以將歷時空間和顯示空間有機地串聯

---

[14] 渡也，〈新詩極短篇〉，《我是一件行李》 163。

起來，使兩者在人的意識裡融為一體，通過空間的內外切換映射出生命的意義探索與生存焦慮。門在甲骨文中寫作「門」，像兩扇門板一般。這兩扇最普通的門板成為人類文明的偉大創舉。家園之門意味著保護和防衛。當門把人類從自然界與社會的雙重侵害中保護起來時，家園的寧靜溫馨與安全感就嵌入了人類的情感世界。窗戶則連通了內外兩個世界。

「門是一個半開放的宇宙。這至少是半開放的宇宙的初步形象，一個夢想的起源本身，這個夢想裏積聚著欲望和企圖，打開存在心底的企圖，征服所有矜持的存在的欲望。[15]」渡也在門窗裏隱藏的半是生命，半是情愛。

1.生命之門窗

古人有云「衡門之下，可以棲遲。」（《詩經·陳風·衡門》[16]），甲骨文中的門是家宅的標誌，它用一根橫木，兩扇柴扉呼喚著異鄉流浪的才子，呈現出詩意的守護與溫暖，它的背後是可以庇佑我們身體與靈魂的家園。門將人類生存的空間做出區隔，一邊是棲息的家園，一邊是外面的世界。人們大部分時間都在世界漂泊，卻無時無刻不嚮往著家園，凝望著通往家園的門。門亦成為生命的一種隱喻，在渡也的詩歌中屢現。在〈太平〉一詩中，渡也寫到：

> 門前有一千條／漫長的／艱辛的路／每個人都從路那端／爬過來／／
>
> 爬到門前，一律／閉目／／
>
> 喜怒哀樂／
>
> 貧富賢愚／哭聲輓聯花圈，到此一律／止步／／
>
> 門前有一千條／門內只有一條／路／越過這門，從此／太平／／
>
> 沒有快樂，沒有苦惱／沒有政治，沒有戰爭，沒有／記憶，沒有／感官／／
>
> 不是終點／而是起點／越過這門，從此／無憂無慮無恨／無愛
> （渡也〈不准破裂·太平〉[17]）

---

[15] 巴什拉，《空間的詩學》　243。
[16] 金啟華（1919-），《詩經全譯》（南京：江蘇古籍出版社，1984）292。
[17] 渡也，〈太平〉，《不准破裂》　214-16。

　　〈天平〉中的門頗具隱喻意義，恰如唐代詩人王維（701-761）〈歎白髮〉所言：「一生幾許傷心事，不向空門何處銷。[18]」佛家有空門之說，看透人間悲歡，空門即成為一種救贖。基督教裏也有門，門是天國的入口，在《聖經》（*The Holy Bible*）中，門是人超越肉身，進入天堂的通道。門的的開放和關閉，表達著召喚、存在、抵達與禁止，門是一種象徵，也是一個空間的區隔。門之內是家園，外是世界，門成為必經之路，也成為心靈窗口。在〈真實的世界〉中渡也寫到：

> 　　每天早上起床／打開窗戶的眼皮／總有一陣巨大的頭暈吹來／我立刻崩潰在頭痛藥裡／和窗外的世界對抗／／
> 　　迅速關上眼皮／頭痛仍然活在我眼裡／我只好再度／睜開窗戶的眼皮／設法倒立看窗外的世界／世界／竟也跟著顛倒／不再頭痛的我／流著淚告訴自己／這才是真實的世界（渡也〈我策馬奔進歷史・真實的世界[19]）

詩人打開「窗戶的眼皮」，實質上也是打開「心靈的窗戶」，試圖在清晨看到一個清新的世界，但未曾料到得到的卻是「一陣巨大的頭暈」，我只能「崩潰在頭痛藥裡」，本意想要向「外」尋求氧氣，卻被窗外跟著顛倒的世界逼回自己的世界。這種內外空間的試探、推進、遊移、回歸，正是詩人敏感的心靈之旅，深藏在裡面的是現代人的彷徨無助，心靈的孤獨無依，「流著淚告訴自己／這才是真實的世界」裡面蘊含的是深刻的絕望。

2.情欲之窗

　　「門向哪里，對著誰打開？它們為了人類的世界還是為了孤獨的世界而開啟？[20]」研究門的朝向是富有趣味的一個主題，對於渡也而言，門是朝向愛情而開的，門窗在渡也詩歌中承載了更多的情欲意味。

---

[18]　王維（701-761），〈歎白髮〉，《王維詩文集》，陳鐵民注（北京：北京博展源圖書有限公司，2002）704。.

[19]　渡也，〈真實的世界〉，《我策馬奔進歷史》（嘉義：嘉義市立文化中心，1995）166-67。

[20]　巴什拉，《空間的詩學》 245。

〈然後〉	穀倉之門（隱喻愛情）	《流浪玫瑰》（49）
〈婚後〉	竹籠窗口	《流浪玫瑰》（69）
〈帶你回去〉	愛的房子	《流浪玫瑰》（65）
〈耕耘機〉	深耕之屋	《流浪玫瑰》（71、72）
〈愛之一〉	佔領新大陸	《流浪玫瑰》（75）
〈空城計〉	破城而入	《空城計》（8）
〈紅毛城〉	心靈的城堡	《空城計》（14）

　　城市社會學者王小波（1952-97）在分析「不同時代城市女性空間」時指出，中國傳統民居的結構，本身就體現了「性別空間」的觀念，中國傳統的民族有男性空間和女性空間的區分，男女有各自的活動範圍和區域。前堂後室，以「中門」為界，使得公共領域很少看到女性的身影[21]。正如西方女性主義空間觀的核心理點，「就是婦女的生活空間歷來比男性的生活空間受到更多的約束和限制，女性在歷史上向來被排斥與一些空間之外，或局限於一些空間之內。[22]」女性的空間就是門窗之內，她們是私密和個人空間的天然守護者。渡也的詩歌中，門窗往往和情欲聯繫在一起，把攻打女性的城池看做是一種男性的進攻。如《空城計》中，把自己愛的女子比作是一座城池，而自己則要帶領三十萬大軍，勇敢地闖入城池，把女子和綿綿的情愛虜走；在〈然後〉中則把女性的愛比作溫暖的穀倉，自己要像羊群回家一樣回到對方身邊。女性守護著私人的情愛領域，守護著情感的家園，詩人的空間書寫也具有動人的情感力量。

三、場所分析：家宅與宇宙

　　巴什拉《空間的詩學》通過對各種不同類型的空間分析，改變了物理學的看待空間的方式，注重「場所精神」[23]，發掘建築中的人文情緒和

---

[21] 王小波（1952-97），〈城市社會學研究的女性主義視角〉，《社會科學研究》6（2006）：113-14。
[22] 蘇紅軍，〈時空觀：西方女權主義的一個新領域〉，《西方後學語境中的女權主義》，蘇紅軍、柏棣主編（桂林：廣西師範大學出版社，2006）47-48。
[23] 建築現象學的出發點是「回到建築本身」，建築的本質，首先是「居的場所」，其次建築學家要關注導致建築之所以成為建築的「氣氛」（atmosphere），也既「場所精神」。

情感內涵。巴什拉認為：「場所分析是對我們內心生活的系統心理學研究。[24]」

（一）垂直的居所：從到地窖

在巴什拉關於家宅的心理學中，家宅被想像成一個垂直的存在，它是對我們垂直意識的一種呼喚。一般建築物都會包括從地窖到閣樓這樣垂直的結構，在巴什拉看來，高的樓層是夢想者建造的，高層的敞亮與理性讓人在這裡獲得一種激情的感受。而地窖卻往往帶來陰暗和恐懼感。塔樓在垂直性上從最深的地面和水面升起，直達一個信仰天空的靈魂的居所[25]。渡也的詩〈上樓到書房去〉明白顯示他的書房在樓上：

> 風雨向生命襲來／上樓到書房去／遺失職業了／上樓到書房去／家中沒有柴米油鹽醬醋茶／上樓到書房去／讀書（渡也〈我是一件行李・上樓到書房去〉[26]）

渡也是個讀書人，把書房當做其夢想的家園。當生命的「風雨」襲來的時候，他用空間位移的方式來躲避這種狂風驟雨，「上樓到書房去」是一種空間的垂直移動，「樓上的書房」是夢想的烏托邦，是讀書人的桃花源，詩人渡也無法回到陶淵明的時代，但同樣可以「結廬在人境，而無車馬喧。問君何能爾？心遠地自偏。[27]」就算家裡連柴米油鹽醬醋茶都沒有了，又有什麼關係。就如魯迅（周樟壽，1881-1936）〈傷逝〉中的涓生：「我立刻轉身向了書案，推開盛香油的瓶子和醋碟，子君便送過那黯淡的燈來。[28]」推開香油瓶和醋碟是一種空間的移置，上樓到書房也是一種空間的轉換，借助這種轉換，「樓上的書房」保存了詩人的夢想，成為現實中的理想國。

---

[24] 巴什拉，《空間的詩學》 7。
[25] 巴什拉，《空間的詩學》 25。
[26] 渡也，〈上樓到書房去〉，《我是一件行李》 195。
[27] 陶潛（65-427），《陶淵明集》，王瑤（1914-89）編注（北京：人民文學出版社，1956）51。
[28] 魯迅〈傷逝〉，《魯迅全集》（北京：人民文學出版社，1981）117。

　　在渡也的詩歌空間體系中，可以看到象徵和容納著恐懼的地窖和有包容類似情緒體驗的「後院」。地窖是家宅中最陰暗的部分，往往和恐懼感和非理性聯繫在一起。巴什拉談到「在閣樓上，恐懼感很容易變得『理性化』。在地窖裡，即使對於一個比榮格（Carl Gustav Jung, 1875-1961）所提到的人勇敢許多的生物，『理性化』的過程也沒有那麼快，那麼清晰。[29]」
　　在〈最後的晚餐〉中，地窖的形象陰冷而恐怖：

　　　　「還有一顆蛋被遺忘在晦暗的牆角。那是一間冰冷的地窖吧，微明而青紫的空間，只有一方小小的瞻視窗了。／／
　　　　終於他那雙淒悽然失笑的鞋履停泊在那顆蛋上，而他瘦瘦的枯枝顫顫地攫住頑頑強的鐵柵，／／
　　　　然而，黑暗的潮水依然從窗外鞭打過來。」（渡也〈面具‧最後的晚餐〉[30]）

〈浩劫後〉[31]中寫到「遮住了我們的老太陽／遮住了／我們的天空遮住了／人類唯一的未來／／我躲在地下室寫詩抗議」，地下室成為隱藏祕密的地方。文學形象的表現中，地窖往往成為祕密的隱喻，恰如〈後院〉，後院也是類似於地窖的隱祕空間。「世界的黑暗／被我的嘴巴看見／我請朋友也要看清楚」但是我又不能把一切都揭穿，否則全世界的人都會向我丟石頭，所以「我只好把舌頭割下／藏在心中／挖出眼睛／埋在無人看見的／後院[32]」。

　　家宅本身可能僅僅是一種冰冷的物質的幾何學物件，用科學主義的方式分析，看到的家宅僅僅是框架結構和各種空間構造，但是當我們把家宅與人類的心靈與感知結合起來時，冰冷的家宅就具有了情感的記憶。家宅中的垂直結構——頂樓和地下室也同樣被賦予了內心的不同體驗。渡也在他的詩歌中成功塑造了充滿幸福、激情和理想主義情懷的頂樓書房和充斥著祕密與憤怒的地下室，表達了一個詩人的充滿情感的空間體驗。

---

[29] 巴什拉，《空間的詩學》 18。
[30] 渡也，〈最後的晚餐〉，〈面具〉（台中：台中縣立文化中心，1993）139。
[31] 渡也，〈浩劫後〉，《我是一件行李》 134。
[32] 渡也，〈後院〉，《我是一件行李》 72-73。

（二）暴風雪中的房屋

　　渡也的詩歌的空間書寫有兩種集中的災難書寫——水災和地震。苦難是不可避免的，正如伊利亞德（Mircea Eliade, 1907-86）所說，古人（人類）「無力抵抗宇宙災難、軍事禍患、與社會結構緊密難分的社會不義、個人的不幸等等。[33]」「在古代文明的架構內，沒有一個地方，苦難災禍是被視為『盲目』而了無意義的。[34]」世界上任何發生的事物都是符合因果律的，災難也是有意義和功能的。

　　家宅在與自然災害對抗的過程中，增加了居住者的幸福感，家宅就如同母親庇護我們。當象徵著安全與溫暖的小屋遭遇到風暴襲擊的時候，家宅給我們的庇護價值才會更明顯地表現出來。在上文私密空間的精神分析中，可看到私密的家宅對自我的庇佑與夢想的保護。「而家宅早已成為人性的存在，我的軀體躲避其中，家宅絲毫不向風暴屈服。家宅把我緊緊摟在中間，像一匹母狼，有時候我感到它的體味如母親的愛撫直達我的心房。在這樣的夜晚，家宅確實就是我的母親。[35]」外部世界的攻擊加強了家宅的安全感和身處其中的幸福感，家宅在與惡劣外部條件的對抗中也增強了自己的勇氣和信心。

　　巴什拉認為，水和土這些物質「實在只有在人類的活動具有足夠進攻性，具有智慧的進攻性時，才可能確實地在人的心目中形成。[36]」人類居住的空間並不是永遠平靜的，大自然時常會發起進攻，形成災難。「為很好地使人感受到在由被戰勝的物質本原所引起的舉止和健康的征服中的差異，我將研究對被克服的逆境的盡可能近的感覺。同時仍讓這些感覺保持它們自身深刻的物質標誌。[37]」下文列舉渡也詩中災難的家宅的描寫，借此可觀地震和水災成為臺灣居住空間最大的自然威脅。

---

[33] 耶律亞德（Mircea Eliade, 1907-86），《宇宙與歷史：永恒回歸的神話》（*The Myth of the Eternal Return* or *Cosmos and History*），楊儒賓譯（臺北：聯經出版事業公司，2000）86。

[34] 耶律亞德，《宇宙與歷史》　90。

[35] 巴什拉，《空間的詩學》　47。

[36] 巴什拉，《水與夢——論物質的想像》（*Water and Dreams: An Essay on the Imagination of Matter*），顧嘉琛譯（長沙：嶽麓書社，2005）175。

[37] 巴什拉，《水與夢》　177。

〈路──記九二一大地震〉	《攻玉山》（113）	地震
〈字條〉	《攻玉山》（114）	地震
〈山──記九二一大地震〉	《攻玉山》（115-16）	地震
〈山水轟然碎散〉	《攻玉山》（117）	
〈房子──記九二一大地震〉	《攻玉山》（119）	地震
〈中部──記九二一大地震〉	《攻玉山》（120-21）	
〈月亮歪斜〉	《攻玉山》（122）	
〈新居〉	《攻玉山》（123-24）	
〈臺灣史〉	《攻玉山》（129）	水災
〈天下大水〉	《面具》（119-25）	水災
〈母親〉	《攻玉山》（94-95）	水災

「面對敵意，針對風暴和颶風的動物性形式，家宅的保護和抵抗價值轉化為人性價值。家宅具備了人體的生理和道德能量。它在大雨中挺起背脊，挺直腰。在狂風中，他在該彎折時彎折，肯定自己在恰當的時候會重新屹立，從來無視暫時的失敗。這樣的一座家宅號召人做宇宙的英雄。[38]」渡也的詩〈房子──記九二一大地震〉中地震中的房子就是這樣一些抗爭的英雄。

> 有些房子忽然走了幾步／到隔壁的隔壁去／房子自己也嚇了一跳／／
>
> 有些房子吐了一地後／歪歪斜斜地站著／渾身是酒後的暈眩／／
> 有些房子被高高舉起／至今仍不敢下來／／
> 有些大廈栽入地下／只露出上半身／現在仍愣在那裡／／
> 有些大廈臨終前／相互擁抱／然後五體投地／來不及喊救命／／
> 對於房子的搏命演出／建築商拍手叫好（渡也〈攻玉山‧房子──記九二一大地震〉[39]）

有些房子忽然走了幾步，有些房子吐了一地，有些房子被高高舉起，有些房子栽入地下，有些房子相互擁抱……它們在大自然的肆虐面前是無助的，也是英勇的，它們不僅暫時的彎折，他們依然努力庇護人類。在〈新

---

[38] 巴什拉，《空間的詩學》　48。

[39] 渡也，〈房子──記九二一大地震〉，《攻玉山》　118-19。

居〉中,「我和瓦礫相依為命」,我來到了自己的新巢,雖然不知道「受傷的天空何時才能/再讓我飛翔?[40]」但是我們依然樂觀面對自然的災害,空間的變形。

「狂暴的水是普天下憤怒的最早的圖像之一。若無風暴便無史詩[41]」人類可以在征服風暴的過程中獲得崇高的精神體驗,確證自己的力量。臺灣亦經常遭遇水災,渡也在詩中多次寫到了狂暴的大雨。「母親節前夕/大雨把臺灣推入水中/把臺灣的頭顱用力壓在水裡/政府要員都在水中掙扎/總統府行政院浪高數十丈[42]」渡也在詩中責問:

> 誰在山的背部砍了幾刀/誰在山的臉上製造傷口/有人大聲質問誰拔掉山的毛髮、眼睛/山的頭顱/所以老天才派出一切災難/來懲罰我們/教育我們//……
>
> 這是二十世紀,一九八四/夏禹已死,誰來治水?/經過家門的不是夏禹/而是三過其門而入/浩浩滔天的洪水/我在岸邊冒雨觀看/河在橋下/河在路上/河在屋頂/河在每一個人心中洶湧/私欲,愚蠢、險惡的河/這是二十世紀大審判/每一個現代人都是兇手/是誰重重敲響驚堂木/人啊,你認不認罪![43]

「所有的攻擊,不論其來自於人或世界,都是動物性的。無論一種來自於人的攻擊有多麼陰險狡猾,多麼拐彎抹角,多麼巧妙偽裝,多麼精心設計,它都暴露了冤仇未報的起因。[44]」渡也在詩中討論是誰激怒了水?是現代人盲目砍伐樹木?是現代人的愚蠢私欲?水是如何被激怒的,這同樣是巴什拉討論的「受挑逗者的」心理學。「所有這些狂暴都服從一種怨恨的,象徵性和簡介復仇的心理學。當我們細察水的狂暴時,就會看到,憤怒心理學的各種細節重又會合在宇宙層次上。[45]」渡也在自然層面描寫天災──這些在非常態的地質變化和暴風雨中掙扎的世界與靈魂,並沒有

---

[40] 渡也,〈新居〉,《攻玉山》 123-24。

[41] 巴什拉,《水與夢》 195。

[42] 渡也,〈母親〉,《攻玉山》 94-95。

[43] 渡也,〈天下大水〉,《最後的長城》(台北:黎明文化,1988)123-24。

[44] 巴什拉,《空間的詩學》 46。

[45] 巴什拉,《水與夢》 198。

停留在對災難表像的書寫，而是追問其發生的起因，自然的憤怒來源於人類的破壞，這種質詢觸及了生態主題，同時也體現出了詩人的悲天憫人的人文情懷。

（三）家宅與宇宙

渡也的詩中提到了現代的家居：遠離自然，如火柴盒一般密集，沒有自身的豐富性和情感性。現代人的家居已經遠離了最初的自然屬性，變成機械複製時代的異化空間。「巴黎沒有家宅。大城市的居民們住在層層疊疊的盒子裡。[46]」這種高層的建築森林已經密佈世界的每一個都市，但是這些看起來垂直的建築實際上卻是平面的。個體只能擁有其中的某一個平面。「我們的居所既沒有周邊空間也沒有自身的垂直性……家宅沒有根。對於一個家宅的夢想者是無法想像的事……在家的而狀態只不過是單純的水平性。嵌在一層樓當中的一套住宅的各個房間缺乏一條最基本的原則來區別和劃分他們的內心價值。[47]」這種遠離了自然的城市空間成為一種病態的象徵。

1.宇宙的療癒

渡也具有傳統文人氣質，不僅表現在愛好民藝、感時憂懷，還表現在渡也對於現代都市總保持著一種批判的視角。雖然生在都市，但他總是心向自然。用海德格爾（Martin Heidegger, 1889-1976）式「詩意棲居」的方式對抗焦慮的日常生活空間，在海洋的隱喻中獲得心理的舒緩。城市脫離自然的生活對於現代人來說是一種損失，也是一種傷害。巴什拉給出了一種詩歌的心理治療方法。在車輛的隆隆聲和家居的沙發上，「我做著抽象又具體的夢想。我的沙發是一葉迷失在水上的小舟；它所遭受的呼嘯聲是風打帆的聲音。憤怒的空氣到處鳴響喇叭。為了自我安慰，我對自己說：看，你的扁舟還很堅固，你在石頭做的船上很安全。」[48]詩歌就是這樣一種詩意的形象，它可以把真實的噪音轉化成為一種詩意的夢想，尋找到家

---

[46] 巴什拉，《空間的詩學》　27。
[47] 巴什拉，《空間的詩學》　27。
[48] 巴什拉，《空間的詩學》　28。

宅與宇宙的聯繫，獲得夢想和幸福的產生機制。渡也在詩歌〈我的生活〉
中寫到：

> 我的生活／只有鳥獸花木知道／／
>
> 我和動物神秘地／交談，進而研究它們／心中的哲學思想／那
> 從機械聲返回的／受傷的鳥／唯有泉水才懂得醫治／至於自工廠
> 煙囪中飛來的／一粒煤屑／常使整片田園／束手無策／我的心情
> ／只有山石泉水洞悉（渡也〈我策馬奔進歷史・我的生活〉[49]）

又〈綠話──為綠化年而寫〉一詩見有以下的抒懷：

> 在每個鄉村／每個城市／在每個人生命中／種植一億株樹木／／
>
> 綠／是植物共同的語言／綠／是植物高興時所說的／話／從
> 鄉村說到城市／從天邊談到海角／／
>
> 讓每一寸地都不生病／讓大地也有綠色的愉快／在每個陽台
> ／在每個庭院／在每個人心中／種植一億枝花草／讓愛是綠色的
> ／臺灣是綠色的／每天都是綠色的／讓每個人的一生都是綠色的
> （渡也〈我策馬奔進歷史・綠話──為綠化年而寫〉[50]）

雖然人在都市，但是詩人的生活卻並未被局限於鴿籠般的現實寓所，與鳥
獸神交，在田園悠遊，在生命中流淌著綠色，這些自然景物看似自然存在，
實質是詩人的內心宇宙。他借用這種自然宇宙的美好與詩意紓解現代人城
市生活中的焦慮與燥鬱，由自然空間構成的內心宇宙成為詩人對抗現代空
間變異的方式。

2.宇宙與回家

　　家宅是每個生命個體賴以生存的小宇宙，但是真正的詩人往往具有更
為博大的胸懷，尋覓彼岸的心靈之家。這種形而上的「回家」在中西方文
學中以「失樂園」、「桃花源」、「彼岸」等各種母題的變體被反復吟詠，
在渡也的詩中我們同樣可以看到這種「尋找」與「歸家」的召喚。以寒冬

---

[49]　渡也，〈我的生活〉，《我策馬奔進歷史》　24-25。
[50]　渡也，〈綠話──為綠化年而寫〉，《我策馬奔進歷史》　32-33。

中下著大雪的宇宙為例，家宅與宇宙的辯證關係就是：「在家宅中，一切都相區別，多元化。……在家宅之外的世界裡，雪抹去了腳印，模糊了道路，窒息了聲響，覆蓋了色彩。我們切身感受到一統天下的白色對宇宙空間的否定。」家宅中的空間是有差異性的，是多元化的，我們的需求和感知也是多樣化的。但家宅外的宇宙卻會在我們的感知中平面化和同一化。所以「家宅的夢想者知道這一切，感覺到這一切，並通過外部世界中的存在的消滅，他體會到內心空間中所有價值的加強。[51]」這種「家宅外的宇宙」因其對現實空間差異性與複雜性的消解而成為一種夢想中的心靈庇護之所。從某種意義上講，出家才是真正的回家。離開的是現實寓所，回到的是心靈空間。

　　　　整個下午／我跑進各個佈告欄裡／讓房屋出租啟事看／也有許多眼睛／茫然圍在啟事旁邊／／

　　　　房屋有萬間／沒有一間屬於我／路有千條／只有一條／無人的／沒有出口的／死巷／牽著我／／

　　　　空氣中有冷冰塊在浮動／夜晚快速走過來／掉落在房屋出租啟事中的／我默默仰望天空我終於察覺／我要找的房子就在眼前／天地就是（渡也〈我策馬奔進歷史・房屋出租〉5[52]）

　　　　只有毅然離家出走／才是真正的／回家／／

　　　　數十年苦行艱困似百衲衣／閉關自守浩大如宇宙／他以全身舍利／走向失去聲音的聲音／忘記顏色的顏色／沒有大腦，心／丟掉腸和胃／／

　　　　只有決然走向真空／才是真正的／回家（渡也〈不准破裂・清嚴和尚〉[53]）

〈搬家〉的結果，是搬進巴什拉所說的「心理空間」，或即伊利亞德《宇宙的歷史》所說，人類集體無意識是想回到宇宙最初創造的時空[54]：

---

[51]　巴什拉，《空間的詩學》　42。
[52]　渡也，〈房屋出租〉，《我策馬奔進歷史》　154-55。
[53]　渡也，〈清嚴和尚〉，《不准破裂》　42-43。
[54]　伊利亞德（耶律亞德），《宇宙的歷史》　56。

　　　　出生以來／不斷地搬家／從嘉義搬到／六腳，從六腳／搬到民
雄／／

　　　　十九歲以後／仍不斷地遷居／從學校宿舍遷居／民宅，從山上
遷居平原／從陽明山遷居嘉義，從嘉義／從南部遷居中部，從台中
／再遷居哪裡？／／

　　　　二十五歲開始／從象牙塔搬到／廣大無邊的人世／從獨樂樂
搬到／深不見底的民生疾苦／／

　　　　不論怎麼搬／都在臺灣心中／生命深處（渡也〈不准破裂・搬
家〉[55]

渡也在現實中不斷搬家的行為，用漂泊的身體與行跡隱喻著詩人漂泊的靈
魂。雖然身體在「此處」，且必須在「此處」，但靈魂總是尋找著理想的彼
岸。宗教中用神諭指彼岸的方向，現實中詩人用信仰給自己彼岸的力量。
這種信仰是自己的家園——臺灣，也是與天地同一的宇宙之心。「一座龐
大的宇宙性家宅潛藏在一切關於家宅的夢中。……這樣充滿動力的家宅
讓詩人能夠居住在宇宙中，或者，換一種說法，宇宙來到它的家宅中居
住。[56]」詩人借助詩歌的神祕力量，用形象的隱喻展現了個人與宇宙的相
對關係，詩人觸及到宇宙之心，宇宙來到詩人之心，將渡也詩歌的空間關
係拓展了人與神的對話層面。

四、中心與離散

　　上文我們分析了個體居住的家宅與宇宙中的家宅，展示了渡也詩歌中
個體心靈意義上的空間分析，下文擬從社會層面進行空間闡釋。這一社會
空間的分析邏輯起點是巴什拉之「想像的中心」[57]，每個生命的個體都在
從自己的角度出發看問題，換句話說，就是每個人就會把自己所在的位置
看作世界的空間。個體如此，民族如此，空間也如此。在房屋的建築上，
這種中心觀念必然存在，就像「空間聖化不單要成為聖所。一幢房屋的建

---

[55]　渡也，〈搬家〉，《不准破裂》　64-65。
[56]　巴什拉，《空間的詩學》　54。
[57]　巴什拉，《空間的詩學》　170。

造也包含著一種世俗空間的轉變。[58]」就如「中國」的命名，裡面就包含著古中國人對於自己就是世界中心的一種認知和驕傲。渡也〈中央〉一詩正是集體無意識的「世界中心」的注腳：

> 你們在宇宙的中央／世界的中央，中國的／中央，人類的／中央，詩的／中央／／
>
> 有熱血沸騰，心跳的／聲音／在中央／／
>
> 你們在宇宙的中央／啊，中央就是心／地球的心，人類的／心，中國的心／最熾熱的／文學的，詩的／心／／
>
> 你們在中央大學研究／文學，用詩說話／啊，詩就是嘴巴／你們要用心把話從中央／傳到四周，從四周／傳到臺灣各地　傳到世界／傳到文學史，啊，傳到／未來（渡也〈不准破裂‧中央〉[59]）

　　渡也以自己所在地為中央，意欲用自己的熱力輻射臺灣，影響世界，傳播到文學史，甚至影響未來，這種中心意識充滿了激昂的詩人情懷。渡也詩歌從「中心」觀念出發，抵達的卻是的「離散」與「鄉愁」。

（一）空間的離散[60]

　　伊利亞德認為「中心」的象徵體系包括：「1.「聖山」，天地相交之處，位於世界的中心；2.每一座神廟或每一座宮殿，廣而言之，每一座神聖的城市和王室住所都等同於一座『聖山』，因此也就變成了一個『中心』。3.作為世界之軸穿越處的神廟或者聖城則被認為是天堂、人間和地獄連接的地方。[61]」只要世界是有中心的，那麼中心相對應的必然是離散。

---

[58] 伊利亞德（Mircea Eliade），《神聖的存在》（*Patterns in Comparative Religion*），晏可佳、姚蓓琴譯（桂林：廣西師範大學出版社，2008）348；何伙旺（1984-），〈體驗抑或神聖——伊利亞德在〈神聖與世俗〉中的選擇〉，〈重慶工學院學報（社會科學版）〉21.8（2007）：65-67；王鏡玲，〈艾良德的「神聖空間」簡介〉，《哲學與文化》17.1（1990）：70-73。

[59] 渡也，〈中央〉，《不准破裂》　100-02。

[60] 「離散」（diaspora）來自希臘字根 diasperien，dia 是「跨越」，而 sperien 是「散播種子」的意思。

[61] 伊利亞德，《神聖的存在》　353。

「"exile"在古代指的是政治性的放逐，如蘇格拉底（Socrates，前 470
－前 399）經過公審之後，被迫在連個選擇當中擇一，其中之一是受刑，
另一個則是被迫放逐離開自己的家園，到外在的野蠻荒地。[62]」中國從周
朝起，就造成了從中央直轄地逐漸向外離散和中國人在全球散居的事實。
中國古代詩人屈原（屈平，前 352－前 281）、韓愈（768-824）、柳宗元
（773-819）、沈佺期（約 656-約 719）、宋之問（約 656-712）、李白（701-762）、
杜甫（712-770）、王陽明（王守仁，1472-1529）等都有過被流放的經歷，
留下了不少感懷傷時之作。這種流散的狀況在西方也同樣存在。古希臘在
西元前 459 年雅典攻克了伊琴納島，島民被驅逐到城邦外流浪，一直歷經
了五十多年的離散才回到祖國；古羅馬帝國在西元七十年後，佔領耶路撒
冷，將猶太人趕出聖城，「流浪猶太人」的「離散」意象，成為一個特定
族群的印記和創傷。十五世紀以來，非洲黑人被綁架販賣到美洲和歐洲，
從而形成了跨大西洋的黑人網路（Black Atlantic）。

渡也的詩歌有相當數量是表達當代臺灣人民被「放逐」的悲涼心態。
描述他們無根的痛楚與漂泊的情懷。「對於臺灣當代的中國人來說，放逐
既是來自政治，也出自心態的感受。一九四九年共黨接掌大陸，同時也揭
開放逐時代的序幕。數以百萬計的中國人奔往臺灣。[63]」。「在臺灣的大陸
人可視為政治放逐者，但和傳統的政治放逐又不同。政治現實造成放逐的
情景。表現上和屈原和歐維德（Publius Ovidius Naso 前 43 年- 17/18）相似，
但放逐不只是個人的不幸，也是數百萬的整體命運。他們不是被流放，也
非難民。[64]」渡也詩歌描述的就是這種集體的命運在每個個體心靈的迴響。

值得注意的是，「離散」在當今的語境中，已經不再強調被迫離開故
國，從而顛沛流離的悲慘狀況，更多喻指「被迫出入在多文化之間，或者
在某個層面上，也擁有其更寬廣和多元的視角，得以再重新參與文化的改
造、顛覆與傳承。[65]」這種「離散」已包涵了更多文化和社會層面的意義。

[62] 廖炳惠，〈放逐〉，《關鍵字 200 文學與批評研究的通用辭彙編》，廖炳惠編著（臺北：麥田出版，2003）106-07。
[63] 簡政珍（1950-），《放逐詩學：臺灣放逐文學初探》（臺北：聯合文學出版社有限公司，2003）9。
[64] 簡政珍　10-11。
[65] 廖炳惠，〈離散〉，《關鍵字 200 文學與批評研究的通用辭彙編》　81。

　　雖然渡也在臺灣土生土長，並不像白先勇（1937-）等作家一樣有大陸的童年回憶，但是這種「離散」心態已經成為一種集體無意識，在心靈結構上影響深遠。「作為一種特殊的生存方式和生存體驗，散居經驗對文化身份之形成具有特別深遠的意義，因為散居者離開母國（homeland），在移入國（hostland）生活，無論他們如何貼近和融入當下的生活，母國的記憶總是不能忘懷。[66]」「散居這樣一種雙重生存經驗造就了散居者文化身份的雙重性和混雜性。[67]」這種雙重文化以歷史記憶的方式在渡也詩歌中被不斷提及。

　　　　在草地上放風箏／千古以來，不變的遊戲／尤其在起風的時候／放沒有手腳的風箏／／

　　　　沒有手腳／愈飛愈高／有人喝采，有人驚慌／風箏聽見嗎？／放風箏的人聽見嗎？

　　　　這千古以來，不變的遊戲／細細的線，薄薄的身子／追逐天空的風箏／是愉快？還是憂愁呢？／／

　　　　風愈大／飛得愈高／像一個夢／像夢嗎？／／

　　　　再高／就可以看到福建廣東／河南河北／可以看到嗎？

　　　　全臺灣兩千萬人都在／放風箏／愈放愈高／什麼時候會斷線呢？／已不重要（渡也，〈放風箏〉，〈我是一件行李・放風箏〉[68]）

風箏高空升騰的意象，實質上一種空間的連接和擴展。隨著風箏飛得越來越高，感知空間的眼光不再來自地面上的凡人，而是類似上帝的高空視角。風箏的俯瞰連接起了臺灣和大陸的地理空間，以臺灣為中心的觀察視點轉移為全知視點，臺灣這一地理空間與與大陸並置，正如離散的臺灣人民對大陸的凝望與依戀。對於大多數居住臺灣人來說，不管他們有沒有大陸的現實血緣關係，他們從根本上來講，都和大陸的母題保持著一種精神

---

[66] 潘純琳，〈散居 Diasopra〉，《文化批評關鍵字研究》，王曉路等著（北京：北京大學出版社，2007）313；賴俊雄，〈當代離散－差異政治與共群倫理〉，《中外文學》43.2（2014）：11-56；賴佩暄，〈離散與歸返－論王嘯平半自傳體小說中的流動身世與家國情懷〉，《中國現代文學》24（2013）：167-88；陳榮強，〈華語語系研究：海外華人與離散華人研究之反思〉，《中國現代文學》22（2012）：75-91。

[67] 潘純琳　313。

[68] 渡也，〈放風箏〉，《我是一件行李》　127-29。

上的血脈相連。他們並非由於放逐而成為「飛地」，他們的生存狀態和心理狀況可以用「離散」來概括。在下文「異托邦」一節，我們會繼續分析渡也對臺灣與大陸兩種空間碰撞時所產生的各種文化與情感可能性的思考。

「遊牧與流放的主體，可以在時空中形成一種確切的運動軌跡，能以某種流動的論述，來組構存在，因此，對於既定且僵化的思考論述而言，它們是一種抗拒、革命與解放的新生力道，在這樣的方式下，形成去中心與殘缺的主體性，拒絕以整體的觀念思考。[69]」正如〈放風箏〉中「風箏」的意象，在風雨飄搖中拒絕中心的主體，將自己置於上帝視角之中，試圖用「去中心」的客觀視角觀察離散的民族和命運，這正是詩人渡也在詩歌中建構的空間主體意識。

（二）天堂的鄉愁

《空間的詩學》中引用了詩意的語言來描述家園和鄉愁。「試想我們能夠來到世界上一個我們一開始都不知道如何命名的地方，我們第一次看見它，並且在這個無名的、無知的地方，我們能夠長大、來回走動，直至我們知道它的名字，懷著愛念叨它，把它叫做家園，在那裡紮下根，在那裡收藏愛。[70]」

渡也在《攻玉山》出版的時候，談到他七十六年八月到彰化師大任教，「十九年來，我一直在彰化師大任教，作育英才，從未離開過。因此，在我心目中，彰化也是我的故鄉，儘管有人不以為然。[71]」《我策馬奔進歷史》一書出版時，渡也以〈年光誤客轉思家〉為題在自序中談到：「唐朝詩人盧綸（739-799）慨歎：『家在夢中何日到？』我頗有同感。雖然人尚未回家，而這本書已先返鄉了。[72]」渡也的鄉愁既是對彰化、嘉義的，也是對遙遠的中國的。鄉愁某種意義上是沒有定位的，只是一種精神的空間。伊利亞德在〈神聖的存在〉說：

---

[69] 廖炳惠，〈游牧空間 nomadism & nomadic space〉，《關鍵字200文學與批評研究的通用辭彙編》　180。

[70] 巴什拉，《空間的詩學》　61。

[71] 渡也，《攻玉山》　156。

[72] 渡也，《我策馬奔進歷史》　3。

　　人類在宇宙中所處的一種特別的地位，我們可以稱之為「天堂的鄉愁」，它是指這樣一種願望，總是要毫不費力地處在世界、實在以及神聖的中心。總之，通過自然的手段超越人類的地位，重新獲得一種神聖的狀態，也就是基督教所言人類墮落之前的那種狀態[73]。

鄉愁的實質是一種烏托邦的夢想。真實的故鄉並不一定有你想像中的那般美好，詩人渴望回歸的也不一定是那個實體的故鄉。也許當你真的靠近，反而會對真實失望。如〈歸根〉一詩。

　　　在臺灣／感到冷／四十年的冷／這一次回大陸／更冷／咳，穿什麼都無法禦寒／／

　　　一合眼／啊，淚滴在枕上

　　　老家親人對我十分陌生／而對我的鈔票／熱情擁抱／那裡，人的確很多／而所有的情加起來／比臺灣輕／／

　　　情和錢／辛苦積蓄四十年／他們把錢悉數手下／情／全部退回，給我自己享用／一閤眼／啊，血滴在心上／／

　　　原想讓葉落下來歸根／想了七天七夜，終於決定／拎著影子返回故鄉／返回臺灣，啊，返回／榮民之家（渡也〈流浪玫瑰・歸根〉[74]）

美好的鄉愁在現實中不堪一擊。「放逐母題牽繫著的是被迫遠離樂土，遠離一個情感上認同的家，因此它可能轉化成失樂園或烏托邦的尋求，人在這些未確定的空間裡尋找歸屬感。[75]」另一首詩〈每次喝茶就想起中國〉中，對夢想中的中國也有一種幻滅：「每次喝茶就想起中國／／有理想的茶壺和茶葉／不分國籍／而中國人彼此／勾心鬥角，並且／關起門來談／世界大同[76]」。

---

[73] 伊利亞德，《聖的存在》　357。耿幼壯，〈天使的墮落和天堂的鄉愁——夏加爾的繪畫與伊里亞德的神學〉，《文藝研究》（2005）：111-22。

[74] 渡也，〈歸根〉，《流浪玫瑰》（台北：爾雅，1999）122-24。

[75] 簡政珍　5。

[76] 渡也，〈每次喝茶就想起中國〉，《我是一件行李》　126。

對鄉愁母題的詩歌做一歸納，會發現停留在夢想中的鄉愁往往是動人的烏托邦，一旦進入現實，卻是真實慘澹的真相。如下表示例：

〈歸根〉	《流浪玫瑰》（122-24）	悲哀的現實
〈每次喝茶就想起中國〉	《我是一件行李》（126）	悲哀的現實
〈地圖——為周老師而寫〉	《流浪玫瑰》（103-05）	美好的烏托邦
〈蘇武牧羊〉	《流浪玫瑰》（106-07）	美好的烏托邦
〈許多愁〉	《流浪玫瑰》（115-17）	美好的烏托邦
〈蘇州〉	《流浪玫瑰》（118-21）	美好的烏托邦
〈錄影帶〉	《流浪玫瑰》（125-26）	悲哀的現實
〈先進〉	《流浪玫瑰》（127-28）	悲哀的現實

詩人的鄉愁太濃重，濃重到把全大陸同胞都看做自己的親人。夢中的地圖攤開來「全是中國」、「全是蘇州」，但是回到大陸，看到的卻是「他們把錢悉數收下／情／全部退回」。詩人在鄉愁母題的情感宣洩中，表達的可能僅僅是對於精神烏托邦的追求。「不僅是流放者才有放逐感，難民、移民、定居國外者，某些時候總有放逐意義的湧現。思鄉、時空錯失、自我身分的認同交相切入孤寂的心境。此外，有時離開家國並非純然的肢體動作，而是精神上的感受使然[77]。渡也的鄉愁書寫真實而又慘烈，不僅寫出了鄉愁的綿延不盡的思念與悲哀，更寫出了鄉愁的實質是一種自我催眠與情感幻覺。在以「中心」為基點的空間觀念上真實表達了鄉愁的想像與虛妄，催人深省。

（三）異托邦

巴什拉的空間詩學研究揭露了各種潛在於表像空間背後的「內在空間」，關注由個體的情感、記憶、想像和潛意識等激發的空間意識，福柯（Michel Foucault, 1926-84）發展了巴什拉的理論，進一步關注人類生活的「外在空間」，他用「異托邦」[78]這一概念來描述現實中實際存在的空間。這一被壓縮的變異空間也類似於巴什拉的「縮影」概念。

---

[77] 簡政珍　6。
[78] 「異托邦」（Heterotopia）Heterotopia 原為醫學領域用語，指錯位或冗餘的器官組織，也指器官的移植。異托邦概念在人文科學中的使用肇始於福柯。從構詞法的角

　　「異托邦」（Heterotopia）這一術語最早出自於福柯（Michel Foucault, 1926-84）[79]。他在 1966 年出版的《詞與物》（*The Order of Things*）中討論了烏托邦和異托邦之間的區別，在隨後的《他者空間》（*Of Other Space*）中，他指出是異托邦是具有差异性和移置性的空間範疇。和烏托邦相比，烏托邦是世界上並不存在的地方，他是我們理想中的空間，而異托邦是現實中實際存在的空間，但他是不同於本土的「他者空間」。異托邦具有想像和真實的雙重特征。「從異托邦視角來看，佈滿高樓大廈的城市實際上是整潔的虛幻空間與雜亂無章的物質空間交織而成的，諸色空間普遍滲透著社會權力機制及意識形態。[80]」「城市的這一異托邦特徵，使它成為血緣、地緣、文化傳統上大相徑庭的各色陌生人聚合的場所。[81]」在這樣的空間背景下，詩歌書寫「創造另一個真實的世界，用以補償日常他者世界對自己的擠壓和佔有帶來的記憶失控和身份混亂。[82]」

　　渡也詩歌中的異質空間表現主要有兩方面：一是臺灣社會本身就是一個「異托邦」，荷蘭、臺灣、日本、香港、大陸各種文化混雜，戰爭、仇恨、色情彙聚，使得臺灣社會亂象叢生，在各種文化的交織影響下形成一個異度空間。渡也詩中對各種文化的滲透與擔憂列表如下：

度來看，helero 意為「其他的」、「不同的」，「topia」意為「地點」、「場所」，也有學者將其譯為「異位空間」或「差異地點」。王勇，〈福柯的空間哲學異托邦特質思想分析〉，《北方論叢》5（2014）：111-15；鄧艮（1975-），〈大陸外華文新詩的異托邦〉，《中國文學研究》（2013）：121-25；馬漢廣，〈福柯的異托邦思想與后現代文學的空間藝術〉，《文藝理論研究》6(2011):100-06；劉瓊(1978-)，〈傳奇的「異托邦」──張愛玲小說的電影化想象〉，《湖南人文科技學院學報》1（2009）：67-70。

[79] 福柯（Michel Foucault 1926-1984），當代西方最重要的思想家之一。法國哲學家、社會思想家和「思想系統的歷史學家」。他對文學評論及其理論、哲學（尤其在法語國家中）、批評理論、歷史學、科學史（尤其醫學史）、批評教育學和知識社會學有很大的影響。本文主要選取其 1966 年出版的《詞與物》（*The Order of Things*）和《他者空間》（*Of Other Space* 又譯「異質空間」）中提到的「異托邦」理論進行探討。

[80] 呂超（1982-），《比較文學新視域：城市異托邦》（北京：中國社會科學出版社，2011）40。

[81] 呂超　40。

[82] 鄧艮，〈大陸外華文新詩的異托邦〉，《中國文學研究》3（2013）：121-25。

〈蔗農〉	《攻玉山》（132）	荷蘭、滿清、日本
〈波霸〉	《我是一件行李》（95-96）	香港
〈飯島愛〉	《攻玉山》（89）	日本
〈靈山〉	《攻玉山》（90）	日本
〈福爾摩沙檳榔〉	《攻玉山》（96）	葡萄人
〈基督教公墓〉	《不准破裂》（128-29）	基督教
〈恨〉	《我是一件行李》（99-100）	軍事和仇恨
〈小站〉	《我是一件行李》（104-07）	鄉土
〈問號〉	《我是一件行李》（101-03）	戰爭

　　由於臺灣複雜的歷史境遇，滿清、荷蘭、葡萄牙、日本、美國、香港等地的文化在臺灣都留下了印記。異質空間可以在同一地點並列無數個彼此矛盾的空間與地點，這些不同空間的撞擊可以衍生複雜多元的生活內容與文化形態。在渡也的詩中，這始終是構成他空間焦慮的重要存在。渡也詩中，臺灣就像甘蔗，「任由荷蘭滿清日本碾過」：葡萄牙人航過臺灣海峽；〈波霸〉中香港空運來臺的美女，一來就擠壓到有限的「臺灣空間」，乃至讓大家都喘不過來氣；日本的「飯島愛（IIJIMA Ai, 1972-2008）」也成為一種日本侵略臺灣的色情符號來「燃燒臺灣」。臺灣的土地上有戰爭，有政客，有仇恨，也有宗教，他們以隱喻的方式拼接在一起，以不同的文化和風格在臺灣城市空間中並列雜陳、共時性地呈現出來，詩人為我們呈現了臺灣複雜異質空間和權力關係。

　　二是遙遠的大陸在詩人眼裡，其實也是一個異托邦。「『異托邦』能夠創造出一個不真實的、虛擬的空間，雖然這個空間是虛擬的、不真實的，卻能夠準確地將真實的空間反映出來」[83]，隨著時間流逝和萬物變化，文化中的唐朝和古中國已成為虛擬的，被締造的空間。〈無頭石佛雕像〉和〈我從冰箱拿出唐朝〉可證。

　　　　從中原流浪到美闕／自中古流浪到現代／說不出的千辛萬苦／都由失去嘴眼鼻子耳朵的身軀／疲倦的身軀／去傾吐／／

　　　　堅硬不屈的／頭／如今在世—哪個角落／或是仍留在／魏晉南北朝呢／遺失了頭顱／是怎樣的一種痛／無頭佛像站在展覽會場／在玻璃櫥中／拒絕回答／／

---

[83] 王勇，〈福柯的空間哲學異托邦特質思想分析〉，〈北方論叢〉5（2014）：114。

如果，如果頭顱尚在人間／也許迷失在英語的世界裡／流淚／如果頭顱尚在塵世／一定會含淚尋找／它的軀體，以及／國籍 [某年參觀台南市體育館魏晉南北朝佛像石雕展有感。]（渡也〈我是一件行李・無頭石雕佛像〉[84]）

展覽會場作為歷史和社會的縮影，在一處真實的場所中實現了多種異質空間的並置，從中原到美國，從中古到現代，這些流動的時間和空間都混雜在一起，就如同把歷史和空間壓縮重疊起來。

文學理論家說／如果菜不加以閱讀和咀嚼／就不是菜／／

我從冰箱拿出唐朝／冰透的唐朝／仍然新鮮／像剛拔起來的青菜／青菜一見沙拉油／即在鍋中熱烈擁抱／／

生吃其實也可以／仍然有一千三百年前的／味道／而用力煮成青菜蛋花湯／也可以／唯有如此／菜，才活著／／

至於菜是誰種的？／哪一年種的？／我們不必回到唐朝去瞭解／菜農也不必出面說明／／

文學理論家表示／唯有如此，才能完成／接受美學（渡也〈我是一件行李・我從冰箱拿出唐朝〉[85]）

「從冰箱拿出唐朝」這一意象也是典型的異托邦，把「唐朝」冰凍在冰箱中，是凝固的時空，唐朝到現代，一千三百年的時間被凝聚，被壓縮。雖然渡也本意是寫文學，但這一意象充分體現了空間的異質與變形。

巴什拉認為「縮影儘管是一扇窄小的門，卻打開了一個世界。一件事物的細節可以預示著一個新世界[86]」，透過對渡也詩歌中異質空間的描述，我們可以觸摸到這些空間背後滲透的社會亂象和權力差異，亦可看到普通人被擠壓的日常生活。詩歌中對臺灣社會現實的關注，對城市病的揭露與擔憂都體現出詩人渡也的社會責任感與感時憂懷的濟世情懷。

---

[84] 渡也，〈無頭石雕佛像〉，《我是一件行李》　111-13。

[85] 渡也，〈我從冰箱拿出唐朝〉，《我是一件行李》　164-66。

[86] 巴什拉，《空間的詩學》　168。

五、結語

渡也的〈小站〉一詩可以作為本文的注腳：

> 火車來到不知名的小站／雨中的小站／三十三歲的我在車中／隔著淚潸潸的玻璃／看月臺／看窗外的宇宙／／不期然看到，一張／熟悉的臉，在寂寞的月臺／似乎，在哪裡見過？想起來了……那是／五歲的我／／[87]

成年之「我」與五歲之「我」在寂寞的月臺相見，既是同一空間，卻又早已時過境遷，「我」來自不同時空，此刻遇見的不僅是「我」的過去，更是「我」的未來，藉詹姆斯·費倫（James Phelan, 1951-　）「反常的」省敘（「paradoxical」paralipsis）和「模稜兩可的疏遠」（ambiguous distancing）[88]觀點分析，隔著漫長的時空距離，成年和幼年會形成不同感知，而此相見的邏輯動力是自我存在的持續反思與追問。

本文藉由巴什拉的空間詩學，分析渡也詩歌中不同層次的空間形象，亦是分析渡也對自我的確證過程。從私密空間到暴風雨中的家宅，從垂直的空間到宇宙的空間，從離散空間到異質空間，構築起個體──宇宙──社會的邏輯推演。基於空間理念，詩人由個人空間確認自身存在，延展至宇宙空間承載理想，再加入社會歷史的維度，這樣才能形成完整的自我定位。渡也正是通過不同維度的空間寫作探討身份的確認和社會文化秩序的反思。渡也的詩歌通過正常空間和變體空間的疊加，表徵了渡也尋求藝術秩序和現實秩序重構的努力，從不同的側面和維度體現了現代人的異化人格與詩人的知性立場。

---

[87] 渡也，《我是一件行李》　104。

[88] 艾莉森·凱斯（Alison Case），〈敘事理論中的性別與歷史《大衛·科波菲爾》和《荒涼山莊》中的回顧性距離〉（"Gender and History in Narrative Theory: The Problem of Retrospective Distance in David Copperfield and Bleak House"）〈當代敘事理論指南〉（*A Companion to Narrutive Theory*），James Phelan 和 Peter J.Rabinowitz 主編，申丹（1958-　）等譯（北京：北京大學出版社，2007）357-68。

參考文獻目錄

BA

巴什拉（Bachelard, Gaston）.《水與夢——論物質的想像》(*Water and Dreams: An Essay on the Imagination of Matter*)，顧嘉琛譯。長沙：嶽麓書社，2005。

——.《空間的詩學》（*The Poetics of Space*），張逸婧譯。上海：上海譯文出版社，2009。

CHEN

陳榮強.〈華語語系研究：海外華人與離散華人研究之反思〉，《中國現代文學》22（2012）：75-91。

DENG

鄧艮.〈大陸外華文新詩的異托邦〉，《中國文學研究》3（2013）：121-25。

GENG

耿幼壯.〈天使的墮落和天堂的鄉愁——夏加爾的繪畫與伊里亞德的神學〉，《文藝研究》5（2005）：111-22。

GUO

郭慶藩.《莊子集釋》。北京：中華書局，1982。

HE

何伙旺.〈體驗抑或神聖——伊利亞德在〈神聖與世俗〉中的選擇〉，《重慶工學院學報（社會科學版）》21.8（2007）：65-67。

HU

胡家巒.《歷史的星空——英國文藝復興時期詩歌與西方宇宙論》。北京：北京大學出版社，2001。

JIAN

簡政珍.《放逐詩學：臺灣放逐文學初探》。臺北：聯合文學出版社有限公司，2003。

LAI

賴俊雄.〈當代離散──差異政治與共群倫理〉,《中外文學》43.2（2014）：11-56。

賴佩暄.〈離散與歸返──論王嘯平半自傳體小說中的流動身世與家國情懷〉,《中國現代文學》24（2013）：167-88。

LIU

劉瓊.〈傳奇的「異托邦」──張愛玲小說的電影化想象〉,《湖南人文科技學院學報》1（2009）：67-70。

LV

呂超.《比較文學新視域：城市異托邦》。北京：中國社會科學出版社，2011。

MA

馬漢廣.〈福柯的異托邦思想與后現代文學的空間藝術〉,《文藝理論研究》6（2011）：100-06。

PAN

潘純琳.〈散居 Diasopra〉,〈文化批評關鍵字研究〉,王曉路等著。北京：北京大學出版社，2007，307-21。

PENG

彭愷.〈空間的生產理論下的轉型期中國新城問題研究〉,博士論文,華中科技大學，2013。

TAN

譚宇靜.〈空間與詩：對巴什拉《空間的詩學》形象問題的分析與述評〉，
　　碩士論文，浙江大學，2012。

WANG

王鏡玲.〈艾良德的「神聖空間」簡介〉，《哲學與文化》17.1（1990）：
　　70-73。
王小波.〈城市社會學研究的女性主義視角〉，《社會科學研究》6（2006）：
　　113-14。
王勇.〈福柯的空間哲學異托邦特質思想分析〉，《北方論叢》5（2014）：
　　111-15。

YE

耶律亞德（Eliade, Mircea）.《宇宙與歷史：永恒回歸的神話》（*The Myth
　　of the Eternal Return or Cosmos and History*），楊儒賓譯。臺北：聯經
　　出版事業公司，2000。

YI

伊利亞德（Eliade, Mircea），《神聖的存在》（*Patterns in Comparative
　　Religion*），晏可佳、姚蓓琴譯。桂林：廣西師範大學出版社，2008。

ZHANG

張岳.〈流動空間的生產與城市性〉，博士論文，中央民族大學，2013。

Research on Du Ye's Spatial Poetics
——Analyzing Gaston Bachelard's Theory

Juan ZHANG
Associate Professor
School of Humanities, Southeast University

Abstract

Du Ye's poetry concerns of daily lifeand the poetry has a lot of spatial and substantial imageries.With the aid of Bachelard's "The Poetics of Space" theorythe paper could analyze the private space (such as study roomeveryday objectswindows imageries) in Du Ye's poetry in location. With the help of theories of "the homestead in the rainstorm" "vertical space" "the homestead and the universe" could analyze spatial imageries in Du Ye's poetry in psychoanalysis's way. Integrating theories of "center and diaspora" Mircea Eliade "the presence of the divine" and Heterotopia is to analyze heterogeneous space and discrete mentality in Du Ye's poetry.

Keywords: Du Ye, Gaston Bachelard, The Poetics of Space, diaspora, Mircea Eliade, Heterotopia

《閱讀渡也》　103-126。

從「民藝」到「鄉愁」

——論渡也詩中的「收藏」觀

■楊曉帆

作者簡介

　　楊曉帆（Xiaofan YANG），1984 年生，中國人民大學文學博士，美國哥倫比亞大學聯合培養博士，現任武漢華中師範大學現當代文學教研室講師。主要研究方向為當代小說與文化研究。在《文藝爭鳴》、《當代文學評論》、《南方文壇》等權威期刊發表論文十餘篇，其中〈知青如何尋根——重讀《棋王》〉、〈歷史重釋與新時期起點的文學想像——重讀《哥德巴赫猜想》〉獲《南方文壇》、《文藝爭鳴》年度批評獎。

論文提要

　　本文關照詩人渡也的另一身份，作為民藝收藏家的渡也，從詩歌主題、意象構造、歷史語境等方面，分析其詩歌創作中獨特的物象書寫與時空意識。首先，聚焦渡也以《留情》集為代表的民藝詩系列，討論渡也的歷史觀：渡也收藏之物多為明清所遺，既體現了他基於「古代／現代」、「中國／西方」認識基礎上的反思現代性意識，又有基於臺灣本土歷史經驗遙望清末民初的「世紀末情懷」；而「收藏」行為同時包含記憶與遺忘的雙重悖論，則表達了渡也關於歷史之存在與虛無的哲學思考。第二，聚焦渡也在 87 年臺灣解嚴後以「鄉愁」為主題的返鄉系列，發掘渡也詩在「記憶／遺忘」、「家園／漂泊」等悖論關係中形成的藝術張力；通過「地圖上的返鄉」或「被收藏的故國山川」，渡也策略性地在海峽兩岸時局變化的歷史形勢下，一面積極介入、諷喻現實，一面又不拘泥於現實政治在文化上重建精神家園。最後，以臺灣新詩創作的相關問題為背景，結合本

雅明的收藏觀，總述渡也詩學與詩歌實踐以「文化中國」為核心所表達的臺灣認同。

關鍵詞：渡也、詠物、鄉愁、家園、漂泊

一、引言：民藝與收藏

　　除了詩人，渡也還有另一個特殊身份──作為民藝收藏家的渡也。在2011年詩集《新詩補給站》附錄的詩人簡歷中，渡也專門注明，自民國76年「獲聘為國立臺灣教育學院（今國立彰化師範大學）副教授」後，七十七年春，「課餘從事古物民藝生意」[1]。《流浪玫瑰》序中也提到：「我二十幾歲開始熱愛民藝，三十五至四十一歲，即七十六迄八十二年，前後當了七年的『奸商』，從事民意生意，也寫了數篇民藝的研究論文，有些單位邀我演講民藝，儼然民藝、古物專家。[2]」這段經歷顯然成為他於民國82年出版《留情》集的最初緣起。作為全本詠物詩，《留情》集在渡也的詩歌創作歷程中有著特殊意義。如果說渡也早期以其現代主義的奇詭詩藝，貢獻出《手套與愛》的情色世界，繼而經由《憤怒的葡萄》、《最後的長城》、《落地生根》等重要詩集，將視野從唯美獨語的象牙塔延伸至歷史文化與社會人生，基本奠定了他成熟完整的個人詩歌風貌，那麼《留情》聚焦民藝，則適時而出，仿佛量身定做的一部渡也詩學總結。

　　「民藝」，即「民眾的工藝」，這一術語實為日本民藝之父、美學家柳宗悅所創。柳宗悅（YANAGI Muneyoshi, 1889-1961）強調「民藝」一詞，取「平常之心」[3]為其思想內核。民藝的基本特徵可以概括為三個方面：一是「無名」，民藝的製作者通常是一般民眾；二是「無欲」，民藝的最初製作目的只是為了日常生活之必需與方便而服務，這一樸素的實用性從一開始就與虛名浮利的追逐無關；三是「無雙」，民藝的手工製作過程，不同於現代化的機械大生產，每一件民藝都是獨一無二的，真正體現著人在勞動過程中與自然親近、再現自然之美的自由狀態。不難看出，渡也的詩歌觀念與柳宗悅的民藝思想有著異曲同工之妙。在《不准破裂》詩集自序中，渡也將自己的詩歌創作概括為三條基本原則：「一、語言平易近人；二、題材生活化、大眾化；三、不要技巧」，「希望我的詩既具有詩質、

---

[1]　渡也，《新詩補給站》（台北：三民書局，2011）232。
[2]　渡也，《流浪玫瑰·序》（台北：爾雅出版社，1999）1。
[3]　〔日〕柳宗悅（YANAGI Muneyoshi, 1889-1961），《民藝四十年》，石建中、張魯譯（桂林：廣西師範大學出版社，2011）299-300。

詩味,又有很多人看得懂。這種『詩觀』,這種『美學』,有些人反對,但我只管寫我的,相信必有讀者支持我。」[4]當大量現代詩寫作親睞於意象創造、形式實驗、哲學玄思時,渡也要走的恰是一條「民藝收藏式」的返璞歸真之路。

「收藏」一詞,在渡也詩中偶有出現,常喻指「死亡」。如〈電話〉中「母親被深深的土地收藏以後/電話在他北方的每個冬夜/叫醒他的夢」,在〈活在電話裡的母親〉中,同樣意義的詩行,就被直接寫作「母親出殯後/電話在他北方的每個冬夜/叫醒他的夢」。又如《留情》集中一首〈番刀〉,寫道:

> 百年前/土著下山收集平地人的頭顱/如今/我收集土著的
> 番刀//
> 刀口下的許多頭顱都已入土/連刀的主人也早已被土地收藏[5]。

同樣的短語——「被土地收藏」——在這首關於民藝收藏的詠物詩裡再度出現,雖然也包含了「死亡」的本義,但因為近義詞「收集」的交疊使用,又被賦予了更為深刻的反諷內涵。「收藏」與「收集」本來都是指對珍惜之物的保存與整理,如果說母親的生命被「收藏」,這一動詞的使用寄託的是詩人對親情的依戀,那麼當肆意掠奪生命的劊子手和番刀被「收藏」時,詩人又企圖在滄桑百年中留下什麼呢?後面的詩行暴露出了作為番刀收藏者的「我」的無力與絕望,雖然刀的主人已死,刀已成為遠離最初用途的收藏品,但百年前的殺戮仍然在都市流行,「夜裡我常聽到/排灣族番刀的怒吼/那聲音從百年前傳來/翌晨醒來/我看見刀仍掛在牆上/鞘上百步蛇雕尚未醒來/而地上竟有幾滴血,以及/我的頭顱」——於是,收藏番刀的「我」,最終反而被番刀所「收藏」。

「收藏」究竟是為了把過去留下,還是為了讓過去成為脫去靈魂的軀殼,不再左右現世?如果說詩歌是記憶的藝術,那麼「收藏」或許就是一把解開渡也詩藝世界的密匙。無論是詠物懷古、針砭時事,還是書寫鄉愁,發現民藝之「美」的渡也,如何以類似的「收藏」眼光,在雜亂紛繁

4 渡也,《不准破裂・自序》(台北:彰化縣立文化中心,1994)頁碼原缺。
5 渡也,〈番刀〉,《留情》(台北:漢藝色研文化事業有限公司,1993)32。

的詩歌材料中揀選營構出他的獨特時空體驗？——這即是本文嘗試討論的問題。

二、民藝：被收藏的「歷史」

　　渡也在《流浪玫瑰》序中說道：「我於八十二年曾出版一本專為民藝而寫的詩集，先民之作的民藝皆蘊含情意，而我對它們情動於中，而形於言，故詩集顏之曰《留情》。[6]」「情動於中，而行於言」一句引自〈毛詩序〉，本意在描述詩之起源。「留情」既可解作是詩人借物抒情、托物言志，將情感寄託於民藝收藏中，又可解作是因詩人的收藏，使得沒有生命的「物」具備了超越時空的情意。從這一主客互動的情境來看，《留情》不僅延續了古典詩學傳統中的「詠物詩」一脈，如劉熙載（1813-81）所說「詠物隱然只是詠懷，蓋個中有我也。」（《藝概‧卷四‧詞曲概‧八二》[7]）；渡也對「物」的關照，還包含了「忘我」、「無我」的現代性體驗。除了古鐘、古鏡等物品可以自然地關聯到古詩的用典傳統，渡也詠物詩所詠歎的物件、意義生成方式等，更接近於廢名對新詩之現代特質的概括。

　　廢名（馮文炳，1901-67）在《論新詩》中曾獨具一格地為新詩辯護，「舊詩是情生文文生情的，新詩則是用文來寫出『當下便已完全』的一首詩。[8]」在《留情》集中，筷子筒、土罐、肚兜、太師椅……等等看似難登詩歌大雅之堂的物品，都可以入詩，如果說古典詩學中的詠物詩更接近於修辭理論的隱喻用法，那麼渡也詠物抒懷的起點卻是「拒絕隱喻」，以此打破讀者關於詩意的「常識」。就像玫瑰首先是薔薇科植物，而非愛情，渡也筆下的古物也不是被直接賦予某種象徵意義，而是如同收藏家收集、鑑別、注疏的工作程式一般，被首先放置回它們曾被使用的具體情境中去。

　　《留情》中民藝收藏所關聯的歷史情境大致可以分為兩類：一是由明清遺物關聯到「清末民初」的國族創傷，二是不限於具體收藏年代的古今對照。

6　渡也，《流浪玫瑰‧序》　2。
7　劉熙載著、王氣中箋注，《藝概箋注》（貴陽：貴州人民出版社，1980）347。
8　廢名（馮文炳，1901-67），《談新詩》（瀋陽：遼寧教育出版社，1998）117。

　　在第一類詩中，渡也繼承了此前敘事詩〈最後的長城〉中「詩史結合」
的藝術手法，每一件古物都如同開啟一個時空隧道，讓詩人穿越百年與古
人相見，以親歷者的身份完成一次歷史重述。如〈銅臉盆〉中：

　　　　洗面架上置放一個／高齡的銅臉盆／它的時代已煙消雲散／
　　它仍無恙地活著／／
　　　　我把臉盆倒放／幾張陌生的臉從盆中滑出／不知是當年的誰
　　遺失的／／
　　　　我用這清代的容器，／裝滿民國的自來水／正欲俯身洗臉／卻
　　看見一個纏足的女人／坐在水中／然後看見甲午年／黃海海戰／
　　水逐漸轉紅／炮聲響起／臉盆驚慌／掉落地上／不斷發出淒厲的
　　金屬聲／宛如古代女子的哀鳴／仔細傾聽，又感覺／像似清朝三百
　　多年／無奈的憤怒[9]

　　作為《留情》輯錄的第一首詩，〈銅臉盆〉的結構已基本勾勒出渡也
從「古物收藏」到「以詩證史」的抒情線索。詩分三節，由靜至動，以實
入虛，第一節挑明被收藏之物的年代久遠，第二節從「物」到「我」，由
「我」發現被收藏的歷史，第三節物我渾然一體，成為歷史依次上演的小
劇場。渡也詩對動詞的使用常常細心琢磨，在這首詩的前兩節中，「置放」
與「活著」，「倒放」與「滑出」，每一組的兩個動詞之間，首先存在著
動作上的延續性與因果聯繫：因為銅臉盆仍被「我」置放在洗面架上，所
以無論是從使用價值還是物質本身的材料屬性來說，銅臉盆都得以超越物
理時間的流逝而「活著」；因為「我」把臉盆倒放，盆中之物才得以「滑
出」。其次，前後兩個動詞的主語又發生了從「我」到「物」的變換，這
不僅在時空上啟動了回到歷史現場的情境轉換，更避免了詩歌僅僅成為抒
情主體「換湯不換藥」的觀念集合。

　　除此之外，〈銅臉盆〉還彰明瞭渡也立足臺灣本土視野最為關注的歷
史創傷──「我用這清代的容器／裝滿民國的自來水」。甲午海戰（1894）
後，乙未割台，〈銅臉盆〉中古代女子的哀鳴、臉盆的驚慌、詩人的憤怒，
都指向「馬關條約」（1895）的簽訂和臺灣被割讓於日本的屈辱。這裡的

---

[9]　渡也，〈銅臉盆〉，《留情》　4。

「民國」則向後延伸，既指向辛亥革命（1912）「驅逐韃虜、恢復中華」、與帝國主義殖民抗爭的半個世紀的近代史，又以「自來水」隱蔽地指向臺灣光復、至臺灣解嚴，詩人所身處二十世紀後半期的臺灣史。於是，站在兩個世紀末回看歷史，如何理解晚清民初的「近代」，也就成為詩人整理其「現代」經驗的出發點。

渡也在彰化師範大學從教期間，除講授文學史外，曾專門開設中國近代史的課程。《留情》中許多詩都在敘述清末家國危亡的歷史中，貫徹著憤懣難抑、渴望救國的知識份子情懷。一個清朝的銅熨斗，不能以其微弱的熱熨平被列強炮火弄皺的中國的崎嶇道路（〈銅熨斗〉）；一盞生於清末的銅油燈「眼中無光／心中有恨」，無力照亮大清，卻在「我」的悉心搶救中於黑暗間舞蹈，燃起「專制時代的一把火」（〈銅油燈〉[10]）；而清末廣窯燒紙的綠釉油燈在詩人筆下，則成為「每個中國人的燈塔」，要「把近百年的黑暗照亮」（〈綠釉油燈〉[11]）。

值得注意的是，渡也並未停留在歷史憂憤的簡單宣洩中，與「收藏」可能面臨的質詢相似，當這些來自清末的民藝開啟了識辨歷史創傷的時刻，詩人已將思考的鋒芒刺向自己，面對如此滯重的歷史，收藏的目的是什麼？是古為今用、懷古諷今，還是「為了忘卻的紀念」？以兩首〈馬鈴〉為例，如果說第一首（作於民國76年）還只是如〈銅臉盆〉一樣訴說「黑暗的清朝」的覆滅，那麼第二首（作於民國81年）的時空格局已不再局限於一朝一代。唐太宗（李世民，598-649，626-649在位）馳騁沙場與曾國藩（1811-72）策馬揚鞭的場景並置，象徵復國雪恥的馬鈴聲與現代搖滾樂混同，馬鈴中的一道溝壑，既是龍紋可能發出聲音的出口，又是中國歷史上盛世衰亡的一道道傷痕。

〈馬鈴〉（第二首）的最後一節尤其耐人尋味：「我趕緊將它放回盒中／像放回小小的牢裡／小小的傷口裡。[12]」這不禁讓人追問：為何終於讓沉默的歷史發聲後，又要將其塵封？詩人的恐懼來自何處？

這種在當下時刻關於收藏古物、回溯歷史的分裂體驗，在其他不局限於詠歎近代史的詩作中，被更為豐富地呈現出來。一方面，這些詠物詩以

---

[10] 渡也，〈銅油燈〉，《留情》 24。

[11] 渡也，〈綠釉油燈〉，《留情》 36。

[12] 渡也，〈馬鈴〉，《留情》 16。

「物是人非」的滄桑之感,寄託了詩人濃鬱的現代「鄉愁」。如〈五彩磁碗〉中繪於碗上的蝴蝶,在詩人的想像中飛回了故鄉,飛回八年前陶匠的心中。在這首詩裡,慈禧(1835-1908)、同治(1862-74)不再指向近代中國的屈辱,而是作為五彩瓷碗的故園,成為與詩人身處現代社會的時空對照。在〈古枕〉中,詩人感慨「二十世紀/各式各樣現代枕頭紛紛出征/枕頭的春秋戰國/古枕已無法角逐中原[13]」,這種獨在異鄉為異客的情緒,又豈止局限於一物。渡也曾在〈談鄭愁予的田園詩〉中說到:

> 傾向田園其實是人類普遍的、共同的意願,尤其現代人類生活在高度科技文明的社會裡,置身於瞬息萬變的世界中,往往渴望超越此等劣境,邁進永恆的、靜止的、自然的理想世界。這無疑是一種「返璞歸真」的心態。而對故園的懷念,進而企望回歸故園,其實亦與這種心態相似,不妨與之等量齊觀[14]。

從這一點來看,將民藝收藏入詩,正是要在詩中尋回失去的時間。

　　然而另一方面,正如詩人在回溯歷史創傷時又欲塵封疼痛的自相矛盾,作為收藏家或者現代詩人,又必然面對新的困境——真的可以尋回失去的時間嗎?這被尋回的「時間」又究竟是什麼?在〈古鐘〉一詩中,渡也在第一節的頭三行即連續使用動詞「買」,將「時間」物化,與古鐘一體;後三行則連續使用介詞「在」,將「時間」和「古鐘」從前半段的賓語位置轉變為主語:

> 先後買了幾座古鐘/買了古代的時間回來/把所有的時間買回來/大清帝國消失,它們仍在/日據時代老去,它們還在/永遠在嗎[15]?

　　事實上,代詞「它們」的指稱並不明確,如果「消失」和「老去」意味著在時空中抽去一個片段,那麼究竟是什麼被保存下來?詩人隨後提出的兩個疑問:「時間停止了嗎?」「時間會不會消失?」事實證明,被收藏的古鐘並不能留住時間。在成詩更晚的〈太師椅〉裡,渡也繼續他關於

---

[13]　渡也,〈古枕〉,《留情》　16。
[14]　渡也,〈談鄭愁予的田園詩〉,《新詩補給站》　101。
[15]　渡也,〈古鐘〉,《留情》　28。

「時間」的寓言，如果說「太師椅坐在時間上」，或者「時間坐在太師椅上」，還只是限於詠物懷古的巧言妙句，那麼「清朝民國都坐在同一張太師椅」，已經超出了銘記近代之殤的歷史訴求。〈太師椅〉的最後一節，可以看作是渡也的歷史哲學——

> 其實沒有人坐在太師椅上／沒有歷史坐在太師椅上／是一個巨大的／空／正襟危坐在太師椅上[16]。

在作為民藝收藏家的詩人眼中，儘管「古代」、「時間」、「歷史」，可以像被收藏的古物一般，被壓扁折疊放進置物箱或博物館的玻璃櫃中，被分析、被評判，但終究是蹤跡難尋。與〈太師椅〉同年，渡也還創作了〈石磨〉，更以自嘲的口吻寫到：

> 我愣在古物收藏家的客廳／無所事事，成為／後現代，成為一個／生硬的笑話[17]

任何試圖模擬與重述歷史的舉動，都可能只是一次後現代的戲擬。

《留情》集最後兩首以「歷史」命名：在〈歷史的淚水〉中，詩人是一位，為了留住歷史的微笑和淚水，在古跡中徘徊，為了記錄我們和我們的時代，向都市取景，但一切都轉瞬即逝，還不及明天，歷史「已成廢墟」，現在「已成灰燼」。在〈歷史〉中，詩人收購古物，真可謂為古物留情，但最後也不得不承認：

> 我終於瞭解——／我從未深入古物體內／古物也不能進入我生命深處／我終於瞭解／它們始終不是我的／不是這個家的，也不是／任何人的／它們已被時間收留／它們屬於／歷史[18]。

於是，古物不再僅僅是歷史的見證，邀請詩人走進歷史，更是一個信號，讓詩人指認出歷史深淵中的存在與虛無。從詠物懷古，到對「歷史」、「時間」自身的形而上思考，看上去是否定了收藏的意義，但也使得詩歌之於

16　渡也，〈太師椅〉，《留情》　28。
17　渡也，〈石磨〉，《留情》　120。
18　渡也，〈歷史〉，《留情》　136。

歷史，能夠做到敗而不潰。而正是這一點，讓渡也在詠物詩的中國詩學傳統中顯示出了他作為「現代」詩人的問題意識。

三、鄉愁：被收藏的「故國山川」

　　由於最終正視了現代人在歷史或者說自然時間面前的渺小無力，渡也在詩中重新詮釋了古物收藏的意義。它既不是世俗的市儈主義的戀物癖，也不被輕易提升到要拯救傳統或復興古典的崇高層面。與其說作為收藏家的渡也是一個文化保守主義者，不如說他是一個真正的現代主義者。如同大陸當代詩人于堅關於普魯斯特（Marcel Proust, 1871-1922）的洞見：「《追憶逝水年華》（*Swann's Way*）不如《尋找失去的時間》（*Remembrance of Things Past*）譯得好。

　　普魯斯特的《追憶逝水年華》說：

> 『年華』一詞，不具有『時間』一詞的中性，讓人以為追憶的是某種有意義的生活，閃光的生活，所得過去的好時光。失去的時間，不在於它的意義，不是年華，而是那些無意義的部分。正是隱匿在年華後面的灰暗的無意義的生活組成了我們幾乎一輩子的生活。《尋找失去的時間》是對無意義的生活的回憶[19]。

如前所述，在《留情》集這本時間之書中，渡也對過去時間完成的同樣是一次「去魅」的收藏，這種既肯定又懷疑，既保存又破壞的態度，反而有可能真正「通過擁有物品將自身立足於過去，恬然不為現世所動，以求更新舊世界」，如漢娜・阿倫特（Hannah Arendt, 1906-75）關於本雅明（Walter Benjamin, 1892-1940）收藏嗜好的哲學闡釋，

> 收藏家必須把一物的任何典型意味清洗盡淨。收藏家與遊蕩者的形象同樣老派過時，可卻能在本雅明那裡獲得如此明顯的現代特質[20]。

---

[19]　于堅，〈棕皮手記〉，《中國當代先鋒詩人隨筆選》（北京：中國社會科學出版社，1998）10。

[20]　漢娜・阿倫特（Hannah Arendt, 1906-75），〈導言　瓦爾特・本雅明 1892-1940〉

　　本雅明歷史觀的關鍵，是他決意面對歷史的廢墟，卻又以寓言的方式打撈歷史的碎片，「是要在寓言的真理中最大限度地展現現代歷史的『墮落的具體性』，是在一個看似無法逆轉的災難過程中提示贖救的微弱的、但卻是值得期待的可能性。[21]」在渡也的〈長宜子孫鏡〉中，古鏡成為歷史廢墟的見證，

　　　　以兩千年滄桑注視／三十四歲的我／有幾個朝代在它眼裡崩潰，消失／有一個磨鏡人坐在裡面沉思／沉思他的前生前世如何／如何失蹤，……
　　　　即使再熱鬧繽紛／終究不是它的／它的故鄉／／
　　　　在新潮衣飾化妝品髮型舞姿／在這沒有親戚朋友的現代／一個磨鏡老人，白髮蒼蒼／手持漢朝銅鏡／（子子孫孫都去哪裡了？）／默默注視一面／玻璃落地長鏡[22]。

從詩歌的表層意義看，詩人是借古鏡的鄉愁來抒發自己的文化懷舊，但拋開這種關於「鄉愁」的典型認識，詩歌的最後兩行又描繪了一個時序顛倒的奇異場景：古鏡中的磨鏡老人站在現代的玻璃長鏡前「攬鏡自照」，古今之爭的時間座標在「鏡子」的虛像中消失了，兩面鏡子對望，誰又是誰的「真實」。

　　隨著線性時間觀念的支配地位被詩歌的空間意象所消解，「鄉愁」的意義不再簡單指向懷舊，指向時間上的過去，或空間上唯一的家園，對於本雅明式的收藏者來說，它未嘗不會成為詩人主動選擇的一種精神狀態，使他在「漂泊」中創造一個可以在現實時空變幻之外滯留的故鄉。

　　這種獨特的「鄉愁」體驗亦有其現實緣起。渡也在民國 88 年（1999年）出版的《流浪玫瑰》序中，談及臺灣解嚴政改後的社會狀況，在渡也看來，雖然政府為被羈押者平反，但只不過更加證明瞭此前的政治荒誕，而臺灣、大陸之間看似解禁的探親訪友，卻又以大陸人愛錢勝於親情的功利態度，挫傷著返鄉者的熱情。

（"Introduction. Walter Benjamin: 1892-1940"）《啟迪：本雅明文選》（*Illuminations*），〔德〕本雅明著，張旭東，王斑譯（北京：生活・讀書・新知三聯書店，2008）63。
[21] 阿倫特　7。
[22] 渡也，〈長宜子孫鏡〉，《留情》　20。

　　　　我們稱對岸人士為匪，對岸亦視我們為匪，因此，兩岸人士都
　　　是匪徒，沒有任何一人是正人君子。凡此種種，強烈地撞擊了我，
　　　於是借詩來揭發兩岸的問題及人性的醜陋，來抒發我的感傷和抗
　　　議。……風雨如晦，雞鳴不已，我因此表達了一介書生的社會關懷，
　　　返鄉系列是其中一部分[23]。

有意思的是，《流浪玫瑰》詩分三輯：愛情、民藝與返鄉。渡也明確表示，
「民藝、返鄉所呈現者或隸屬時間的鄉愁，或隸屬空間的鄉愁。[24]」這也
就提醒我們注意，返鄉系列與民藝系列之間，在藝術手法與主題思想方面
存在的繼承關係。

　　與民藝系列中詩人面對歷史的惶惑無力相似，返鄉系列也始於「回不
去」的感傷基調。渡也以〈歸根〉直陳返鄉之難，

　　　　老家親人對我十分陌生／而對我的鈔票／熱情擁抱／那裡，人
　　　的確很多／而所有的情加起來／比臺灣輕[25]

在〈反攻大陸〉中，詩人則質問「翻烙餅」般的歷史鬧劇，發出「我永遠
是外省人」的悲歎。這種強烈的基於現實經驗的焦慮感，為《流浪玫瑰》
中的民藝系列染上了不同於《留情》的具象化色彩。在幾首創作年代較晚
的詠物詩中，詩人不再抽象地思考現代與傳統間的文化衝突，或者普泛地
談論近代史創傷與國民性批判，「諷喻」手法替代「隱喻」，被更積極地使
用。在〈飯桶〉中，雖然詩歌的前半部分仍然力在描摹一個清代的朱紅飯
桶孤獨站在現代客廳中的歷史寓言，但後半部分已經直指臺灣時局：「一
九九四年開始／臺灣必須吃外國米活下去[26]」。〈神像〉嘲笑被世事繚繞的
善男信女，〈尿壺〉暴露的是人類的饕餮欲望，〈錫燭臺〉中「清朝之後／
全是黑夜／就像政治一樣[27]」……這些詩多寫作於 1994、1995 年間，發表
在《人間副刊》和《聯合副刊》上，一改此前民藝系列的溫柔敦厚，具有
很強的介入傾向。渡也早年在軍隊服役期間，就曾不懼政治禁言寫詩批判

---

[23]　渡也，《流浪玫瑰・序》　3-4。
[24]　渡也，《流浪玫瑰・序》　5。
[25]　渡也，〈歸根〉，《流浪玫瑰》　123。
[26]　渡也，〈飯桶〉，《流浪玫瑰》　11。
[27]　渡也，〈錫燭臺〉，《流浪玫瑰》　27。

國民黨當局，可以說，即使是寫作鄉愁與愛情等帶有普遍性的文學母題，渡也的詩也從未止於做一塊審美飛地。

在這冊《流浪玫瑰》中，對臺灣政治現實的批判、對海峽兩岸關係的擔憂，成為民藝系列與返鄉系列的共同肌底，也正是因為這種現實焦慮，決定了詩人以何種方式來抒寫鄉愁。我們可以在《留情》與《流浪玫瑰》中都反復吟詠的「紫砂壺」上，找到渡也為「鄉愁」賦形的線索。在〈紅土水準壺〉中，

> 「我教江蘇宜興茗壺／擁抱臺灣凍頂烏龍／沖水後／茶壺不願突出甘醇馨香／卻吐出點點滴滴的／苦澀的／宜興老師父的淚水／宜興老師父的鄉愁[28]」

通過使用空間並置的手法，突出茶壺的出產地江蘇宜興，與如今被收藏與使用的臺灣之間的差別，渡也將茶壺作做了擬人化的處理，以茶味的苦澀來隱喻鄉愁。在〈紫砂壺〉中，詩人決意為茶壺排解鄉愁：

> 今晚／懷著熱烈心情的／一把紫砂壺／站在茶桌上／壺下躺著一幅／祖國的山水／我一面泡茶，一面搜索／壺也睜眼，似乎也／在尋找什麼
>
> 然後我把壺移放在地圖：／江蘇宜興／讓壺回家，讓壺靜靜返回／久別的故鄉[29]

讓陶壺回家，未嘗不是讓自己返鄉，但這首短詩卻以「地圖上的返鄉之旅」，在返鄉者的熱切期盼中埋藏了一縷惆悵。〈紅土水平壺〉與〈紫砂壺〉均創作於 1984 年，雖然 1983 年「鄧六條」的頒佈已經預示了「和平統一」思想主導下的兩岸關係發展方向，但此時臺灣當局還未開放臺灣民眾赴大陸探親的文化交流關係。渡也詩中細膩的空間意識，一方面適時地將海峽兩岸的血脈聯繫注入到古物收藏中，另一方面又敏感地保留了「南橘北枳」背後的空間隔膜，並以「地圖上的返鄉」來平衡作為臺灣人對家園的渴望與焦慮。從這個角度再看《流浪玫瑰》中創作於民國 83 年的〈紫砂茗壺〉，

---

[28] 渡也，〈紅土水平壺〉，《留情》　20。
[29] 渡也，〈紫砂壺〉，《留情》　52。

更能體會渡也詩中鄉愁的含混與多義，儘管臺灣解嚴已經過去六七年，詩人卻中斷了此前的鄉愁表達，完全刪除了「紫砂壺」可能關聯的空間意象，僅僅在歷史時間的層面，從清代名家陳曼生（1768-1822）、明代時大彬（1573-1648）追溯回唐代茶聖陸羽（733-804），把紫砂壺作為復興中國茶道傳統的一個文化載體。這種寫作意識的偏移，恰能作為一個旁證，使人讀出渡也立身臺灣本土情結述及「鄉愁」體驗時的複雜思考與藝術用心。

在《流浪玫瑰》的返鄉系列中，「地圖」意象被反復使用。「返鄉」輯第一首即題為〈地圖〉，詩開篇就以「我駕駛的飛機把臺灣海峽拋在後面／一張地圖即在機艙下／展開[30]」製造出戲劇性的轉折，又一次在地圖上虛擬了「我」的返鄉之旅：

> 我看到一個少年的我／走在北平街道／所有的景物仍泰然自若／就像三十多年前／一樣／／
> 夜深時／北平才流淚／整片故國山川／也哭成一團／只因為／我仍未回去／／我仍未回去／我仍在臺灣／／在老燈下，含淚／翻閱大陸地圖[31]

如若不是渡也自己曾在散文中駁斥關於他親國民黨的謬見，這首詩對「北平」舊都名稱的使用，對「仍未回去」的興歎，恐怕都會讓人誤以為是一首感慨「反攻」事業未成的詩作。然而暫且擱下政治影射不談，「地圖」意象的巧思妙用，在於它將時間做了空間化的處理，將歷史直觀化為地圖上海峽分離的圖式，「返鄉」背後所關聯的民族國家的「大歷史」，被轉化為按圖索驥、追懷記憶、尋訪故居的「個人史」。而手持過去的地圖，以地圖求證「故鄉」，也就註定了返鄉之旅只能是發現「物是人非」的失敗結局，如〈蘇州〉中的詩句所述：「小時有一張地圖／長大也有一張／攤開來，全是／淚水。」如果把「地圖」看做「故鄉」的能指符號，那麼「故鄉」的所指，在詩人筆下已經不再是一個有高度政治社會內涵的具體地理空間。如果說原本作為抒情主體的「我」，本應該類屬於「故國山川」，也正是這種類屬關係構成了「我」的「返鄉」衝動，那麼在渡也詩中，「故

[30] 渡也，〈地圖──為周老師而寫〉，《流浪玫瑰》 103。
[31] 渡也，〈地圖──為周老師而寫〉 103。

國山川」反而成為「我」手中的一張地圖，它的殘缺、完整或者微調，都在「我」的凝視之下。就像民藝系列中「被收藏的歷史」，「故國山川」也是詩人的「收藏」，而作為收藏家所體悟到時間的不可逆轉，也成為返鄉終是妄想、故鄉已成廢墟的證明。

「故國山川」一詞在渡也詩中頻繁出現，作為一個空間意象，卻因為「故」字的使用被插入了明確的時間意識。在〈許多愁〉中，儘管渡也使用了「祖國山河」這一更多帶有民族國家認同屬性的詞彙，「滂沱的淚水淋濕了／手冊中的地圖／祖國山河也在哭泣／山洪暴發，河流氾濫／一片汪洋中／再也找不到長安／我怎麼回去？」──但同樣以「地圖」譬喻「中國」，可以比較戴望舒（戴朝安，1905-50）的名詩〈我用殘碎的手掌〉[32]：

> 我用殘損的手掌／摸索這廣大的土地：／這一角已變成灰燼，／那一角只是血和泥；／這一片湖該是我的家鄉／……
>
> 無形的手掌掠過無限的江山，／手指沾了血和灰，手掌沾了陰暗，／只有那遼遠的一角依然完整，／溫暖，明朗，堅固而蓬勃生春。……
>
> 因為只有那裡是太陽，是春，／將驅逐陰暗，帶來蘇生，／因為只有那裡我們不像牲口一樣活，／螻蟻一樣死……／那裡，永恆的中國！

雖然戴望舒也表達了杜甫（712-770）「國破山河在、城村草木生」的興亡之感，但全詩的情感基調卻指向未來，並且將「我們不像牲口一樣活，螻蟻一樣死」的精神追求，作為「永恆的中國」的象徵。戴望舒寫作此詩時身居香港，因宣傳抗日被捕出獄不久，正是因為這一與「大歷史」關聯的具體情境，使得詩人在鄉愁中飽含著抗爭救國的赤子之情。相比之下，凝視地圖的渡也則刻意與歷史現場拉開一段距離，〈地圖〉中的「北平」，〈許多愁〉中的「長安」，都模糊了「故國」在歷史中的具體所指。而被物化的「故國山川」，自然也無力再應答詩人返鄉的呼喚。

32　戴望舒，〈我用殘碎的手掌〉，《戴望舒詩全編》，梁仁編（杭州：浙江文藝出版社，1991）132-33。

除了地圖,「錄影帶」、「茅臺」等等可以被收藏的物品,也依次成為「故國山川」的代名詞——「在重慶南路錄影帶攤子/以三百五十元買回故國山川」(〈錄影帶〉[33])——當詩人選擇以「收藏」模擬「返鄉」,被收藏之物與收藏者之間的時空隔膜,已經註定為返鄉系列渲染上一層悲涼。

五、時空重塑:收藏意識下的詩話臺灣

渡也為何要選擇以「收藏」的象徵結構書寫「歷史」與「鄉愁」?回顧渡也的個人創作歷程,在臺灣新詩的發展脈絡中,又應該如何評價這種詩學意識?

《流浪玫瑰》中的詩歌大多創作於 90 年代,這一時期的臺灣文學可用「眾聲喧嘩」來形容。瘂弦(王慶麟,1932-)概述年青一代的創作:

> 他們對五十年代的老現代主義漸感不耐,對鄉土文學的階段性使命也認為已告完成,他們以游目遠眺替代自我的內視,他們在一個新的地平線上,尋找更新更遠的火種。⋯⋯這是海洋文化性格益形外向的一種發展,後現代、都市文學、魔幻寫實、女性文學、愛慾解放、情色文學以及外國帝國主義文學生產的省思、後殖民論述觀點的反映,都有人在作創作的實驗,不只是詩語的革命,不只是形式與結構,而是一種對前一代掀起一次創作性的叛逆,這不是『五胡亂華』,而是一種可喜的發展與突破。[34]

渡也 90 年代以來詩作迭出、題材廣泛,在童話詩、散文詩等新領域也多有嘗試,亦可視作 90 年代臺灣文學眾聲喧嘩中的一家,但聚焦渡也個人的創作歷程,又能看到他對「追新求異」的理論與創作思潮之警惕。

渡也早期創作受臺灣現代主義詩歌運動影響至深,年輕時曾一度加入「創世紀」詩社,詩風也有唯美主義、超現實主義傾向。在論文集《渡也論新詩》中,可以看到臺灣現代主義詩歌運動思考的核心問題,如〈新詩

---

[33] 渡也,〈錄影帶〉,《流浪玫瑰》 125。
[34] 瘂弦(王慶麟,1932-),〈為台灣現代詩織夢〉,《八十六年詩選》(台灣:現代詩社,1998)。

緩慢節奏的形成因素〉、〈新詩形式設計的美學基礎〉等論文，即旨在為新詩的形式特質建立能夠與古典詩學抗爭的理論體系，而〈詩中的原型〉等詩評，則嘗試將西方二十世紀以來的批評理論，挪用到對中文新詩的閱讀與闡釋中來。隨著 80 年代以來基於「傳統／現代」、「西方／本土」等文化衝突論的自我反省，渡也寫出了《最後的長城》、《落地生根》等分水嶺式的作品，並在此後的創作中從現代主義後退，越來越多地關注社會現實與文化生態。蕭蕭（蕭水順，1947- ）在《落地生根》詩集序中認為「落地生根」是渡也詩觀的集中體現，「根據渡也的話，他說：

> 有一種植物，生命力極強，隨遇而安。即使將它折斷，只要讓它落地，只要有土壤，就能生根、成長、開化、繁殖[35]。

既追求自由無羈，又懂得落地生根，如果以臺灣新詩發展進程為參照，這種自我調整後的新詩理想，正可以看作是對 50 年代新詩現代化運動的繼承與超越。臺灣學者呂正惠（1948- ）在關於戰後臺灣文學的諸多論述中，一面從文學社會學的角度指出五十年代臺灣新詩朝向內在個體生命作探求的歷史必然性，一面又以「鄉土文學」論戰為切入點，批評新詩現代化運動造成臺灣現代詩與現實嚴重脫節的困境。他以余光中（1928-）為例，論及臺灣現代詩人的兩難選擇：即使像余光中對「創世紀」的超現實主義始終保持批判態度，更由於他在美國經歷的鄉愁與寂寞之苦，使他寫出了飽有「中國情懷」的作品，「但其後，他一再重複這類主題，讓人感到單調、重複。

　　現在看起來，余光中想用『中國情懷』來替代《創世紀》的『虛無感』並非毫無道理。但在五六十年代那種環境，他這些作品之流於抽象而空洞，也是勢所必然。」在呂正惠看來，余光中在鄉土文學論戰中以〈狼來了〉一文急於表明政治立場，「在某種程度上說明了五十年代臺灣政治格局和社會現實，讓作家很難在『反共』、『經濟現代化』、『文化保守化』的大形勢中找到什麼更好的出路。也許，現代詩運動所體現的精神上的狂飆式的『現代化』只能是當時臺灣大多數知識份子的唯一宿命。[36]」──儘

[35] 蕭蕭（蕭水順，1947- ），〈不落地怎能生根〉，《落地生根》，渡也著（台北：九歌出版社有限公司，1989）1。
[36] 呂正惠（1948- ），〈五十年代的現代詩運動〉，《戰後臺灣文學經驗》（北京：

管渡也的寫作年代已是八九十年代以來的臺灣社會,但始於現代主義的渡
也,同樣面臨著相似的思想困境。

　　如前所述,渡也 90 年代以來創作的民藝系列與返鄉系列中越來越突
出的現實關懷,不僅僅是詩人的主動選擇,也是臺灣彼時彼地的具體社會
情境使然。尤其涉及返鄉等主題的長做,更讓人難以輕鬆地停留在文化鄉
愁的層面,無視海峽兩岸的關係震盪。渡也於 1985-1986 年間的參軍經
歷,以及此後的從教經驗,都使他的詩歌首先即是個人所察所感的直接表
達。無論是對臺灣教育體制、民主表演的露骨批判(如〈國中教育〉、〈國
父遺像〉等),還是對大陸的政治諷喻(如〈六四〉、〈與朱光潛談悲劇〉
等),儘管都極易被貼上某黨某派的政治標籤,但渡也顯然拒絕這種簡單
定位。因此,以「收藏」觀念入詩的意義,恰恰在於策略性地規避了強大
的現實所指對詩歌語義空間的窄化與壓縮。

　　「民藝古物中的歷史」是怵目難忘的,但是也可以被選擇剪輯有所遺
忘;「地圖上的返鄉」是失意無奈的,但至少可以為詩人寄託鄉愁。古典
詩學中托物言志、隨物賦形等傳統被渡也巧妙運用,如〈茅台〉第一節「茅
臺偷渡來台/看起來並不像/共產黨」,當「赤化」被幽默地轉喻為日常
宴飲之物,詩人也就卸去了「鄉愁」之外被重重包裹的政治外殼。而後面
的詩句更如李白(701-762)醉酒般酣暢淋漓,已經收入腹中的「祖國的香
味」、「貴州的山山水水」又如何能回去?詩人還不甘心於此處收尾,〈茅
台〉的高潮是「人醉,貴州也醉了/深夜醒來/吐──//穢物滿地都是
/都是四十年來的/酸苦」[37]。

　　在「被收藏的歷史」以及「被收藏的故國山川」中,詩人所表達的時
空體驗越來越清晰地勾勒出一個作為原點的「臺灣」認同。儘管這看起來
也可以納入一些學者基於後殖民論述的描述:「八十年代以後臺灣文學的
發展,從主要方向上來講,是對鄉土文學的『中國認同』意識的反對和脫
離[38]」──但是,渡也的「臺灣」認同,又不是簡單的分離主義或者擱置
民族主義訴求、一味追求以西方為範本的現代化。恰恰相反,渡也詩中始
終有著強烈的關於「文化中國」的精神堅守。在《最後的長城》中,渡也

生活‧讀書‧新知三聯書店,2010)48。
[37] 渡也,〈茅台〉,《流浪玫瑰》 109-11。
[38] 呂正惠,〈台灣文學觀念的發展〉,《戰後臺灣文學經驗》 392。

為辛亥人物做傳，謳歌林則徐（1785-1850）、王安石（1021-86）等亂世中的改革者，在〈宣統三年〉一詩的獲獎感言中更呼籲：

> 我們有沒有照汗青的丹心？先烈開創一個全新的中國給我們，我們用雙手接下，有沒有守成？有沒有發揚光大？如果有，如果我們全國上下都有丹心和省悟，則中華民國將比韓國強，比美國強！這便是創作此詩的最大企圖[39]。

這種國族認同的焦慮，在渡也講授「中國文化概論」等課程後所形成的「講師日記」輯中尤為突出：

> 我站在講堂／在冷風中／教傷痕累累的中國近代史／第一排學生有人咬著英文單字／有人抓住片假名不放／末排的學生已按照順序／去周公家裡。(〈中國近代史〉[40])

而《攻玉山》中兩首關於臺灣現代文學之父賴和（賴河, 1894-1943）抗日的事蹟，更從臺灣地方史的角度為「家國情懷」做一注腳。

如何重建離散者的精神家園？如何在「歷史」和「故國山川」的廢墟上找到當下現實生活可以汲取的思想資源？王德威（1954- ）基於臺灣的特殊歷史，強調臺灣文學的複雜性：

> 四百年的時間說長不長，但臺灣所遭逢的際會，或悲憤，或狂暴，的確有太多不能讓人已於言者。解嚴以來，言禁大開，因應全球後殖民、後現代風潮，有關臺灣的論述得到空前解放。曾幾何時，所謂的主體正名，所謂的多元包容，已經成了人人朗朗上口的辭令。但在此岸或彼岸急切的國族主義號召下，我們真能耐心看待這座島嶼駁雜的歷史經驗，以及曲折曖昧的表述和被表述形式嗎？……明鄭遺民與移民意識的此消彼長，乙未割台的殖民性／現代性創傷，日本時期的反抗與妥協，左翼運動的興起與殞滅，二二

---

[39] 渡也，《最後的長城》（黎明文化，1988）19-20。

[40] 渡也，〈中國近代史〉，《落地生根》 109。

八事件的遺忘與記憶，城鄉、族群論述與政治的角力等，都有文學
作者的身影[41]。

而在王德威看來，除了「大歷史」，更要注重臺灣文學關於「小歷史」的
獨特表達，它們勾勒了臺灣人情緒與欲望的軌跡，「是日常生活、物質細
節的記錄，是眾聲喧嘩——文言白話、鄉音國語——的網路，是教養形成
或敗壞的印記，是生態墾殖與摧毀的見證，是圖騰和禁忌的重複扮演，是
個人與政權機器間永無休止的對話。[42]」從這一角度看，渡也的詩歌創作
不就是以「大歷史」為底色，細細描出的「小歷史」麼？

渡也最終要在詩中收藏的是「臺灣」，如《留情》集中〈朱紅櫥櫃〉
所述：

> 一九八八年初春／二二八事件四十一周年／我特地買了一個
> 古櫥櫃／朱紅，像先民的血一樣／細心清洗，曬乾，撫摩／像對待
> 祖先一樣
>
> 將它放在客廳／將近代史書籍置放其中／將臺灣史書籍置放
> 其中／把臺灣的苦難完全／放在裡面
>
> 把櫥櫃門關上／門哎呦一聲慘叫／把臺灣，關在裡面了／像對
> 待祖先一樣／默默凝視密不透風的櫃子／我發現苦難並沒有關注
> ／並未在櫃子心裡／我發現苦難完全／在我身上／朱紅的血，臺灣
> 的血，／在我心裡[43]

---

[41] 王德威（1954- ），《臺灣，從文學看歷史》（麥田，2005）3-4。
[42] 王德威　4。
[43] 渡也，〈朱紅櫥櫃〉，《留情》　80。

參考文獻目錄

BEN

〔德〕本雅明，瓦爾特（Benjamin, Walter）.《本雅明文選》，漢娜·阿倫特（Hannah Arendt）編，張旭東，王斑譯。北京：生活·讀書·新知三聯書店，2008。

——.《發達資本主義時代的抒情詩人：論波德賴爾》（*Charles Baudelaire: A Lyric Poet in the Era of High Capitalism*），張旭東，魏文生譯。北京：生活·讀書·新知三聯書店，2007。

——.《迎向靈光消逝的年代：本雅明論藝術》（*Short History of Photography: The Work of Art in the Age of Mechanical Reproduction*），許琦玲、林志明譯。桂林：廣西師範大學出版社，2004。

CHEN

陳仲義.《從折射到拼貼：臺灣詩歌藝術六十種》。桂林：灕江出版社，1997。

FEI

廢名.《談新詩》。瀋陽：遼寧教育出版社，1998。

HONG

洪子誠.《在北大課堂讀詩》。北京：北京大學出版社，2014.

——、劉登翰.《中國當代新詩史》。北京：北京大學出版社，2010.

LI

黎湘平.《文學臺灣：臺灣知識者的文學敘事與理論想像》。北京：人民文學出版社，2003。

LIANG

梁宗岱.《詩與真》。北京：中央編譯出版社，2006。

LIU

劉登翰.《臺灣文學史》。北京：現代教育出版社，2007。

〔日〕柳宗悅（YANAGI, Muneyoshi）.《民藝四十年》，石建中、張魯譯。
　　桂林：廣西師範大學出版社，2011。

——.《民藝論》，孫建君、黃豫武譯。南昌：江西美術出版社，2002。

LU

呂正惠.《戰後臺灣文學經驗》。北京：生活・讀書・新知三聯書店，2010。

SAN

〔日〕三島憲一（MISHIMA, Kenichi）.《本雅明：破壞・收集・記憶》，
　　賈倞譯。石家莊：河北教育出版社，2001。

WANG

王德威.《被壓抑的現代性：晚清小說新論》，宋偉杰譯。北京：北京大學
　　出版社，2005。

——.《臺灣：從文學看歷史》。台北：麥田，2005。

王金城.《臺灣新世代詩歌研究》。廈門：廈門大學出版社，2008。

WO

〔美〕沃林，理查（Wolin, Richard）.《瓦爾特・本雅明：救贖美學》（*Walter Benjamin: An Aesthetic of Redemption*），吳勇立、張亮譯。南京：江蘇人民出版社，2008。

XIA

〔美〕夏志清.《中國新文學的傳統》。北京：新星出版社，2005。

ZHANG

章亞昕.《二十世紀臺灣詩歌史》。北京：人民文學出版社，2010。

From "Object-Chanting" to "Nostalgia": Collecting View in Poems of Du Ye

Xiaofan YANG
College of Chinese Language and Literature
Central China Normal University Wu Han

Abstract

Considering another role of Du ye the poet namely a collector this paper focuses on unique function of object images and consciousness of time and space from aspects of themes of poems style of image history context and so on. First we select the question that why most of objects that Du ye chanted are Ming or Qing Dynasty as the pointcut focusing on object-chanting poems represented by Show Mercy and read carefully the construct of time and space in Du ye' s poems: it has a introspection of modernity consciousness basing on cognition of "Ancient/Modern" and "China/the West" as well as watches feelings of end of the century in the junction of Qing Dynasty and the Republic of China basing on experience of Taiwan's. Second the art tensity forming in paradox relations such as "Memory/Oblivion" and "Homeland/Roving" will be discovered focusing on allegorical poems themed "Nostalgia" written after Taiwan releasing from the order of martial law in the year 1987. Du ye finished the echo of "Landscape of Motherland" both in time aspect and space aspect guided by object images of "The Shepherd Su Wu" "Moutai" "Map" and "Tape" and so on. At last referring to the theory about "Collectors" of Walter Benjamin we explain the same experience of time and space in both object-chanting poems and nostalgic poems of Du ye' s exploring to respond the anxiety of identity and the worry of history taking shape in realizing process by his poems.

Keywords: Du Ye Object-Chanting Nostalgic Homeland Roving

《閱讀渡也》 127-148。

「拋棄的詩學」與「厭女情結」
——渡也情色詩之角色蘇醒與棄者心理建構研究

■楊姿

作者簡介

楊姿（Zi YANG），女，1982 年生，重慶涪陵人，文學博士，副教授，現供職於重慶師範大學文學院，從事中國現當代文學的教學與研究，目前在南京師範大學文學院中國語言文學博士後流動站作博士後研究。近三年在《文學評論》、《文藝爭鳴》、《魯迅研究月刊》、《江蘇社會科學》等刊物發表論文 10 餘篇，主持國家社科基金一項，重慶市社科基金一項，同時參與國家重大社科專案研究一項。

論文提要

「拋棄的詩學」強調婦女中心意識，試圖消除「男性方法」認識論，片面的抵制卻難以建立真正公允的兩性觀念。渡也以換位法重新思考棄婦的形成與發展，提供了男性反思視角獲得關注女性的新立場。「厭女情結」處於人類集體無意識中，影響文學創作的敘事，渡也在承當這一心理因襲過程中，從否定女性的後續效應裡發掘出棄者身份的消解可能性，從而建構起情色詩的性別體系。

關鍵詞：拋棄的詩學、棄者心理、棄婦詩歌

一、引言

以「棄婦」入詩,中西文學皆為常題。東方傳統的「棄婦詩」,是指以見棄女子之經驗感受為主題之詩。通常是從棄婦立場,訴說在戀愛或婚姻關係中,被情郎或夫君遺棄之處境和心情,或哀悼自己遭遇不幸或埋怨男方負情背信,或期盼對方回心轉意。悲哀愁怨是其主調,忿恨懊惱則是插曲[1]。西方的棄婦創作主要集中在古希臘羅馬文學、浪漫主義文學和現實主義文學幾個階段,所塑造的角色較少像中國棄婦那樣採取隱忍退讓、逆來順受的態度,而多以美狄亞式的瘋狂報復行為而張揚其絕不屈服的反叛精神。

中國古代自《國風》、〈離騷〉,及漢魏六朝,至元雜劇中,塑造了一系列棄婦形象。這些棄婦書寫大都圍繞著社會倫理規範著筆,發乎自然的男女之情最後都由道德引導而形成合乎禮儀的婚姻家庭模式,對夫婦之情轉化為夫婦之義的強調,莫過於對社會基本結構和普遍秩序的維護,因而,棄婦的產生在大多數文本中被闡釋為婦德之亡。事實上,棄婦文學產生的原因卻是多重的:第一,封建社會婚禮目的在於兩姓的聯合,以實現對祖宗的尊崇與延續後代的訴求,當夫婦雙方或與家庭之間產生矛盾時,均以女子一方的過錯為不是。《大戴禮・本命》記錄休妻有「七去」——「不順父母去,無子去,淫去,妒去,有惡疾去,多言去,竊盜去。[2]」楊樹達(1885-1956)總結漢代「夫棄其婦」的原因更是多達十一種[3]。從根本上看來,詩歌中「缺乏勇氣衝破倫理道德的禁錮,用詩歌去抒寫原本出於自然的夫婦之情」,最終使「『夫婦之義』和『二姓之好』抹殺了『夫婦之情』和『二性之好』[4]。」第二,父權制度模式對男性的馴化和壓制。屈原(屈平,前352-前281)為首的男性文人多以「棄婦」和「妻妾」心

---

[1] 〔臺灣〕王國瓔(1941-),〈《詩經》中棄婦詩解讀分歧初探〉,《第三屆詩經國際學術研討會論文集》,中國詩經學會,1998,1022。

[2] (清)王聘珍,《王文錦點校 大戴禮記解詁》(北京:中華書局,1983)255。

[3] 楊樹達(1885-1956),《漢代婚喪禮俗考》(上海:上海古籍出版社,2009)28-33。

[4] 郭建勳,〈漢魏六朝詩歌中夫婦之情的倫理禁忌與性別表達〉,《文學評論》4(2006):113。

態自擬，青睞以男女比君臣創作手法，有著深厚的社會心理根源。以宗法
制度為基礎的家國一體的社會等級秩序森嚴，對男性的角色期望與對女性
有同構性，所以，棄婦意象和與之相關的閨怨和美人遲暮主題正好符合處
於弱勢倫理關係中的臣、子、妻妾絕對服從君、父、夫的依附意識[5]。第三，
男性話語的主導。女性在漫長的文學史中一直居於被書寫的角色，棄婦的
誕生不是女性命運使然，而是一種被動接受和被迫接受，

> 「女性唯有作為父的罪孽中的死者、犧牲和證物時，她才有
> 話語意義、有所指、被看見，而那些未死的、不能以自身遭遇證
> 明舊文化駭人聽聞罪孽的女性，在這一時代的文化中幾乎沒處置
> 放。」[6]

即使女性作為書寫者，也會潛意識裡默認這樣的慣性判斷。這種被拋棄的
現象作為一種基本的女性體驗，為理解女性的創造性、女性隱喻、象徵主
義和意象提供了基礎，力普金（Lawrence Lipking）制「男性方法」的認
識論，即建立在婦女對她們的經驗和實踐的言說所進行的文化的、社會的
表現中，立足於婦女中心意識，他將其稱之為「一種拋棄的詩學」。[7]

　　典型的厭女心態起源於多種不同的信仰、恐懼和誤解，「攻訐女性的
心態就像其他很多道德體系一樣，創造了一種形式上的二元對立論。其中
一種是以身體為導向的厭女……另有一種以精神與智慧取向的厭女，它不
特別重視性的層面，而以女性特有的毀滅性、破壞上帝的旨意、以及腐化
男孩與男人，使他們退化等等惡行，來作為攻擊的焦點」，兩種恐懼的差
異在於「身心影響」和「不朽靈魂的戕害」，更有甚者，「將其著魔似的
恐慌程度提高到了一種天啟的境界，他們不是為了個人而恐懼，而是為了
文明而擔憂。」[8]可以說，厭女觀不是一個民族、或一個地區獨有的現象，

---

[5]　楊雨（1974-　），〈中國男性文人氣質柔化的社會心理淵源及其文學表現〉，《文史哲》2（2004）：107-12。
[6]　孟悅（1956-　）、戴錦華，《浮出歷史的地表》（鄭州：河南人民出版社，1989）10。
[7]　〔美〕約瑟芬‧多諾萬（Josephine Donovan, 1941-　），〈邁向女性詩學〉（"Toward a Women's Poetics"），陳曉蘭譯，《西方女性主義文學理論》，柏棣主編（南寧：廣西師範大學出版社，2007）33。
[8]　〔美〕David D.Gilmore（1943-　），《厭女現象：跨文化的男性病態》（*Misogyny*），

而是作為一種集體無意識記錄在文明的傳承密碼中，這種文化心理結構會
規約和誘導文學中的棄婦創作。

一定程度來看，「厭女觀」和「拋棄的詩學」形成一種發生和反思的
關係，對創作主體而言，勢必經歷一個從「無察不覺」到「擺已」而至「擺
人」的過程。渡也的情色詩歌很好地反映了這個心理態勢發展，並從棄者
和被棄者的兩種角度，對情感入詩做了很好的試驗。

二、棄者身份的邏輯建構

渡也的棄婦詩集中在《手套與愛》，1980 年 6 月由故鄉出版社印行，
2001 年 7 月漢藝色研出版社再版時，渡也為新版作序，寫到「（我）和自
己的詩熱戀」、「當初和我鬢髮廝磨的女人，還活在詩中，好像還和我熱
戀」、「情愛皆灰飛煙滅…我與我的女人們永遠活在詩中[9]。」人的缺席和
情的在場，其反差中的張力透露出三層意思：其一，棄婦詩作為情詩的一
種，不僅僅敘述愛情的消逝；其二，棄婦的身份在渡也的詩中，並非同於
慣常的被棄位置；其三，棄婦形象的書寫中，出現了對視的角色，兩者的
關係在動態的發展著。這三個層面構成了渡也棄婦詩歌具備哲理化思辨、
於悲憫中折射愛之恒久、以及棄者發聲的特色。

所謂「此恨綿綿絕期」[10]，愛情像柏格森（Henri Bogesen, 1859-1941）
的「綿延」，一般物質服從「熱學第二定律」，即向相對低的方向擴散，
不能返回。人的生命和人的行動卻與此相反[11]。對昔日愛戀的思念，成為
回憶，透過不斷重複回憶，而創造行動[12]。將成為軍人婦的、或綠葉成蔭，
抱著孩兒的戀人，仍依作者邀約前來赴會，可為注腳。記憶就是一種柏格
森意義的「綿延」[13]。

何雯琪譯（台北：書林出版有限公司，2005）212、213。
[9]　渡也，《手套與愛》（台北：漢藝色研出版社，2001）5。
[10]　白居易（772-846），〈長恨歌〉，《白居易詩選》，顧學頡，周汝昌選註（北京：人民文學出版社，1963）17。
[11]　鄧剛，《身心與綿延——柏格森哲學中的身心關係》（北京：人民出版社，2014）104。
[12]　鄧剛　55。
[13]　鄧剛　61。

　　當然,渡也的棄婦詩也保留著女性被拋棄命運的常規思考,但更引人興奮的是,他的「急轉」,他對棄婦心理和棄者心理的雙重透視,這和他自謂的「特立獨行」的「叛逆性」有關,更是對於棄婦詩史陌生化處理的結果。

　　明顯出現「拋棄」一詞的,見於〈筆名〉一詩:

> 那年我們活在彼此的愛裡／妳給我的信／裝滿歡笑的聲音／妳總是記得在結尾／署名牧凰／七年前我拋棄你如拋棄一朵花／妳才決心改名為／經霜愈傲的／秋菊／在信中對我流淚／這七年／每晚的夢裡／牧凰總是帶秋菊來找我／仍有微笑溢出／那牧凰的眼睛／而被冷風擁抱的／那秋菊凌亂的髮絲裡／永不止息的／恨／仍在飛動(〈筆名〉[14])

(一)不可靠的敘述

　　被拋棄的牧凰除了見詩也見於渡也散文集《歷山手記》(1977)[15]和《永遠的蝴蝶》(1980),《歷山手記》整本是關於作者與牧凰的戀愛經過,以下略加引述:

> 正好有一個,細小,帶著晨愁,掉進我十九歲的懷裏,牧凰,那位木工科主任[16]。
>
> 後來我們在慶昇戲院裏坐成連理的長青樹,牧凰[17]。
>
> 六十一年三月一日　多不願離開牧凰,離開我立誓守候的陸地,只因為,枯葉和枝柯的,舟船與海岸的,那些離別,我曾見過的,難忍而又令我不安。母親,無疑地,在選擇裡勢必隱藏著比較,而比較,多麼殘酷啊,在牧凰與雨子之間[18]。
>
> 這一個春天,我正把自己放逐在與牧凰的戀愛裏,保持著童年的純真,和特殊的自在,而且看見肌膚潔亮的水,一如擁抱時牧凰喜悅的眼淚,從每一個歡呼的噴水池迸射出來了[19]。

---

[14] 渡也,〈筆名〉,《手套與愛》　64-65。
[15] 渡也,《歷山手記》(台北:洪範書店,1977)。
[16] 渡也,《歷山手記》　26。
[17] 渡也,《歷山手記》　30。
[18] 渡也,《歷山手記》　45。
[19] 渡也,《歷山手記》　49。

　　　自然我也常問水中的自己：「我快樂蛟？」，或是這樣追問著：
「牧凰快樂嚜？」。然而，被我遺棄的牧凰，如今該已為人妻子了，
在遠遠的臺中，悲壯的世上[20]。

　把牧凰的故事重組一下，只有零星的幾點，木工科主任、十九歲時的
戀人、因為有了雨子，形成三角習題，母命起了決定的作用，只有牧凰
的故事，用上「遺棄」、「拋棄」的字詞，牧凰後嫁到台中、先生原是軍
人[21]，分手後仍有見面，牧凰改名為「秋菊」。

　施洛米絲・雷蒙－凱南（Shlomith Rimmon-Kenan）《敘事虛構作品：
當代詩學》（Narrative Fiction: Contemporary Poetics）說講述的情節不完
整就是「不可靠的敘述」[22]。為什麼拋棄牧凰，始終沒有很明確交代，雖
然《歷山手記》是以日記形式回憶與牧凰相戀的細節。

　費倫（J. Phelan）和瑪汀（M. P. Martin）認為不可靠敘述源於不充分
報導與錯誤報導或不充分解讀與誤讀[23]。關於牧凰為何不能與作者結合，
因為沒有充足的說明，造成誤讀。

　羅賓・R. 沃塞爾（Robyn R. Warhol）對不敘述事件的分析，也有助
於理解，沃塞爾認為：不必敘述（the subnarratable）、不可敘述（the
supranarratable）、不應敘述（the antinarratable）和不願敘述（the paranarratable）
會形成對「不敘述」，「不願敘述」如違反社會常規，或者是「性」禁忌
的事[24]。作者為什麼不願，則不清楚。

---

[20] 渡也，《歷山手記》　192。
[21] 渡也，〈我黑暗中的戀人〉　124。
[22] 〔以〕施洛米絲・雷蒙－凱南（Shlomith Rimon-Kenan, 1942-），《敘事虛構作品：
當代詩學》（Narrative Fiction: Contemporary Poetics，賴干堅譯，廈門：廈門大學
出版社，1991）118。
[23] 〔美〕費倫（James Phelan）和瑪汀（M. P. Martin），〈威茅斯經驗：同故事敘述、
不可靠性、倫理與《人約黃昏時》〉（"'The Lessons of Weymouth': Homodiegesis
Unreliability Ethics and The Remains of the Day"），《新敘事學》（Narrratologies: New
Perspectives on Narrative Analysis），赫爾曼（D. Herman）編（北京：北京大學出
版社，200）42。
[24] 〔美〕羅賓・R. 沃塞爾（Robyn R. Warhol, 1955-），〈新敘事：現實主義小說和當
代電影怎樣表達不可敘述之事〉（"Neonarrative; or How to Render the Unnarratable in
Realist Fiction and Contemporary Film"），《當代敘事理論指南》（A Companion to
Narrative Theory），James Phelan 和 Peter J. Rabinowitz 主編，申丹等譯（北京：北
京大學出版社，2007）241-56。

　　周蕾（Rey Chow）在〈社會性別與表現〉（"Gender and Representation"）說「色情文化的身體被想像為真理的『主體』」，理應「坦白自己的祕密」[25]。渡也把詩集命名為情色作品集，卻那麼祕而不宣，「不願敘述」，實在奇怪。

（二）拋棄的雙重境遇

　　解讀棄婦詩歌的第一層面，必然會面臨一個問題：拋棄如何產生？如果僅僅是看到女子癡情、男子負心、棄婦自歎，那麼無論是女性主義的覺醒或男性立場的同情，都無法接近拋棄的實質。第一，怨懟無法建立清醒的角色自知，第二，憐惜也不能阻礙悲劇的延續。《詩經》時代可以有這種簡單的感情判斷，如《衛風·氓》、《邶風·谷風》、《王風·中穀有蓷》、《陳風·墓門》等，只要單向度地向人展示早期中國婦女的種種屈辱和不幸，對婚姻中女性無法保護自身權益有一種痛定思痛，就完成了民間歌謠的取旨，孔子（前 551-約前 479）所說的「哀而不傷，樂而不淫」（《論語·八佾》[26]）也不需要有更多的追索與拷問。渡也時代有一種性別的自覺，這是兩性文化發展的必然趨勢和當代背景，他沉浸其中，深味的就不僅僅是情感紛爭，而需要看到拋棄所輻射的更深層的蘊含。

　　　　妳是冬季最後一頁日曆／我想撕去妳就會看到春天的草原／沒想到當我撕去妳／不止息的雪／迎面撲來／其實寒冬剛剛降臨／雪／才是妳永遠的眼神／我用什麼來抵抗呢（〈棄婦〉[27]）

棄婦的同題詩是《手套與愛》中最能暴露渡也關於拋棄詩學設想的作品。用「日曆」喻女性，首先祛除了性別關係中女性的附屬色彩，既不是以陰性特徵強烈的嫵媚或嬌弱形態為譬，也沒有墮入完全的「去女性化」比附，而是給予了一種日常化的，但又保持著個體屬性的象徵。日曆的表像中包含著被棄的特質，一方面記錄時間，另一方面也隨著時間的流逝而不再具

---

[25]　〔美〕周蕾（Rey Chow）在〈社會性別與表現〉（"Gender and Representation"），余寧平譯，《西方女性主義文學文化譯文集》，馬元曦、康宏錦主編成桂林：廣西師範大學出版社，2008）42。

[26]　楊伯峻（1909-92），《論語譯注》（北京：中華書局，1980）30。

[27]　渡也，〈棄婦〉，《手套與愛》　60。

備實用性。「我」和「日曆」的關係，事實上代表著對時間的態度，人類能夠繞存在環形（omsejle），「看到存在之整體的東西」，自我於是「在現實中不斷再現，由這種遊歷成為可能，成為生活的嚴肅」，是「遊戲」，還是「嚴肅」[28]，即究竟是做時間的俘虜，還是做時間的同行者。如果是前者，便會引發感情觀中的新舊之辨，易於產生如詩中所吟詠的「寒冬」和「春天」的差異；如果是後者，則會形成一種對時間意義的珍視，即意識到每一階段時間的獨立性和不可替代性。詩歌從「撕」去「日曆」這個物理性徵中突圍，發現行為施動者的內心變化，就遠勝於以日曆之棄而發出嗟歎或感傷。「雪」作為棄的結果，強調的除了被棄者的悽惶、孤寂與悲絕，更突顯「我用什麼來抵抗呢」，即棄者對於棄後的承當被重新提出。當「我」清楚「雪」的降臨，就意味著在棄的行為發生過程中，慣常意義上的傷害並不是由一方製造給另一方，而是愛情的遭遇。至此，讀者便能夠建立拋棄的原始觀念到現代觀念的轉型：儘管有棄者和被棄者的命名區分，但是，在經受棄劫的同時，傷害卻如漣漪一樣擴張，人似乎有無可逃脫的感情的悲劇。渡也發掘出棄者的情感暗角，就把男性和女性的對立位置轉變為共同飽受愛情規律作用的同路人。在探討拋棄怎樣產生的命題中，渡也提供了一種嶄新思路，不單單是聲討或自憐的出發點，而是還原愛情的自然生成和死亡所帶給人類的多樣感受。

　　當然，這樣並非是說渡也推卸了棄者的責任和良知，而默許和縱容拋棄的行徑，相反，渡也的視角比簡單的罪與罰都顯得豐富。「我想撕」和「沒想到」所構成的反差不局限於「草原」和「雪」的對比，更多的是生長出一種追尋自由的思考。「一方面，人日益擺脫外在權威獲得了獨立，另一方面，人日益孤獨，並滋生了個人無意義感和無權力感。[29]」自由有其輕靈的一面，也有其沉重的一翼，

　　　　自由在它最初的嘗試中總是宣告自己是敵對者，因此，一方面，由於對自由的恐懼，人們甘心情願投入奴役的懷抱；另一方面，

---

[28] [法]雅克・科萊特（Jacques Colette），《存在主義》（*L'existentialisme*），李焰明譯（北京：商務印書館，2004）97。

[29] [德]弗洛姆（Erich Fromm, 1900-80），《逃避自由》（*Escape from Freedom*，北京：工人出版社，1987）57。

由於受到迂腐的管制而陷入絕望，於是就一躍而落入自然狀態的那
種粗野的放肆之中。強奪基於人的天性的怯弱，反叛基於人的天性
的尊嚴，這種狀況要一直延續下去，直到最後盲目的強力這個人類
一切事務的最高統治者出面仲裁，它像裁判普通拳擊一樣裁決這種
所謂的原則之間的鬥爭[30]。

人類不可避免地會陷於非理性的自由嚮往，這種自由的迷狂有時會因為怯
於公眾輿論而作罷，但渡也卻關注到在顯性的公共空間之外，人的自我檢
閱機制作用。這種檢閱不是外部事件的干預，而是以檢閱者的內心生活、
靈魂故事和不為人知的私密（包括行為和動機）為核心。「通過『坦白』，
其他人賦予坦白者社會地位、身份和價值，換言之『坦白』就是一個人確
認自己的行為和思想[31]。」福柯（Michel Foucault, 1926-84）說通過懺悔說
出自我的真相在西方已經成為一種集體無意識，渡也的自白也成為揭示自
我本質和真相並以此確立自我身份的方式。〈棄婦〉沒有回答始作俑者的
問題，但卻用棄者自問的形式表明對兩性話題的探究執著於孰對孰錯是不
夠的，更應思索對錯背後的一系列與情感相關的時間、自由以及個人意志
等問題。

（三）拋棄的超越視角

由此，可以進入棄婦詩歌的第二層面，棄婦的結局討論。在慣有的棄
婦公案中，聲張正義或者寬宥背叛是常理，例如石評梅（石汝璧，1902-28）
所說：

舊式婚姻的遺毒，幾乎我們都是身受的。多少男人都是棄了自
己家裡的妻子，向外邊餓鴉似的，獵捉女性。自由戀愛的招牌底，
有多少可憐的怨女棄婦踐踏著[32]。

---

30 〔德〕席勒（Friedrich Schiller, 1759-1805），《審美教育書簡》（Aesthetic Letters），
馮至（馮承植，1905-93）、范大燦譯（上海：上海人民出版社，2003）61。
31 [法]蜜雪兒・福柯（Michel Foucault, 1926-84），《性經驗史》（The History of Sexuality），
余碧平譯（北京：世紀出版集團上海人民出版社，2002）39。
32 石評梅（石汝璧，1902-28），〈棄婦〉，《石評梅文集》（北京：燕山出版社，1998）
14。

渡也捨棄了這種非此即彼的結果意識，並不以所謂的正義感來實施拯救，他把拋棄放在了一種重逢的境地中來書寫，重逢不是假定的，而是比現實更為真實的寫照：

> 今晚重逢的時候／你叫醒手提電唱機／要它唱我們以前最喜愛的歌曲／在無限愉悅而熱鬧的歌聲中／我聽到生命的艱辛／我在你的微笑中看到／你埋藏多年的淚和雨／我在你冰涼的淚雨裡見到／蒼老的自己／／
>
> 在我們熱烈相擁時／我已抱住即將來臨的／離情別緒／今晚我們的心距離如此的近／我卻感到一種無法望盡的／遙遠／／
>
> 誰教我們前生前世結髮為夫妻／所以今生今世我們註定要分離／這樣美好的輪回／誰都要靜靜接受／不准抗拒／所以今晚分手時／請記得我們一定要靜靜期待／來生來世（《輪回》[33]）

　　三個小節，三種投射：在我與你之間，在近與遠之間，在今生和來世之間。而且，三種關注彼此呼應，有著堅韌的內部邏輯，又共同匯成一股外力，來回顧拋棄的歷史。首先，渡也構建了一個棄者身份的輪回——「我在你冰涼的淚雨裡見到／蒼老的自己」，也即「你」在「我」棄後的歲月裡，以微笑面對苦痛，鍛煉的從容也難以掩飾時間的無情，當我洞悉這一實質，便意識到自己也將被時間所棄。此時，形成了一個轉義：我拋棄你（與你共度的時間，和時間構築的你）走向時間對拋棄者的拋棄。其次，渡也體驗到拋棄的客觀必然性——「今晚我們的心距離如此的近／我卻感到一種無法望盡的／遙遠」，也即重逢不過是加劇了那個分離的事實，無論哪一種歸位，都將難以復原拋棄之前的角色，所以，此刻的「熱烈相擁」，也註定是下一刻的「離情別緒」。最後，渡也為拋棄找到一個新生的契機——「誰教我們前生前世結髮為夫妻／所以今生今世我們註定要分離」，不必去追究這個理論從何而來，渡也在他的詩作中賦予了這個邏輯的真實有效性，所以他才能夠把「抗拒分手」轉換為「接受分離」。從自我命運的洞察，到愛情命運的洞察，再到戀人關係的洞察，根本上訴說了詩人覺察到人類離不開愛情，便難以脫逃被棄的歸路那種糾葛與豁達。

---

[33]　渡也，〈輪迴〉，《手套與愛》　66-67。

　　倫理視角是中國傳統文化中關於棄婦書寫首要的前提和必然的方式，渡也從這樣深厚的歷史況味中突破其慣有的情感禁忌，大膽挖掘拋棄者和被棄者的身份形成原由，以及在生活體驗中的不斷演變，表現了現代兩性情感的隱祕。承認棄婦，與信仰愛情並不矛盾，渡也不過是展示了愛情的非道德性，有點類似叔本華（Arthur Schopenhauer, 1788-1860）把高級的理智性解釋為對意志的脫離。尼采（Nietzsche, Friedrich Wilhelm, 1844-1900）也曾闡釋類似的觀念，「他不想看到對道德偏見的解脫，這種解脫存在於偉大精神的解放」，即在「非我化」的道德價值中設定精神性活動的條件，即「客觀」觀察[34]。在棄婦主題詩歌之中，以拋棄的輪迴代替了對拋棄的道德譴責，側面反映出詩人將一己之情放諸人類情感大背景中，表達對命運無常的喟歎，也包含對生命任何一種不完美樣式的珍視。

三、重建拋棄敘事的策略

　　詩人一方面面對人類文化集體無意識，另一方面又力求掙脫這一文化心理結構，這樣的意圖對詩歌的敘述提出了更高要求。在處理這一問題時，渡也從修辭主體、抒情基調、以及意象語言作了獨特的構思。

（一）修辭主體的去性別化

　　在詩人看來，「我」和「你」都是修辭的主體，把詩歌敘事中的「她」換做「你」，在一定程度上，還原了真正的女性主體，在此意義上，和男性的「我」構成了一種平等而互動的關係。

　　　　黃昏時我去那所學校看妳／瘦小的妳正在教小學生唱歌／妳只望我一眼便繼續被鋼琴彈奏下去／「……晚風拂柳，笛聲殘／夕陽山外山……／我單獨站在教室外／極力想像妳丈夫的形相／妳的淚水浸濕了兒童愉快的歌聲／這一次見面／……我們／就只能這樣嗎／／

---

[34] 〔德〕尼采（Nietzsche, 1844-1900），《尼采遺稿選》（*Die Nachgelassenen Fragmente: Eine Auswahl*），君特‧沃爾法特（Günter Wohlfart）編，虞龍發譯（上海：上海譯文出版社，2005）168。

直到臨走時我才問妳／教室門前那株瘦小的梧桐怎麼病倒呢／妳只回答七年來它始終如此／這樣的暗示／只有我明白／／

妳問起這別後漫漫七年／孤雁到底飛去哪裡／其實我並沒有離開你／我是每天傍晚放學後／妳所乘的那輛痛苦的公車／載妳回婆家／這樣的比喻／只有你瞭解（〈梧桐與孤雁〉[35]）

〈梧桐與孤雁〉如題，唐代孟郊（751-814）有「梧桐相待老」[36]的詩句，傳說梧為雄，桐為雌，梧桐同長同老，同生同死；孤雁則象徵離情。在詩歌中出現的是兩個完全對等的情愛主體：既沒有強弱之辨，也沒有善惡之分，兩者都深受愛情吸引，卻又為愛情所棄。正因為建立了這種雙方均勢的敘述立場，所以對彼此的生活境遇都有格外的認知和熟悉。「我」能夠從歌聲中聽出淚水，「你」的眼神也能被琴聲彈低下去，這不是普通的通感手法，而只能在充分的默契與相知中才能實現的真實。這樣的相依相戀而分離七年，由此烘托出公車的存在，痛苦便從「我」和「你」之間擴散到讀者的內心和靈魂中去。我和你所進行的這一段對話，把時間的長度轉化成了此時此刻畫面的寬幅，時間越久，生活鏡頭取入就越廣，每一日的重複，使得七年後的重逢具備了更大的爆發力，然而「我們…卻只能這樣」，這就讓愛情的宿命和情感的反抗展開了真正的較量。如果說拋棄本身造成了戀人的傷害，那麼，加劇這一苦痛的，不是個人的決定或行為，而是戀人共同對拋棄的承擔。

七年前我曾為妳的倩影作素描／那張素描我只珍藏一年便遺棄了／七年後我們在台中重逢／婚後的妳比秋天還瘦弱／你懷抱中的男孩已兩歲／用不清晰的語音叫我叔叔／／

為了早年的過失／我堅持再為妳作素描／妳點頭但妳的淚水不斷地／打在妳孩子茫然的衣上／炭筆在尚未結婚的我手中顫抖／我們說好見面時要把淚水隱藏的／然而空白的畫紙卻濡濕一片（〈素描〉[37]）

---

[35] 渡也，〈梧桐與孤雁〉，《手套與愛》　70-71。

[36] 孟郊（751-814），〈烈女操〉，《孟郊詩集註》，華忱之、喻學才校註（北京：人民文學出版社，1995）1。

[37] 渡也，〈素描〉，《手套與愛》　68。

詩中出現了「遺棄」一語，從語境中可知，遺棄的一部分是畫作，而更為主導的是素描物件以及物件的感情。從遺棄者方面看，出現了「過失」、「顫抖」和「濡濕」的反應，而被棄者則是「瘦弱」、「點頭」和「淚水不斷」，在遺棄這個事件的發生過程中，沒有生長出憤恨與懊惱，僅僅是無奈與傷痛。被棄的命運雖然不可更改，但是講述人用換位體驗獲得了新建的信任，而非停留在過去的隔閡裡。修辭主體從傳統的棄婦言說變為兩者的心靈碰撞，無聲的素描場景也轉變為洶湧澎拜的情緒傾訴。在大文化格局中的棄婦詩，必然將詩題的重心放置在棄的當下，描繪以感情勝過敘事，以回憶勝過現實，而對於棄後事實則較多不言。渡也打破這一慣勢，不斷地寫再見和相逢，這種敘事意識證明詩人不以遺棄為愛情的終點，反而把更尖銳的相見作為直面的中心。自然，這種重逢也並非渡也的首創，司馬遷（前 145 或前 135－前 86）早在《史記‧外戚世家》中關於竇皇后（前 3世紀－前 135）與其弟竇廣國在患難中失散又重逢的敘述手法，林紓（1852-1924）為之傾倒而仿效，錢基博（1887-1957）也稱「紓之文，工為敘事抒情，雜以恢詭，婉媚動人，實前古未有。[38]」但渡也能夠把重逢與愛情的中止重新組合，此種效果把孤獨個體所經受的憂傷、絕望以及等待、守望的多種感情狀態以更為隱蔽的方式呈現出來，沖淡了棄婦原始主題的那種劍拔弩張的問罪心理。

（二）抒情基調的換位營造

　　抒情基調是能夠創造詩情和諧的主色與主調，抒情基調不是作者對某一個別事物的具體的感情形態，而是作者用情感形式對客觀世界所做的評價和判斷，是對作品中反映出來的所有現實關係的總的感情傾向，同時又消融在具體的感情形態之中，隨著具體的感情形態遍佈在整個作品中。也即對抒情張力的一種變形，增加「一些矛盾兩極性的生命體驗構成的抒情的張力」，讀者在閱讀中也不再會直接幻化為抒情主體，「戲劇化的外殼消散了情緒主觀流瀉的感傷色彩，人們在接受對話中同時也就接受了距離

---

[38] 錢基博（1887-1957），〈上編、古文學。林紓〉，《現代中國文學史》（長沙：岳麓書社，1986）192。

帶來的冷峻客觀。[39]」渡也棄婦詩的抒情基調一改歷史的寂寞、哀傷、憤懣和感鬱，而凸顯出一種從平和溫柔到凝重深沉的韻致。

> 那年我們活在彼此的愛裡／妳給我的信／裝滿歡笑的聲音／
> 妳總是記得在結尾／署名牧凰／七年前我拋棄你如拋棄一朵花／
> 妳才決心改名為／經霜愈傲的／秋菊／在信中對我流淚／這七年
> 每晚的夢裡／牧凰總是帶秋菊來找我／仍有微笑溢出／那牧凰的
> 眼睛／而被冷風擁抱的／那秋菊淩亂的髮絲裡／永不止息的／恨
> ／仍在飛動（〈筆名〉[40]）

依柏格森回憶之論，是認為我們回憶之時，首先是透過「圖像」，圖像不是事物，也是不表象，是在兩者之間[41]。主體客體之間的圖像被感知成什麼，是身體這個中心，通過行動考察[42]。據〈筆名〉一詩，作者與牧凰分手後的，兩者中間的圖像是「秋菊」。

　　絕然回避拋棄所帶來的怨與恨，是偽飾的，難以獲得生活的理解，渡也對此也深有體會。從「牧凰」到「秋菊」的變化不僅僅是女性對拋棄的抵抗，意識到這種改變，則反映出男性對拋棄的反省。對微笑的體會，對恨的體會，顯然是兩種截然不同的感受，全都匯合在同樣的夢境，而深化了那種自省的力度。此處有一個細節值得思索，當「我」在夢中幻覺牧凰和秋菊的並存時，「仍有微笑溢出／那牧凰的眼睛而被冷風擁抱的／那秋菊淩亂的髮絲裡」，從文意中可以得知，應該是「牧凰的眼睛」「仍有微笑溢出」，而「秋菊淩亂的髮絲」「被冷風擁抱」，但詩人故意將兩種情形混亂，雜糅在同一個節拍裡。並非是為了將就韻腳，這樣的組合使得牧凰和秋菊既堅守情感的一致性，又飽受情感的背離之苦，即牧凰的笑中也夾雜著冷意，而冷風中的秋菊仍有愛意，永不止息的恨正是被愛所催動的。兩個筆名帶動了詩歌情調的變化，但又不是單一的情調，凝固不變的基調難以創造詩情的和諧，在音律的允許之下以不斷的變奏，才可能誕生詩的協和，因而抒情必須具備豐富的色調、多變的音響。

---

[39] 孫玉石（1935-），《中國現代主義詩潮史論》（北京：北京大學出版社，1999）443。
[40] 渡也，〈筆名〉，《手套與愛》 64-65。
[41] 鄧剛　44，43。
[42] 鄧剛　44，43。

　　　　早晨我喝豆漿／妳浮在碗裡／午覺醒來／我對鏡梳髮／妳坐
在鏡裡／晚上我在燈下讀書／妳躺在書裡／我把燈熄去／妳亮在
黑暗裡／我急急關上眼／妳站在我眼裡／我睡著時／妳醒在我夢
裡／這樣／日夜不停／跟隨我到北部／七年來／被我遺棄在南方
的妳／從沒合過眼／不曾微笑過／總是帶著淚痕／躲在每個深夜
的電話裡／低聲對我說／回來好嗎（〈回來好嗎〉[43]）

棄婦想像在渡也的詩歌裡不是抽象的，而是如在眼前般寫實。〈回來好嗎〉
給讀者的第一感覺就是聯想起朱自清（朱自華，1898-1948）的〈匆匆〉：

　　　　洗手的時候，日子從水盆裡過去；吃飯的時候，日子從飯碗裡
過去；默默時，便從凝然的雙眼前過去。我覺察它去得匆匆了，伸
出手遮挽時，它又從遮挽著的手邊過去。天黑時，我躺在床上，它
便伶伶俐俐地從我身上跨過，從我腳邊飛去了。等我睜開眼和太陽
再見，這算又溜走了一日。我掩著面歎息，但是新來的日子的影兒
又開始在歎息裡閃過了[44]。

這種語素的搭配創造的情感就是緊迫的、同時又是親密的，既有無間隙的
纏綿，也有無間隙的苦悶，愛恨交織才是真正的情感書寫。「我」對「你」
的感受的寫照，超越了「你」的直接抒發胸臆，也即：「回來好嗎」是從
我的角度假想而得，同時蘊含著我的期待和你的問訊。牽掛—思念—自
省，這樣的感情線索發展，就不再是純粹的自責或抱憾，而且，棄後獨白
通過一種換位法獲得了更大的意義增值空間。

（三）意象語言的象徵對話

　　以「秋菊」指代「棄婦」，是渡也關於棄婦書寫的一個連貫性的意象，
儘管也有其他的一些意象生成，但是菊花從始至終都處於顯在的角色。

　　　　我醒來我就是／這千萬盞燈光站在花園上方／織成一片離地
六尺的／燦爛的天堂／／

---

[43] 渡也，〈回來好嗎〉，《手套與愛》　72-73。
[44] 朱自清，《朱自清散文名篇》（長春：時代文藝出版社，2000）1。

　　　　那千萬朵菊花也趁夜晚／合力製造一個／芬芳的人間／我從每一處俯視／我向每一朵花追問／究竟／妳睡在哪一朵花裡／霜露初降／我才遇到你的聲音／「凡凋萎的／都是我」（〈菊花的回答〉[45]）

正如蓮花之於周敦頤（1017-73），梅花之於陸放翁（陸游，1125-1210），竹子之於鄭板橋（鄭燮，1693-1765），「菊花」與中國古代文人的生活、思想和情感亦步亦趨，並與中國傳統的道德文化相始終。屈原《離騷》有「朝飲木蘭之墜露兮，夕餐秋菊之落英。[46]」元稹（779-831）〈菊花〉詩曰：「秋叢繞舍似陶家，遍繞籬邊日漸斜。不是花中偏愛菊，此花開盡更無花。[47]」李清照（1084-1155）的〈醉花陰・薄霧濃雲愁永晝〉，詞中有句「東籬把酒黃昏後，有暗香盈袖。莫道不銷魂，簾卷西風，人比黃花瘦。[48]」又如〈鷓鴣天・寒日蕭蕭上鎖窗〉中有云：「秋已盡，日猶長，仲宣懷遠更淒涼。不如隨分尊前醉，莫負東籬菊蕊黃。[49]」菊有「早植晚登」、「冒霜吐穎」等等品質，一方面與亦仕亦隱的傳統結合，反映出儒道互補的生命自我與現實自我的奮爭，另一方面菊之花瓣細長柔弱，自可與女子之纖弱苗條比擬，折射出一種高潔雅士孤芳自賞的情傷之美。

　　渡也使用的「菊花」，有如此豐厚的歷史底蘊，在棄婦詩境的構建中，對這一意象的理解和實踐更是遠遠超過尋找具有意境的客觀物象的範疇。儘管都是菊花，渡也更是一種意象的創造，在一個具有美的造型形象，尤其是能夠引起美的聯想的事物上寄託創作主體的審美情感，隱喻某種詩情哲理，這種「把自己和自己的情緒轉化為美的形象」的表達方式，與中國人的審美習慣十分吻合。中國古典文學就有這樣的明顯特點，不論是欣喜之情還是愁苦之情，均能將之體現在「美」的形象中，而且這「美」的形象還可能出自同一事物。此詩演繹了一種萬象規律，「我醒來」就是「千萬盞燈光」，而「千萬朵菊花」不過是為了「合力製造芬芳人間」，這是

---

[45] 渡也，〈菊花的回答〉，《手套與愛》　62-63。
[46] 洪興祖（1090-1155），《楚辭補注》（北京：中華書局，1983）6。
[47] 蘇仲翔，《元白詩選注》（鄭州：中州書畫社，1982）77。
[48] 李清照（1084-1155），〈醉花陰・薄霧濃雲愁永晝〉，《李清照集校註》，王學初校注（北京：人民文學出版社，1979）34-35。
[49] 李清照，〈鷓鴣天・寒日蕭蕭上鎖窗〉，王學初　30。

性別的差異，也決定了對待情感的區別，但與過往的兩性角色不同，詩中出現了問答，從追問到回答，菊花訴說的不再是純客觀的自然規律，不僅是觸人愁思的仲介物，也不僅是因情而生的幻象，而是女性意識到了生命的枯萎與凋零的真相。渡也以零落塵埃的枯花意象揭示他深刻的人生體驗，尤其是賦予花的聲音，這就使得沉默幾千年的女性有了自己的讀白，而且不是以男性意識為軸心的主體發聲。

> 就在我七年來所有的夢裡／都有一朵不說話的菊花／夜晚我面對鏡子幻想未來／我和未來一起在鏡中失蹤／空曠的鏡子只出現一朵菊花／站在過去凝視鏡外的我／甚至我與雨子結婚那晚的喜宴中／每一張圓桌上都坐著一朵／含恨的菊花／我想最後我病倒咯血／那恣意綻放的菊花仍會在地上鮮血裡／仰望我／「你是誰」／「我就是七年前被你拋棄的一朵菊花／無處不在的菊花／永遠無法撲滅的菊花」（〈復仇的菊花〉[50]）

之所以「無處不在」又「永遠無法撲滅」，不是因為菊花的生命力頑強，而是因為棄花人的意念左右。拋棄即使沒有道德的束縛，即使沒有倫理的規訓，而成為一種情感自為的表達與實現，但這種選擇並非引導人的完全自由，這其中蘊含著情感邏輯的契約。渡也創構的菊花意象，尤其是花與人的存在關係，既來源於自我生活的豐富底蘊，是自己實際生活的真率紀錄，又蘊含著對人生遭際、生命消長的諸多感悟和理性思考。棄婦話題如果僅僅從女性或男性單方面去言說，得到的印象和判斷終究是單薄的，有一葉障目的感覺，而採用對位元法，製造豐富的對話場景和對話內容，將會展示出棄婦背後與之相關的諸多情感問題。儘管我們沒有看到詩人的拋棄解釋，但是拋棄需要的不是解釋，而是在拋棄之後的日日夜夜自我面對時候的煎熬和拷問，渡也寫盡了棄後的憾與痛，和對憾與痛不得不承受的無奈。

　　從〈菊花的回答〉到〈復仇的菊花〉，以菊喻人，使人與人的關係轉為菊與人的關係，我們讀到、看到、聽到的不是簡單情愫的宣洩，而是詩人站在他者立場上對遺棄這個事實的多重思索。這個思考的詩性表達如果

---

[50] 渡也，〈復仇的菊花〉，《手套與愛》　74-75。

以「誰來講」、「講什麼」、「怎麼講」的線索來把握便更為清晰:第一,
顛覆過去的棄婦主體,而以拋棄者切身體會來敘述此一事實,增加了敘事
的信任度;第二,改變過去的棄前回憶,而替代為棄後生活和重逢情景,
增強了敘事的現實性;第三,轉換過去的單聲部抒情,而借意象來完成雙
方的對話,增進了敘事的親切感。

　　情色詩在渡也看來,是更能夠反映愛情何為的一種詩歌題材。在處理
這類題材的時候,渡也沒有回避棄婦這個主要命題,對於情愛從生到亡的
自然過程,遺棄是值得書寫的物件。鑒於棄婦有著漫長的歷史沉澱,渡也
是從重重疊疊的棄婦印象中穿越而出,在現代社會重新與其相遇,對其勾
勒。為此,渡也面對的除了在群像暗角中流淚長泣的抒情對象,還意識到
在當今社會中體驗更為複雜情感的兩性處境。所以,在棄婦詩歌中,渡也
喚醒了沉默的角色,包括男性的被控訴部分以及女性重又面對新生活的部
分,這二者的疊加帶來了詩歌敘事主體的變遷,甚至是抒情格局和抒情意
象的重置。於是,在棄婦話題的推進中,情色詩的意旨便不再集中於愛情
是否實現的表層現象,而深化為與之相伴隨的人與自我的關係,人與自由
的關係以及人與時間的關係。應該說,渡也為當代詩歌奉獻了一個嶄新的
棄婦角度,也為這個角度提供了感性的素材和理性的思辨。

參考文獻目錄

DUO

〔美〕多諾萬，約瑟芬（Donovan, Josephine）.〈邁向女性詩學〉（"Toward a Women's Poetics"），陳曉蘭譯，《西方女性主義文學理論》，柏棣主編。南寧：廣西師範大學出版社，2007，33-40。

GONG

龔光明.《翻譯認知修辭學》。上海：上海交通大學出版社，2012。

GUO

郭建勳.〈漢魏六朝詩歌中夫婦之情的倫理禁忌與性別表達〉，《文學評論》4（2006）：111-18。

FU

〔法〕福柯，蜜雪兒（Foucault, Michel）.《性經驗史》（*The History of Sexuality*），余碧平譯。北京：世紀出版集團上海人民出版社，2002。

FU

〔德〕弗洛姆（Fromm, Erich）.《逃避自由》（*Escape from Freedom*）。北京：工人出版社，1987。

HONG

洪興祖.《楚辭補注》。北京：中華書局，1983。

KE

〔法〕科萊特，雅克（Colette, Jacques）.《存在主義》（*L'existentialisme*），李焰明譯。北京：商務印書館，2004。

LI

〔宋〕李清照.《李清照集校註》，王學初校注。北京：人民文學出版社，
　　1979。

MENG

孟悅、戴錦華.《浮出歷史的地表》。鄭州：河南人民出版社，1989。

NI

〔德〕尼采（Nietzsche, Friedrich Wilhelm）.《尼采遺稿選》（*Die Nachgelassenen*
　　Fragmente: Eine Auswahl），君特・沃爾法特（Günter Wohlfart）編，
　　虞龍發譯。上海：上海譯文出版社，2005。

QIAN

錢基博.《現代中國文學史》。長沙：岳麓書社，1986。

SHI

石評梅.《石評梅文集》。北京：燕山出版社，1998。

SU

蘇仲翔.《元白詩選注》。鄭州：中州書畫社，1982。

SUN

孫玉石.《中國現代主義詩潮史論》。北京：北京大學出版社，1999。

WANG

〔清〕王聘珍.《王文錦點校　大戴禮記解詁》。北京：中華書局，1983。
王天慶.《現代修辭》。南京：南京大學出版社，1985。
王曉鷹.《從假定性到詩化意象》。北京：中國戲劇出版社。2006。

WO

沃塞爾，羅賓・R.（Warhol, Robyn R.）.〈新敘事：現實主義小說和當代
　　電影怎樣表達不可敘述之事〉（"Neonarrative; or How to Render the
　　Unnarratable in Realist Fiction and ContemporaryFilm"），《當代敘事
　　理論指南》（*A Companion to Narrative Theory*），James Phelan 和 Peter
　　J. Rabinowitz 主編，申丹等譯。北京：北京大學出版社，2007，241-56。

XI

〔德〕席勒（Schiller, Friedrich）.《審美教育書簡》（*Aesthetic Letters*），
　　馮至、范大燦譯。上海：上海人民出版社，2003。

YANG

楊樹達.《漢代婚喪禮俗考》。上海：上海古籍出版社，2009。
楊雨.〈中國男性文人氣質柔化的社會心理淵源及其文學表現〉，《文史哲》
　　2（2004）：107-12。

YE

葉朗.《中國美學史大綱》。上海：上海人民出版社，1985。

ZHOU

〔美〕周蕾（Chow, Rey）.〈社會性別與表現〉（"Gender and Representation"），
　　余寧平譯，《西方女性主義文學文化譯文集》，馬元曦、康宏錦主編。
　　桂林：廣西師範大學出版社，2008，29-44。

ZHU

朱自清.《朱自清散文名篇》。長春：時代文藝出版社，2000。

〔美〕Gilmore, David D.《厭女現象：跨文化的男性病態》（*Misogyny*），
　　何雯琪譯。台北：書林出版有限公司，2005。

The Role Awakening and the Psychological Construction of Abandoner of *Abandoned Women and Poetic Tradition.*

Zi YANG
College of Liberal Arts
Chongqing Normal University

Abstract

Abandoned Women and Poetic Tradition is from Lawrence Lipking. His understanding about "Abandoned Women Poetic"is a text written by men but labels in women. His interpretation on the one hand criticizes the male's cognitive perspective of women's destiny but on the other hand also doesn't jump out of the confrontation between men and women. Du ye changes the traditional lyric style and let man not be the spokesman of the abandoned women (Represented by the *Abandoned Women* by Jinfa Li)on the contrary admits and acts the abandoner role in abandon event showing the emotional logic and judgment of abandoner before and after abandon. Focusing on analyzing the following imagery: the timeliness and presence of "calendar"; the connotation and external performance of "winter" "severe winter" "spring" and "snow" in the eye and back to the circle. In fact Du ye also reveals the opposite to the Abandoned women the psychological dilemma and behavioral foundations of abandoner the poet changes the contradictions between the abandoner and abandoned women into the abandoner's self-conflict and tries to torture and deconstruct this conflict.

Keywords: Emotion Du Ye Lawrence Lipking *Abandoned Women and Poetic Tradition* Jinfa Li

愛與死：渡也的春天時間意識研究

■孟凡珍

作者簡介

孟凡珍（Fanzhen MENG），內蒙古自治區赤峰學院講師，陝西師範大學在讀博士研究生，近五年的參編的著作：《台港現當名家名著研讀》、《西方文化要義》。

論文提要

松浦友久（MATSUURA Tomohisa）認為中國古典詩中的春天的時間意識方向分為3個方向，即「愁、悲、傷」、「樂、逸、愉」和「惜」，其中以惜春為基調，本文以松浦氏為主的日本學者，對中國時間意識研究，來分析渡也的新詩。渡也寫愛情詩非常多，悲歡離合中的「悲春」，也寫得不少，寫男女相悅的歡娛，自有樂的成份，另外，作為中國文學研究者，自然有深於唐詩宋詞的傳統，對「春歸去」、「春歸來」，著墨不少，也有創新之處，譬如潮汐送春歸，亦屬不可多得之作。

關鍵詞：渡也、傷春、《詩經》、《楚辭》、臺灣詩

一、引言

松浦友久（MATSUURA Tomohisa, 1935-2002）對宋代以前的中國文學中春夏秋冬作了總結[1]。松浦氏認為中國人對春天的感覺，常常表現為愁、悲、傷、或樂、逸、愉和惜[2]；惜春其中最為重要[3]。本文以松浦氏對中國時間意識研究的建構，來分析渡也的新詩。

二、悲春、傷春

目前研究渡也的學位論文之中，李世維〈渡也新詩研究〉（2006[4]）的分門別類介紹，最有參考價值。渡也寫了不少愛情詩，從初戀、熱戀、失戀、閨房之樂、棄婦等，數量相當多[5]，其中有不少用到春字。

（一）婚戀

詩經》最早出現對春天的描寫，是悲春：「有女懷春，吉士誘之」（〈召南·野有死　〉[6]）和「春日遲遲，……，女心傷悲」（〈豳風·七月〉[7]）都因為懷春而引起。懷春是與情欲有關。

---

[1] 松浦友久，《中國詩歌原理》，孫昌武（1937-）、鄭天剛（1953-）譯（瀋陽：遼寧教育出版社，1990）。黎活仁，〈秋的時間意識在中國文學的表現：日本漢學界對於時間意識研究的貢獻〉，《漢學研究的回顧與前瞻》，林徐典編（北京：中華書局，1995）395-403；黎活仁〈瘂弦詩所見春天的時間意識〉，《方法論於中國古典和現代文學的應用》，黎活仁、黃耀堃合編（香港：香港大學亞洲研究中心，1999）235-62；黎活仁〈春的時間意識於中國文學的表現〉，《漢學研究》3（1999）：529-43。
[2] 松浦友久　24。
[3] 松浦友久　15。
[4] 李世維〈渡也新詩研究〉，碩士，國立彰化師範大學，2006，54-70。
[5] 葉連鵬〈愛情、親情、友情、鄉情——渡也情詩析論〉，《彰化師大國文學誌》23（2011.12）：149-72。
[6] 蔣立甫，《詩經選注》（北京：北京出版社，1981）19。
[7] 蔣立甫　157。

1.懷春、婚嫁

首先，是有女初長成的好顏色：「給你尚青／給你尚春／給你尚艷色／／送你皮膚的春天／臉的春天／全身的春天／送你數萬個春天」（渡也《太陽吊單槓‧祕方之一：青春豔色》[8]）還有：

> 春天／所有的樹都濃粧／穿最漂亮的禮服／準備出嫁囉／歡迎人們來祝賀（《太陽吊單槓‧〈悟〉》[9]）

以下是門當戶對的現代詮釋，「要把春回張貼在妳臉上」是寫春情，「要把春回張貼在妳臉上」卻是「春歸去」的寫法，「春歸去」到宋詞才大為流行，換言之，〈門〉結合了《詩經》和宋詞的時間模式：

> 妳是站在左邊的一扇想我／我就站在妳右邊看妳／成雙成對／這樣一樁婚姻／從古代到現代／從家家到戶戶／要把春回張貼在妳臉上／大地張貼在我臉上／這樣一副春聯／要妳的春回到我的大地／／……
>
> 縱使妳的聯語被秋風帶走／妳的春都已回去了／只剩下孤獨的龜裂的大地／要留在我身上／讓我們仍然這樣擁抱這樣／告訴彼此／今生之死都是／來世之生（渡也《手套與愛——渡也情色詩‧門》[10]）

2.豔情詩[11]

蘆立一郎（ASIDATE Ichirō 1947-　）〈關於唐末的艷情詩〉認為相對於棄婦、思婦的主題，中晚唐出現元稹（779-831）、白居易（772-846）、

---

[8]　渡也，〈祕方之一：青春豔色〉，《太陽吊單槓》（彰化：彰化縣立文化局，2011）69。

[9]　渡也，〈悟〉，《太陽吊單槓》　54。

[10]　渡也，〈門〉，《手套與愛——渡也情色詩》（台北：漢藝色研，2001）80-82。

[11]　傅慧淑〈李義山詩中愛情觀的探研〉，《復興崗學報》74（2002）：275-301；陳明緻〈風月系統的歧出－談《玉閨紅》的妓女與豔情〉，《中極學刊》7（2008）101-20；黃東陽〈人性的寓言－明末豔情小說《僧尼孽海》對僧尼持守色戒之詮解〉，《漢學研究》30.3（2012）：99-13。

溫庭筠（812-870）和韓偓（842-923）等香豔的作品，內容十分露骨[12]，渡也以下寫花前月下的燕昵之狀之詩，也延續了這一傳統：

> 有一個字／我們從沒有說過／但這個字／像甜甜的蝴蝶一樣／在我們之間穿來穿去／有時留在妳眼裡／有時棲在我唇邊／／
>
> 有一年春天／我忍不住說出那個字／我只輕聲地說／怕驚動了山水／然而妳鼓起小翅膀／像蝴蝶一樣／飛走了（渡也《手套與愛──渡也情色詩‧愛》[13]）

3.棄婦

熱戀的相反，就是分手、遺棄，當然也曾經有過美好的春日。這首詩把希望比作「春日的草原」──渡也常用的隱喻，草原仍是囚禁的象徵，巴什拉（Gaston Bachelard, 1884-1962）《空間的詩學》（*The Poetics of Space*）引蘇佩維埃（Jules Supervielle, 1884-1960）的想像，說他在彭巴斯草原騎馬跑了很久，還是未能走出，因此有感草原不過是牢籠[14]，蘇紅軍在〈時空觀：西方女權主義的一個新領域〉說女性在男性作品常被囚禁在監獄等空間[15]：

> 妳是冬季最後一頁日曆／我想撕去妳就會看到春天的草原／沒想到當我撕去妳／不止息的雪／迎面撲來／其實寒冬剛剛降臨／雪／才是妳永遠的眼神／我用什麼來抵抗呢（渡也《手套與愛‧棄婦》[16]）

---

[12] 蘆立一郎（ASIDATE Ichirō, 1947- ），〈唐末の艷情詩について〉（〈關於唐末的艷情詩〉），《山形大學大學院社會文化システム研究科紀要》1（2005）：31。

[13] 渡也，〈愛〉，《手套與愛──渡也情色詩》 83。

[14] 巴什拉（Gaston Bachelard, 1884-1962）《空間的詩學》（*The Poetics of Space*），張逸婧譯（上海：上海譯文出版社，2009）242。

[15] 蘇紅軍，〈時空觀：西方女權主義的一個新領域〉，《西方後學語境中的女權主義》，蘇紅軍、柏棣主編，（桂林：廣西師範大學出版社，2006）50-51。

[16] 渡也，〈棄婦〉，《手套與愛‧〈棄婦〉》 60。

（二）性與火

　　埃利希・諾伊曼（Erich Neumann, 1905-1960）.《大母神：原型分析》（*The Great Mother: An Analysis of the Archetype*）是一本名著，其中對女性與火，有以下的論述：「火在各地都是由女人看管」，在下面的火等同地火和女人內藏的火，「這種火，男人得從她那裡「鑽」出來。」由此聯繫及於「在性行為中迸發出來的里比多，導致性高潮」，即在迷狂狀態的爆發的內在的火。換言之，「女性內藏的火，只需等待男性的調動」[17]。對於原始人，摩擦製造火，而只不過是把火引出來，如鑽木取火一樣，是「在女性的木中產生火的性行為」。女人的「激情」，有可能成為焚毀男性的殘酷毀滅力量[18]。

> 春天的火／加夏天的野／冬天的雪／燒出一個／她／／
> 蘋果在聽／酒在看／花瓣在等／她／／
> 火／要走了她（渡也《太陽吊單槓・燒》[19]）

寫夜幕低垂，「我們」像魚一樣游到生命深處，自然可理解為類似鑽木取火的行為：

> 也只有在夜晚／燈冷卻以後／我們才能開始發熱／開始泅泳／在沒有水的河床／我奮力游入妳生命深處／為了讓妳也能游入我的一生／讓我們這無鱗無睹的／兩尾魚／邂逅彼此的春天／（有斑鳩在草叢中不斷地啼叫）／並且在黑暗而又／滾盪的草叢中／互贈因感激而流下來的（渡也《手套與愛——渡也情色詩・〈魚〉》[20]）

---

[17]　埃利希・諾伊曼（Erich Neumann, 1905-60），《大母神：原型分析》（*The Great Mother: An Analysis of the Archetype*），李以洪譯（北京：東方出版社，1998）321。

[18]　諾伊曼　321-22。

[19]　渡也，〈燒〉，《太陽吊單槓》　108。

[20]　渡也，〈魚〉，《手套與愛——渡也情色詩》　114。

（三）春蠶吐絲

春蠶吐絲之後，就是生命的盡頭。春蠶吐絲以李商隱（813－約858）〈無題〉最為有名：「相見時難別亦難，東風無力百花殘；春蠶到死絲方盡，蠟炬成灰淚始乾。[21]」

> 我答應為妳寫一千首詩／在燈下艱苦地吐絲／妳在遠方焦急地等待／我所有的詩／都很懂事／它們一致堅持一個主題：／這一生不能結髮為夫妻／世上的樹都哀傷／每七年能見一次面／天上的雲多快樂／／
>
> 妳在信上低聲說／第九百二十首／妳的淚水已仔細讀過／並且與我討論／我們來生來世的問題／並且向我問起／最後一首寫好了沒有寫什麼呢／／
>
> 妳在遠方焦急地等待／我在燈下艱苦地吐絲／燈滅時我轟然碎裂在無邊的稿紙裡／低聲回答妳：／我的死／就是最後的一／情詩（渡也《手套與愛──渡也情色詩‧春蠶──第二首》[22]）

〈春蠶──第二首〉在內容不斷談及正在寫作，以及詩未完成，表示出寫作的困頓，是後設的寫法，「春蠶──第二首」一句，邀請讀者參與寫作，亦為特色[23]：

> 我在妳屢次設下的夜里，等妳很久了，終因不能支／持而撲倒在千里泥淨的雨地，然後妳才走過來，幽／幽怨怨的，對我吐盡妳衰弱的蠶絲，說／「開始」（渡也《手套與愛──渡也情色詩‧春蠶──第一首》[24]）

以「吐絲」喻嘔心瀝血的創作，絲在〈春蠶──第一首〉是語音，〈春蠶──第一首〉卻是書寫，有這一分別。德里達（Jacques Derrida, 1930-2004）

---

[21] 李商隱（813－約858），〈無題〉，《李商隱詩集今注》，鄭在瀛（武昌：武漢大學出版社，2001）107。

[22] 渡也，〈春蠶──第二首〉，《手套與愛──渡也情色詩》　112-13。

[23] 張惠娟（1956-），〈台灣後設小說試論〉，《當代台灣評論大系》（3，小說批評），鄭明娳編（台灣：正中書局，1993》205。

[24] 渡也，〈春蠶──第一首〉，《手套與愛──渡也情色詩》　142。

已說過，書寫或情詩、情書，都是辭不達意的，因為在後現代，能指已失去所指，意義已不存在。故情詩沒法寫就，也無所謂。

（四）天妒紅顏

〈鴛鴦戀──獻給懷德堡〉寫一個少女，在春回大地，生機勃勃時死去，此詩與瘂弦（王慶麟，1932- ）的〈殯儀館〉有互文[25]。少女的死，可從希臘水仙的故事以為解釋，水仙不愛他的女友，只愛自己在水中的倒影，以為是水仙，結果死去。倒影相當於溺死於水中，可參考巴什拉《水與夢》（*Water and Dreams: An Essay on the Imagination of Matter*）「奧菲利亞情結」（The Ophelia Complex）的論述[26]。

> 明天是春天嗎／我們坐上轎子／到十字架路上去看甚麼風景喲／明天是生辰嗎／我們穿這麼好的緞子衣裳／船兒到外婆便禁不住心跳[27]

何其芳〈花環〉寫少女的死，也是很有名的，是為經典：「我說你是幸福的，小玲玲，／沒有照過影子的小溪最清亮。／你夢過綠藤緣進你窗裡，／金色的小花墜落到髮上。／你為簷雨說出的故事感動，／你愛寂寞，寂寞的星光。／／你有珍珠似的少女的淚，／常流著沒有名字的悲傷。／你有美麗得使你憂愁的日子，／你有更美麗的夭亡。[28]」

> 知妳含笑的手已長成一千朵，猶在綻放的百合，安／詳的蝴蝶才自每一朵百合展翅飛起，那時黑色星星／正好自他手中飄出，款款飛入妳淨白的皮膚底下。／妳躺下來，輕聲柳眉夢見春天的草原，遠處又有一／顆星星，偕同溫柔的槍聲，與他默默的前額會合／了。／／
>
> 「那是死亡嚜」在黑暗中低著頭。很多很多飄／飆的書頁，宛如沈默的小天使，在秋風中紛紛搖／首。終於有一隻含淚的手將那

---

[25] 黎活仁，〈瘂弦詩所見春天的時間意識〉　250-51。

[26] 巴什拉，《水與夢──論物質的想像》（*Water and Dreams: An Essay on the Imagination of Matter*），顧嘉琛譯（長沙：嶽麓書社，2005）90-91。

[27] 瘂弦，《瘂弦詩集》（台北：洪範書店，1981）28-29。

[28] 何其芳，〈花環〉，《何其芳文集》，卷 1（北京：人民文學出版社，1982）16。

本書靜靜合上了：／「然而那是──／開始。」（渡也《手套與愛
──渡也情色詩・鴛鴦戀──獻給懷德堡》[29]）

（五）羅蜜歐與朱麗葉的殉情

對經典文本的「重寫」，據布魯姆（Harold Bloom 1930-　）的「誤讀」，
後起作家對前代經典，會進行像殺父戀母情結的「殺父」，以便加以扭曲，
進行改寫；渡也詩也沒有殉情的結局，而截取其中的一個情節，添上個人
的想像：

他在母親出殯／第二天清晨／照常起床／刷牙洗臉／含笑推
窗／靜看一條狗／在春天的草原／追逐／一隻蝴蝶／／

他在母親出殯／第二天清晨／依照進度表／關窗／返回床上
／追逐／繡／在瑪麗裇褲上的一隻蝴蝶（渡也《空城計──渡也情
詩集・Romeo and Juliet》[30]）

（六）自祭文

中國自漢代開始流行「自撰墓誌銘」，參川合康三（KAWAI　Kōzō
1948-　）。的《中國人的自傳》[31]，〈自祭文〉一詩，出現「目極千里兮傷
春心／魂兮歸來哀江南」（〈招魂〉[32]）之句，這是中國早期詠春的名句，
特點是「傷春」，「傷」一作「蕩」；傷春要等於宋詞才太為流行起來：

每年四月五日／渡也／只有我來此，和你見面／交談，獻上鮮
花水果／我不燒冥紙／燒幾刀稿紙給你／目極千里兮傷春心／魂
兮歸來哀江南／想起你在稿紙上（渡也《不准破裂・自祭文》[33]）

[29] 渡也，〈〈鴛鴦戀〉──獻給懷德堡〉，《手套與愛──渡也情色詩》　152。
[30] 渡也，〈Romeo and Juliet〉，《空城計──渡也情詩集》（台北：漢藝色研，1998）
138。
[31] 川合康三（KAWAI Kōzō, 1948-　）《中國的自傳文學》，蔡毅譯（北京：中央編譯
出版社，1999）21。
[32] 洪興祖（1090-1155），《楚辭補注》，白化文校點（北京：中華書局，1983）215。
[33] 渡也，〈自祭文〉，《不准破裂》（彰化：彰化縣立文化中心，1994）　93。

三、樂春、惜春

松浦友久指出，中國人對春天的感情，最重要的是「惜」[34]。中原健二（NAKANARA Kenji, 1950- ）再加以發揮，特別對「春歸」的分析，最具創意，「春歸」分為「春歸來」和「春歸去」，至於惜春，重點又在後者[35]。

（一）春歸來

巴什拉在《夢想的詩學》（*The Poetics of Reverie: Childhood Language and the Cosmos*）認為回憶童年之時，會想起鮮花爛漫的景象，童年的夢想，是一個「永達的夏天」[36]。在《空間的詩學》討論及家與房屋之時，引波德萊爾「夢想者需要一個嚴酷的冬天」之妙論，認為冬天待在家中最為溫馨[37]，而古代中國又以「苦熱」、「苦寒」去理解這兩個季節。以下寫百花與仕女芬芳吐豔：

> 春天過來打招呼／百花就開始七嘴八舌／玫瑰自誇口紅塗得濃／桃花忙著拋紅繡球／給春風接／杜鵑看了開懷大笑／從山坡傳來不同顏色的笑聲／／
>
> 這個蓮花池／長了很多蔡依林、林志玲／那個蓮花池／開了很多張曼玉、劉嘉玲／兩個池塘的演藝圈／搶著對照相機拋媚眼／／

---

[34] 松浦友久　15。

[35] 中原健二（NAKANARA Kenji, 1950-　），〈詩語「春歸」考〉，《東方學》75（1988）：49-63；黎活仁，〈瘂弦詩所見春天的時間意識〉　246-50。

[36] 巴什拉（Gaston Bachelard），《夢想的詩學》（*The Poetics of Reverie: Childhood Language and the Cosmos*），劉自強譯（北京：生活・讀書・新知三聯書店，1996）148。巴什拉近年見於中文的研究日漸多起來，茲舉例如下：楊洋，〈加斯東・巴什拉的物質想像論〉，碩士論文，首都師範大學，2005；李爽，〈物質的想像力〉，碩士論文，中央美術學院，2007；徐偉志，〈余光中詩歌與水的想象力：以巴什拉四元素詩學作一分析〉，碩士論文，香港大學，2008；黃珠華，〈余光中詩歌與童年的夢想：以巴什拉的安尼瑪詩學作一分析〉，碩士論文，香港大學，2008；余素芬，〈家的遐想：巴什拉的空間意識與余光中的詩〉，碩士論文，香港大學，2008；陳藹姍，〈余光中詩歌與「火」的想像力——以巴什拉四元素詩學做一分析〉，碩士論文，香港大學，2008。

[37] 巴什拉，《空間的詩學》　40。

> 後來夏天揮汗闖入／所有的花更 high ／千里之外／都聽得到／／
> 蘭花最有教養／只用眉目／傳情（渡也《太陽吊單槓‧百花》[38]）

詩裡出現一些女明星的名字，像「超現實主義」的「自動寫作」，即任意
為之，布勒東（André Breton, 1896-1966）〈第一次超現實主義宣言〉（"The
First Surrealist Manifesto"）又說「標點符號似乎有礙於這股熱流酣暢地奔
瀉，儘管那是必要的。[39]」《手套與愛——渡也情色詩》的〈江城子——十
年生死兩茫茫〉[40]，全詩就沒有標點，足見這方面也有的影響。

（二）落花＋傷惜春的類型

　　以下一詩，與李後主（李煜，937-978）詞〈臨江仙‧櫻桃落盡春歸去〉
有互文：「櫻桃落盡春歸去，蝶翻輕粉雙飛，子規啼月小樓西。玉鉤羅幕，
惆悵暮煙垂。[41]」落花＋傷惜春類型的發現，是青山宏（AOYAMA Hiroshi,
1931-　）[42]的貢獻：

> 寂寞時我都在潮濕的後院／用妳的上聲語韻／獨自寫我淒楚
> 不堪的小詩：／如妳是甜蜜的櫻桃落盡／我便是那荒涼的春歸去
> （渡也《手套與愛——渡也情色詩‧怨情（第一首）》，116[43]）

（三）春歸去：惜春

　　中原健二說古代詩人常說是鳥啼和風雨，把春天召回去[44]，白居易〈閒
居春盡〉一詩的想像，春是流鶯喚歸的：「愁應暮雨留教住，春被殘鶯喚
遣歸。」（白居易〈閒居春盡〉[45]），渡也則是潮汐，這是他的匠心獨運：

---

[38]　渡也，〈百花〉，《太陽吊單槓》　52。
[39]　布勒東（André Breton, 1896-1966），〈第一次超現實主義宣言〉（"The First Surrealist
　　　Manifesto"），丁世中譯，《未來主義‧超現實主義‧魔幻現實主義》，柳鳴九主
　　　編（北京：社會科學出版社，1987）263
[40]　渡也，〈江城子——十年生死兩茫茫〉，《手套與愛——渡也情色詩》　151。
[41]　李煜（937-978），〈臨江仙‧櫻桃落盡春歸去〉，《唐宋名家詞選》，龍榆生編（1902-66）
　　　編（上海：古典文學出版社，1956）50。
[42]　青山宏，〈中國詩歌中的落花傷惜春〉，《日本學者中國詞學論文集》，王水照等
　　　編選，邵毅平、沈維藩等譯（上海：上海古籍出版社，1981）85-98。
[43]　渡也，〈怨情第一首〉，《手套與愛——渡也情色詩》　116
[44]　中原健二　49-63；黎活仁，〈瘂弦詩所見春天的時間意識〉　248-50。

那年春天妳要我將妳帶走，我櫃頭凝望遠遠的京／城，將妳推
倒在寒窗下，要妳泣成深藍的海洋。其／實我負笈離去但我故意在
沙灘，留下兩行深深的足／痕，給妳過冬。夜深時，知妳會偷偷走
上來，俯首／撿拾它們，暗暗將它們，帶走。妳總是聽說後來我／
被推倒在朝廷，臨終時眼里汩汩湧出深藍的海水。／想妳總是不
知，／我未曾離去。我始終沒有離去，我／就是每夜的沙灘上懷恨
出現的／／

　　　兩行足痕（渡也《手套與愛——渡也情色詩·潮汐》[46]）

至於春天如何歸去，又去了那兒？「借問春歸何處所，暮雲空闊不知音，
惟有綠楊芳草路。」（歐陽修[1997-1072]〈玉樓春〉[47]）、「煙水流紅，暮山
凝紫，是春歸處。」（周密[1232-1308]〈水龍吟·次張斗南韻〉[48]）歐陽修
說是從長滿芳草的路回去，周密又說是到了煙水迷灘之處，渡也則引王恭
（？-398）之作，說春到江南，江南終非故鄉，故又歸去：

　　　春風一夜到衡陽／楚水燕山萬里長／莫怪春來便歸去／江南
雖好是他鄉／王恭：春雁
　　　小時有一張地圖／長大也有一張／攤開來，全是淚水／／
　　　夢裡有一張地圖／醒來，也有一張／攤開來，全是中國／啊，
全是蘇州／／蘇州，你在哪裡？／在大陸時有一張地圖／來台後也
有一張／攤開來，全是／高低起伏的／草原，山巒，和湖泊／／……
離家時蘇州姑娘才十八／當我回去／姑娘臉上，生命裡／長滿皺
紋，好／像／故國山川（渡也《流浪玫瑰·蘇州》[49]）

[45] 白居易〈閒居春盡〉，《白居易集箋校》，朱金城箋校（上海：上海古籍出版社，1988）2258。
[46] 渡也，〈潮汐〉，《手套與愛——渡也情色詩》 149。
[47] 歐陽修，《歐陽修詞箋注》，黃畬箋注（北京：中華書局，1986）68。
[48] 周密，《草窗詞箋注》，史克振校注（濟南：齊魯書社，1993）60。
[49] 渡也，〈蘇州〉，《流浪玫瑰》 118-21。

（四）石頭的時間空間化

　　春來春去，「十幾個春天流過去了」，紀錄在無言的石頭裡，於是春歸的紀錄也是的時間空間化。巴什拉《大地意志的夢想》（*Earth and Reveries of Will: An Essay on the Imagination of Matter*）說金屬的夢想，以千年為單位，是時間的空間化[50]：

> 你低頭說你只是漸漸下沈的石頭／默默無言／其實，你才是僅
> 存的／被北港鎮珍藏的／一陣箏聲／十幾個春天流過去了／總有
> 一座世外的珊瑚潭繞著你飛／被現實遺失了一座／還有一座（渡也
> 《不准破裂・〈石頭處士〉》[51]）

四、太陽與春天

　　民族學家巴霍芬（Johann Jakob Bachofen, 1815-87）開始，就注意到人類在進入文明之前，曾有過母系社會，諾伊曼（Neumann Erich, 1905-60）《大母神：原型分析》進一步論證集體無意識是一個母權的世界。英雄神話常以太陽的活動為象徵，「太陽在西方沉落，死亡，並進入吞噬它的下界的子宮。所以西方是死亡之所[52]。」

（一）母系社會

　　《我是一件行李・母系社會》一詩，是寫母系社會共妻，女性到春天，像豬一樣繁殖後裔，為什麼是春天，因為春天發情與性關係比較密切：

> 我們只有簡單的石器／簡單的心情／簡單的褲子，以及一個／
> 複雜的女人／／
> 　　我的，抱歉／我和別人共有的／女人／在家中在村裡織布／製
> 陶，煮飯／採集野生植物，並且／飼養沒有母系觀念的家畜／／

---

[50] Gaston Bachelard, *Earth and Reveries of Will: An Essay on the Imagination of Matter* trans. Kenneth Haltman (Dallas: Dallas Institute 2002) 185.

[51] 渡也，〈石頭處士〉，《不准破裂》　44。

[52] 諾伊曼　158。

我們——七個男人／以石器打獵／攻打其他部落／捕捉明天，並且合力守護太太溫暖的／性器／我們不認識父親／只認識太太／每天就寢和起床時／我們都按例高呼／母老虎萬歲／／

這是愛的新石器時代／我們像羊的耳朵一樣聽話／像豬的性器一樣努力／每年春天／我們——七個男人／一起盼望女人為我們／生一大堆兒女／就像大地懷孕／懷孕快樂的農作物一樣（渡也《我是一件行李‧母系社會》[53]）

（二）太陽永遠不停的晚上作遠航

在古代人的地理常識看到，太陽每天到地獄（地母的子宮）一轉，在西方落海中遠航，然後再在子宮誕生出來：

我們一起偽裝，／成為／夜和冬天／準備殲滅風／生命裡最難抵抗的風／捕殺黑暗／生命裡最巨大的黑暗／／

我們準備將眼睛／／將四周，一起／點亮／將勇猛頑強的熱／攜帶上山／因我們原是／春天和太陽／（渡也《我策馬奔進歷史‧春天和太陽》[54]）

英雄的成人式，必須像太陽，經過死亡的儀式，然後再誕生，「捕殺黑暗／命裡最巨大的黑暗」，正是太陽活動的特徵。〈破碗〉是太陽深夜遠海，在東方既白，大地回春之際，在沙灘上拾到的遠古飄浮而至的古陶碎片：

二○○○年春天／澎湖吉貝海灘／靜靜躺著一些古碗碎片／和零零散散的夕陽／已躺多久了呢？／／……

碎片已光滑謙卑／表面仍沾著一層薄薄的／鄉愁／／有的受傷的碎片來自江西／／

有的來自貴州／有的祖籍新疆、黑龍江　竟在澎湖族群融合／／

二○○○年四月／臺灣澎湖海灘／這幾塊碎片心手相連／就想合成強大的中國嗎？／（渡也《澎湖的夢都張開了翅膀‧破碗》[55]）

---

[53] 渡也，〈母系社會〉，《我是一件行李》　91-94。

[54] 渡也，〈春天和太陽〉，《我策馬奔進歷史》（嘉義：嘉義市立文化中心，1995）36-37。

臺灣在五十年代因政治因素的播遷，於是就有放逐[56]、離散、散居[57]的問題。來自中原各地的陶瓷碎片，亦以作為文化已「破碎」（fragmentation）的隱喻[58]。渡也北望神州的詩，也有山河依舊，文化全非之感，適用「破碎」的解釋。

五、結論

　　以日本學者整理的中國古代文學時間觀研究渡也詩，可見他繼承了各種各樣的模式。作為中國文學系的教授，渡也自然熟悉他重寫的經典，「重寫」以能「誤讀」為理想，「誤讀」相當於扭典、重寫時亦可採取與經典對立的態度，對原作意義作一顛覆或瓦解。無論如何，日本學者的時間意識研究，加深了我們對渡也謀篇的理解，渡也的確大量地繼承了傳統而又所創新，值得佩服。

　　　　　（拙稿是在黎活仁教授指導下寫成，謹在此致以萬分謝意。）

---

[55]　渡也，〈破碗〉，《澎湖的夢都張開了翅膀》（澎湖：澎湖文化局，2009）124-26。
[56]　簡政珍（1950- ）《放逐詩學：台灣放逐文學初探》，台北：聯合文學出版社有限公司，2003。
[57]　王曉路等〈散居〉，《文化批評關鍵字研究》（北京：北京大學出版社，2007）307-21。
[58]　雷比肯（Eric S. Rabkin），〈空間形式與情節〉（"Spatial Form and Plot"），《現代小說中的空間形式》，周憲主編，秦林芳編譯（北京：北京大學出版社，1991）129-30。

參考文獻目錄

BA

巴什拉（Bachelard, Gaston）.《夢想的詩學》（*The Poetics of Reverie: Childhood Language and the Cosmos*），劉自強譯。北京：生活・讀書・新知三聯書店，1996。

——.《空間的詩學》（*The Poetics of Space*），張逸婧譯。上海：上海譯文出版社，2009。

——.《水與夢──論物質的想像》（*Water and Dreams: An Essay on the Imagination of Matter*），顧嘉琛譯。長沙：嶽麓書社，2005。

BAI

白居易.〈閒居春盡〉，《白居易集箋校》，朱金城箋校。上海：上海古籍出版社，1988）2258。

CHEN

陳藹姍.〈余光中詩歌與「火」的想像力──以巴什拉四元素詩學做一分析〉，碩士論文，香港大學，2008。

陳明緻.〈風月系統的歧出──談《玉閨紅》的妓女與豔情〉，《中極學刊》7（2008）：101-20。

CHUAN

川合康三（KAWAI, Kōzō）.《中國的自傳文學》，蔡毅譯。北京：中央編譯出版社，1999。

FU

傅慧淑.〈李義山詩中愛情觀的探研〉，《復興崗學報》74（2002）：275-301。

HONG

洪興祖.《楚辭補注》，白化文校點。北京：中華書局，1983。

HUANG

黃東陽.〈人性的寓言－明末豔情小說《僧尼孽海》對僧尼持守色戒之詮
　　解〉,《漢學研究》30.3（2012）：99-13。

黃珠華.〈余光中詩歌與童年的夢想：以巴什拉的安尼瑪詩學作一分析〉,
　　碩士論文,香港大學,2008；

JIAN

簡政珍.《放逐詩學：臺灣放逐文學初探》。台北：聯合文學出版社有限公
　　司,2003。

LEI

雷比肯（Rabkin, Eric S.）,〈空間形式與情節〉（"Spatial Form and Plot"）,
　　《現代小說中的空間形式》,周憲主編,秦林芳編譯。北京：北京大
　　學出版社,1991,102-38。

LI

黎活仁,〈秋的時間意識在中國文學的表現：日本漢學界對於時間意識研
　　究的貢獻〉,《漢學研究的回顧與前瞻》,林徐典編。北京：中華書
　　局,1995,395-403；

——.〈瘂弦詩所見春天的時間意識〉,《方法論於中國古典和現代文學的
　　應用》,黎活仁、黃耀堃合編。香港：香港大學亞洲研究中心,1999,
　　235-62；

——.〈春的時間意識於中國文學的表現〉,《漢學研究》3（1999）：529-43。

李爽.〈物質的想像力〉,碩士論文,中央美術學院,2007。

LU

蘆立一郎（ASIDATE, Ichirō）.〈唐末の艷情詩について〉（〈關於唐末
　　的艷情詩〉）,《山形大學大學院社會文化システム研究科紀要》1
　　（2005）：31-42。

OU

歐麗娟.〈論《紅樓夢》與中晚唐詩的血緣系譜與美學傳承〉，《臺大文史哲學報》75（2011）：121-60。

歐陽修.《歐陽修詞箋注》，黃畬箋注。北京：中華書局，1986，68。

QING

青山宏（AOYAMA, Hiroshi）.〈中國詩歌中的落花傷惜春〉，《日本學者中國詞學論文集》，王水照等編選，邵毅平、沈維藩等譯。上海：上海古籍出版社，1981，85-98。

RUO

諾伊曼，埃利希（Neumann, Erich）.《大母神：原型分析》（*The Great Mother: An Analysis of the Archetype*），李以洪譯。北京：東方出版社，1998。

SONG

松浦友久（MATSUURA, Tomohisa）.《中國詩歌原理》，孫昌武、鄭天剛譯。瀋陽：遼寧教育出版社，1990。

YANG

楊洋.〈加斯東‧巴什拉的物質想像論〉，碩士論文，首都師範大學，2005。

YE

葉連鵬.〈愛情、親情、友情、鄉情--渡也情詩析論〉，《彰化師大國文學誌》23（2011）：149-72。

WANG

王學玲.〈香奩情種與絕句一家——陳文述及其作品在日本明治時期的接受與演繹〉，《東華漢學》15（2012）：213-48。

SU

蘇紅軍.〈時空觀:西方女權主義的一個新領域〉,《西方後學語境中的女
　　權主義》,蘇紅軍、柏棣主編。桂林:廣西師範大學出版社,2006,
　　40-69。

WANG

王曉路.〈散居〉,《文化批評關鍵字研究》,王曉路等編。北京:北京大
　　學出版社,2007,307-21。

XU

徐偉志.〈余光中詩歌與水的想象力:以巴什拉四元素詩學作一分析〉,碩
　　士論文,香港大學,2008。

YA

瘂弦.《瘂弦詩集》。台北:洪範書店,1981。

YU

余素芬.〈家的遐想:巴什拉的空間意識與余光中的詩〉,碩士論文,香港
　　大學,2008。

ZHANG

張惠娟.〈臺灣後設小說試論〉,《當代臺灣評論大系》(3,小說批評),
　　鄭明娳編。臺灣:正中書局,1993,201-27。

ZHONG

中原健二(NAKANARA, Kenji).〈詩語「春歸」考〉,《東方學》75(1988):
　　49-63。

ZHOU

周密.《草窗詞箋注》，史克振校注。濟南：齊魯書社，1993。

Bachelard, Gaston. *Earth and Reveries of Will: An Essay on the Imagination of Matter.* Trans. Kenneth Haltman.Dallas: Dallas Institute 2002.

Love and Death:
A Study on the Consciousness of Time in Duye's Poems

Fan zhen MENG
Lecturer Chifeng University

Abstract

MATSUURA Tomohisa said that spring time in classical Chinese poems has three meanings namely "anxiety sorrow and sadness" "happiness comfort and gladness" and "bemoan" in which bemoan the spring is the keynote. This paper analyzes new poems of Du ye's through research of Chinese consciousness of time done by Japanese scholars represented by matsuura. Du ye wrote a lot of love poems as well as "sorrow of spring". Gladness exists in poems writing love between man and woman. Besides Chinese literature researchers have a traditional of Tang and Song Dynasty which has a tendency of writing "spring come and go". Du ye has some innovation which is very precious for example the tide send the spring off.

Keywords: Du ye MATSUURA Tomohisa Spring View of Spring Japanese Sinology

《閱讀渡也》 169-196。

渡也詩歌的自傳性研究

■石立燕

作者簡介

石立燕（liyan SHI），女，1982 年生，南京師範大學碩士，現為山東師範大學文學院講師，從事寫作學和祕書學的教學及科研工作。〈精神返校的歷程〉、〈略論莫言小說的創作悖論〉、〈現實的戰役與人性的「戰役」〉等論文在《文教資料》、《鴨綠江》等公開刊物發表。

論文提要

據川合康三有關中國人的自傳一書研究，作為中國文學系教授的渡也，承繼了很多古典的寫法，譬如生前寫「自祭文」、在詩中突出作為「他者」的自己；另一方面，於愛情詩又採用盧騷自傳自我暴露的告白體，把他跟幾位女性的交往，以情色的華美文體抒寫，成為特色。

關鍵字：渡也、自傳、情色、自祭文、巴赫金

一、引言

　　從字面意義上看，「自傳」這個詞由三個拉丁詞根組成：auto（自身）-bio（生活）-gra-phy（書寫），合起來就是「一個人寫他自己的一生」。自傳性書寫在文學作品中源遠流長，在西方，被奉為正式自傳之始的奧古斯汀（Aurelius Augustinus 354-430）的《懺悔錄》（*Confessiones*）成書於西元四百年左右；而在中國，遠在兩千多年前，就出現了這種有自傳特質的文學作品。

　　首先是詩歌中的自傳性書寫。最早對自己人生整體做一回顧的，當溯源至《論語・為政篇》的名句：「吾十有五而志於學，三十而立，四十而不惑，五十而知天命，六十而耳順，七十而從心所欲，不逾矩。[1]」及至屈原（屈平，前 352-前 281）《楚辭》的〈離騷〉，自傳色彩逐漸濃厚。唐代劉知幾（661-721）的《史通》序傳篇，是較早對自傳進行研究的文學理論著作，它把〈離騷〉看做為自敘的濫觴。實際上，〈離騷〉也開啟了詩歌自傳性寫作的先河。接下來蔡琰（177？-249？）的〈悲憤詩〉講述了自己一生比較完整的經歷，被認為是「相當完整的自傳體詩」。發展到唐代，杜甫（712-770）可以說是自傳文學的關鍵人物之一，〈夔府書懷四十韻〉、〈往在〉、〈昔遊〉、〈壯遊〉等詩篇，都表現了詩人的人生經歷和體驗。詩歌的自傳性寫作漸漸成熟起來。

　　中國文學的自傳性寫作還存在於書籍的序言中。一般被學界認為開這類自傳文學品類先河的是司馬遷（前 145 或前 135－前 86）的《史記・太史公自序》，本篇「上述祖考，下及己身」。在川合康三（KAWAI Kōzō 1948- ）看來，這一名篇確立了借書籍的序言抒寫自傳的傳統[2]。之後，書籍序言中的自傳名篇湧現，如王充（27-97）《論衡・自紀篇》、曹丕（187-226）《典論・自敘》、葛洪（284-363）《抱樸子・自敘》等。

　　如果說書籍自序中敘述的是自己的人生，那麼到了陶淵明（陶潛，約 365-427）的〈五柳先生傳〉則以虛實結合的方式展示自己的人生實際與理

---

[1]　楊伯峻（1909-92），《論語譯注》（北京：中華書局，1980）12。

[2]　川合康三（KAWAI Kōzō, 1948-）《中國的自傳文學》，蔡毅譯（北京：中央編譯出版社，1999）21。

想，川合康三在《中國的自傳文學》中認為，陶淵明的〈五柳先生傳〉開啟了中國自傳文學的又一個品類，即虛構性的人物傳。這對後世產生了非常大的影響[3]。

自漢代開始，中國出現了「自撰墓誌銘」和「自祭文」，這類文章，設想自己已死，來作自我憑弔，回顧自己的生平，進行總結、反思，同時披露自己的生死觀，因此，這類文章也帶上了自傳書寫的特質。

自傳書寫在文學作品中的存在有著廣泛的形態，日本學者川合康三在《中國的自傳文學》一書中對中唐之前的自傳文學的不同形態做了一個梳理。無論是詩歌、序言還是自祭文，自傳特質都有一個共同的特點：強調自我，以表現自我的人生為主要目的。

渡也的詩歌體現了非常明顯的對中國傳統自傳書寫的繼承，在詩歌內容中，他或重寫古人的自傳以自況，審視那個與古人相通或重合的「我」，或者對現在的我、過去的我甚至「死去」的我進行一個歷時態的審視與呈現。在詩歌的寫法上，渡也體現了對傳統自傳書寫手法的繼承和創新。本文將從渡也詩歌的內容與形式出發，對其詩歌的自傳性書寫做一個綜合的考察。

二、古代著名自傳文學的重寫

渡也（陳啟佑，1953-）的詩歌多次提及屈原和《楚辭》，粗略統計，有 18 篇之多。在這 18 篇詩歌中，屈原存在於詩人受挫的人生經歷中，存在於對社會的批判中，存在於對文學理念的懷疑與堅守中，甚至存在於詩人滿含欲求的愛情書寫中。屈原已成為一個無所不在的精神符號，是渡也認識自我、書寫自我的一個重要手段。屈原之於渡也，除了精神上的相通與重合之外，〈離騷〉也對渡也的自傳性書寫產生了重要的影響。

---

[3]　川合康三　56。

（一）屈原式的人格結構

　　屈原，戰國時期楚國人，早年受到楚懷王（熊槐，?-前 296，前 328-前 299 在位）信任，任左徒、三閭大夫，常與懷王商議國事，參與律法的制定，主張舉賢任能，聯齊抗秦，提倡「美政」。但後來因在修訂法律時不願與人同流合污，再加上楚懷王的令尹子蘭、上官大夫靳尚和他的寵妃鄭袖等人，受了秦國使者的賄賂，不但阻止懷王接受屈原的意見，並且使懷王疏遠了屈原。後屈原由於反對楚懷王與秦國訂立黃棘之盟，被楚懷王逐出郢都，開始了流放生涯。他先後兩次遭流放，在楚國國都被秦國攻破的同年五月，屈原懷恨投汨羅江自殺。渡也在詩歌中寫了屈原的這一經歷。

　　　　令尹子蘭的衣服／與黑道掛勾／楚懷王兩隻耳朵／繞著甜言蜜語飛／因而，楚國陸地逐漸／下陷／／

　　　　一顆赤忱的心／被丟到地平線之外／生命之外／楚國的天空看了／很不高興／／

　　　　投江時濺起無數水波／拍擊楚國的臉／整個汨羅江都是滿滿的／怨／／

　　　　文學史也開始哭泣／一顆巨大的淚從戰國時代／滾到現在／還很燙（渡也《攻玉山‧一顆巨大的淚——紀念屈原》[45]）

渡也多次描寫屈原受讒遭流放、自殺投江的經歷，實際上很多都是在借屈原以自況。〈渡也與屈原〉便是這樣一首自況詩：

　　　　一九八〇年夏天／我沿高速公路南下／心裡湧動涉江與懷沙／／

　　　　我看到三閭大夫／佩芝蘭以為飾／在路邊／低頭獨行／／

　　　　他首如飛蓬如／／動亂的楚國／眼中流著哀傷／一看到我，馬上／別過頭去／／

4　渡也，〈一顆巨大的淚——紀念屈原〉，《攻玉山》（彰化：彰化縣文化局，2006）69-70，

5　渡也，〈一顆巨大的淚——紀念屈原〉，《攻玉山》　69-70。

　　一九八〇年八月／我默默南下／謫貶我的不是楚懷王／也不
是頃襄王／原來是我自己／／
　　一九八七年九月／我終於穿著一襲唐裝／手執黑扇，毅然／離
開眾人皆醉的嘉義／離開我心中的汨羅江／帶著屈原，再度／
北上
（渡也《不准破裂・渡也與屈原》[6]）

〈渡也寫作年表〉中提到：「民國七十年八月，任國立嘉義農專專任講師，
時余玉賢博士擔任校長。……民國七十四年，正式離開令人失望的嘉義農
專，時林中茂擔任校長。……民國七十六年，獲聘為國立臺灣教育學院（今
國立彰化師範大學）副教授。[7]」渡也從文化大學獲得博士學位後到嘉義農
專擔任教師，後離開嘉義到彰化師範大學任職。從行程軌跡看出，渡也是
先南下至嘉義，後至彰化，與詩歌的行程軌跡吻合；從時間節點來看，全
詩描寫與渡也的這段經歷也基本吻合。可以想像，「令人失望的嘉義農專」
的這段經歷，被詩人看做是自我的流放，其「眾人皆醉我獨醒」的不與世
俗苟同、不妥協的獨立人格，使詩人與屈原的形象疊合在了一起。

1.自沉與自戀

　　自戀（narcissism）一詞出自希臘神話，漢語對譯是水仙花，故事說的
是美少年納西斯（narcissus）偶然臨池自照，看到了自己的美麗倒影，便
愛上了自己並拒絕異性的愛，終日顧影自憐，茶飯不思，最後憔悴落水而
死，變成了一朵水仙花。從這樣一個神話故事中，我們看到自戀的一個重
要特徵，即看到自己的形象並將愛投注到自己的形象上。佛洛德（Sigmund
Freud, 1856-1939）最早提到「自戀」的概念是為了解釋同性戀的現象，他
使用衝動和力比多理論，把性發展的過程分為「自體愛、自戀、物件愛」
三個階段，當不能從自戀發展到物件愛時，即「從外界撤去的欲力再儲蓄
於自我的狀態」，進入第二次的自戀[8]。後來，隨著自戀研究的深入，L.A.
柏文（Lawrence A. Pervin）指出：「自戀型人格涉及的是自我感和自尊遭

---

[6]　渡也，〈渡也與屈原〉，《不准破裂》（彰化：彰化縣立文化中心，1994）12-14。
[7]　渡也，《我是一件行李》（台北：晨星出版社，1995）209-10。
[8]　中西信男（NAKANISHI Nobuo, 1927-　），《梟雄心理學》（《霸者の心理》），
　　王志明譯，2版（臺北：遠流出版事業股份有限公司，1995）167。

受打擊時的脆弱性的紊亂。自戀型的人不斷需要別人的讚美並缺乏對別人的感情和需求的移情。缺乏移情是由於對自我強烈的關注，還由於難以把別人當作有各自需求的個體。」[9]中西信男在《梟雄心理學》中對自戀人格的特徵進行了總結：「過度自我中心，人際關係貧乏，誇大妄想和表現欲強烈等」[10]。

　　屈原的人格構成中就有這樣的自戀特點。屈賦中有大段自我讚美的詩句，在〈離騷〉中，屈原一開始即表明自己的身世，有著天生的優越感。屈原把自己理想化為內美和外美高度統一的神人和拯救楚國的英雄，「舉世皆濁我獨清，眾人皆醉我獨醒」（《楚辭‧漁父》[11]），內外兼修，上下求索。〈離騷〉中還有著大量的幻想場景，如三次求女、靈氛占卜和巫咸降神等，體現出在想像中賦予自己神力的補償心理，而求女的苛刻，則體現出屈原的完美主義心態。屈原的憤世嫉俗、清高自傲、完美主義的性格無法獲得人際關係的和諧。當屈原熾熱的愛國情感在楚國得不到理解和呼應時他對自然山水、花草樹木、往古聖賢、神話傳說人物產生了廣泛的移情和對話，在移情中尋求心理補償。屈原將楚懷王比為美人，作為自己追求相思和實現美政的物件，但這種移情是失敗的。自戀和戀君都成幻影，最終他只能自沉殉國。

　　在渡也的詩歌裡，我們也能讀到詩人對自己絕對正確的肯定。《攻玉山‧土石流》一詩的注中寫道：「最近無端遭女同事抹黑、譭謗。除二、三同事外，眾人竟聽信謠言，餘有感至之。[12]」在《攻玉山‧我的自傳》和《攻玉山‧卜居》中，渡也都對這段經歷進行了描述。

　　　　同事的躁鬱症／我容納／校長的口水／我容納／傷口／我容納／黑暗／我也默默容納／／
　　　　我吞沒千萬個掌聲響起／我也默默吞沒／無／／

---

[9]　柏文（Lawrence A. Pervin），《人格科學》（*The Science of Personality*），周榕、陳紅等譯（上海：華東師範大學出版社，2001）389。
[10]　中西信男　159。
[11]　洪興祖（1090-1155），《楚辭補注》，白化文校點（北京：中華書局，1983）179。
[12]　渡也，〈土石流〉，《攻玉山》　39。

四十多年的風吹雨打後／我才頓悟／原來我只是一個／容器
（渡也《攻玉山‧我的自傳》[13]）

家離江潭澤畔很遠／離山更遠／土石流卻堅持要來／吞噬一
樓客廳和楚辭／我躲到四樓／土石一腳踢開四樓牆壁／把我撞成
屈原（渡也《攻玉山‧卜居》[14]）

詩人將同事的謠言比作土石流，認為同事是患了「躁鬱症」，並以屈原暗
喻自己受到的排擠與陷害。自己是無辜的，錯都在別人身上，這也是一種
心理上的自戀情結。

2.自我膨脹與野心

精神分析專家克夫特（Heinz Kohut, 1913-81）認為：「自戀具有從誇
大、顯示自己發展到野心。」[15]自戀是因為愛欲不能對象化，結果指向自
己，覺得自己才是美的、對的、正確的，於是就形成自我膨脹的自大以及
野心。

渡也千古留名的方法，是溺死在讀者的心湖，並在文學史上佔據一席
之地。〈糯米‧豬肉‧花生——紀念屈原〉說：

他投江自沉／卻浮出每個人的心湖／所以他並未溺斃／他還
活著／／

他極不愛體育活動／人們卻飆龍舟紀念他／整個世界都變質
了／／

丟粽子給魚吃／以免魚吃他／吃楚辭／為何不丟貓下水？／／

我也要投江／投詩之江／何時我才會浮出每個人的心湖？／
搶佔屈原的座位／端午節我也要吃粽子／紀念在龍舟上寫詩的我
／一面吃／一面懷念糯米、豬肉化生（渡也《攻玉山‧糯米‧豬肉‧
花生——紀念屈原》[16]）

---

[13] 渡也，〈我的自傳〉，《攻玉山》　46。

[14] 渡也，〈卜居〉，《攻玉山》　40。

[15] 中西信男　67。

[16] 渡也，〈糯米‧豬肉‧花生——紀念屈原〉，《攻玉山》　67-68。

本詩從「屈原投江卻浮出了每個人的心湖」開始，表達了詩人自投讀者的
心湖，搶佔屈原座位的膨脹心態。同樣的膨脹心態渡也不止一次地在詩歌
中表述，〈文學史〉、〈詩人與詩〉、〈孤兒〉等詩作均表現了詩人對自己創
作的肯定和在文學史中千古留名的野心。

　　〈孤兒〉一詩，寫自己早年書寫的一本不受人注意的小書，渡也也要
把它帶出「和巨大的中國文學史見面」：

　　　　啊，一本乏人關懷的小書／蹲在世上最幽暗的牆角／我向它敬
　　禮，並且／給它最熱列的掌聲／／

　　　　並且我要用春風將它帶走／帶它到書店外成為即將來到的明
　　天／和太陽見面／和巨大的中國文學史見面（渡也《不准破裂‧孤
　　兒》[17]）

在〈文學史〉一詩中，渡也更是表達了自己和屈原、賈誼（前 200-前 168）、
柳宗元（773-819）、李賀（790-816）等不朽詩人的並駕齊驅：

　　　　無數屍體／從眼前漂流而過／有的仰臥，有的／以背部瞄準天
　　空／河水十分興奮／不知他們是誰／／

　　　　後來我發現／每一個屍體都有標籤／／

　　　　屈原賈誼／柳宗元李賀……／迅速流去／／

　　　　沒有吟唱／哎，死後仍不免／流浪／／

　　　　最後一個流過來了／標籤寫著／江山之助（渡也《我策馬奔進
　　歷史‧文學史》）[18]）

要解讀渡也的自傳性書寫，屈原是一個繞不過去的座標。屈原之於渡也，
是在詩歌創作上繼承與顛覆的物件，更是精神相通的另一個「自我」，屈
原的自戀與渡也的自我膨脹，也遙相呼應。從這個意義上說，書寫屈原便
是書寫渡也自己。

---

[17]　渡也，〈孤兒〉，《不准破裂》　90。
[18]　渡也，〈文學史〉，《我策馬奔進歷史》（嘉義：嘉義市立文化中心，1995）79-80。

（二）〈離騷〉式的自傳書寫

　　〈離騷〉是屈原的代表作，具有濃郁的自傳色彩。開篇即自敘氏族、父祖、出生、名字。唐代劉知幾（661-721）的《史通》序傳篇把〈離騷〉作為自傳的大輅椎輪，認為這樣的開頭符合自敘的條件。川合康三在考察了〈離騷〉及後來自傳文學的書寫後，指出，〈離騷〉開頭的這段敘述者自報家門的書寫，可以隸屬於自傳文學。[19]

　　渡也詩歌的自傳性書寫既有自報家門式的資訊呈現，也有對自己家世的描寫，體現了對騷體自傳性書寫的繼承。

1.自報家門的文體

　　渡也在〈作家資料表〉中寫道：

> 　　又接到某文化機構寄來／作家資料表／要我把渡也這一生／重新傾訴一遍／／
> 　　深深認識渡也的我／提筆詳細填表／好像要脫光衣服／讓別人觀賞／心中沒有祕密的我，一絲不掛／走到表格上／／
> 　　姓名陳啟佑／筆名：渡也，還有／江山之助／我用第二個筆名／對付重重艱困／寫犀利萬分的詩／而受到多方責難／我對江山之助說／「辛苦了」／他仰首默默注視我／／
> 　　出生年月／四十二年二月十四／好快／好累，活了三十多個年頭／通信地址／台中縣大裡鄉和平街 40 號／永久地址，這一欄／我想了好久，好久／才下筆：／福爾摩莎（渡也《我是一件行李》[20]）

這首詩包含了姓名、出生、住址等資訊，「永久位址」可以理解為具有永久性的、不能改變的地方，而這契合了籍貫的意味。川合康三認為：「家世的記錄是顯示其人自我特徵時不可少的要素，記敘某人事蹟時，總要先說：某人，字某，某地人，名、字以及籍貫，這三者是確定一個人社會存

---

[19] 川合康三　11。
[20] 渡也，〈作家資料表〉，《我是一件行李》　173-75。

在的最重要的基本因素。[21]」這首詩可以看作是渡也對自我存在的一個確定。然而，這種對自我存在的確定又時常伴有迷茫和迷失，因此，渡也在〈搜尋渡也〉一詩中，又加入了年齡、身高、相貌特徵等的具體描述。

這種對個人基本資訊的原始呈現，正是中國傳統人物傳的基本體裁，如果作者與人物為同一人，則自然成為自傳。渡也自報家門的寫作風格正是對「騷體」自傳書寫的繼承。

2.對家世的書寫

渡也出生於彰化，但祖籍卻是在澎湖，渡也的《澎湖的夢都張開了翅膀》是渡也濃郁「澎湖情結」的結晶之作。澎湖是渡也曾祖父和祖父世居之地，對自己家世的描寫，自然得從「澎湖」開始，因此《澎湖的夢都張開的翅膀》就不僅僅是一本單純的地志描寫，而是帶上了鄉愁和追述家世的意味。〈故鄉〉便是這樣的一首頗具懷古幽情的詩：

> 澎湖的海是鹹的／土是鹹的／但，夢不是／這裡每個人也不是／／
> 澎湖的風是鹹的／陽光是鹹的／但，這裡每個人的話是甜的／心也是／／
> 曾祖父百年前蓋的古宅／頭顱破裂／祖父數十年前蓋的房子／手腳殘缺／蹲在馬公東文裡／看起來／哎，看起來竟是酸的／苦的（渡也《澎湖的夢都張開了翅膀・故鄉》[22]）

澎湖裡有曾祖父和祖父的影子，祖父雖然後來渡海到嘉義謀生，開了一家日治時代頗負盛名的「陳獻鐵工廠」，但身上一直帶有澎湖的味道，「從小看祖父在工廠前的事務所（即辦公廳）製圖、會客、談生意，他的閩南語有著濃濃的澎湖腔。[23]」所以，渡也說：「澎湖等於祖父[24]」。

祖父與祖母年輕時懷著夢想來到嘉義謀生，父親、「我」、「我」的兒子也都是懷著夢想的：

---

[21] 川合康三　12。
[22] 渡也，〈故鄉〉，《我策馬奔進歷史》　143。
[23] 渡也，〈序〉，《澎湖的夢都張開了翅膀》（澎湖：澎湖文化局，2009）16。
[24] 渡也，〈序〉，《澎湖的夢都張開了翅膀》　17。

　　　夜晚和金門站在一起／眺望廈門／對岸有一排燈站在一起／
也在眺望我們／／……

　　　我祖父的、父親的、我的、兒子的夢都活在此岸／永遠（渡也
《太陽吊單槓・夜晚和金門站在一起》[25]）

「夢」活在此岸，「夢」在代際間傳承，這是詩人對家鄉、故土和家世的
深深認同。

　　在渡也的詩歌裡，母親的形象卻總是與病痛聯繫在一起。如《不准破
裂・我的母親》：

　　　大雨將來拜訪／氣象臺的氣管／比誰都先猜出／寒流全家出
動／氣象臺的關節／也最早看到／只有晴天／瘦弱的氣象臺才報
告／微笑／／

　　　數十年來／大自然只找它搏鬥／白髮蒼蒼的氣象臺漸漸／龜
裂（渡也《不准破裂・我的母親》[26]）

把母親比作氣象臺，關節的疼痛與天氣密切相關。白髮蒼蒼的母親在大自
然和歲月的侵蝕中漸漸衰弱。體弱多病的母親形象在《憤怒的葡萄・電話》
中也有體現。

三、傳統自傳寫法的繼承與創新

　　〈太史公自序〉是目前所見到的最早的一篇作為書籍的序言，以自序
為題材的作品，這以後，自序作為書籍的序言形式，流傳下來。

（一）〈太史公自序〉與「他者」

　　〈太史公自序〉在追溯司馬氏先祖的起源以及其父「太史公」司馬談
（？－前110）之後，作者司馬遷（前145或前135－前86）是這樣登場

---

[25] 渡也，〈夜晚和金門站在一起〉，《太陽吊單槓》22。
[26] 渡也，〈我的母親〉，《不准破裂》 218-19。

的：「有子曰遷。遷生龍門，耕牧河山之陽。²⁷」接下來自述生平，仍然
沒用第一人稱，司馬遷拜太史令之後，就以「太史公」稱呼自己。

　　渡也詩歌體現了對「他者」書寫的繼承。渡也的「他者」書寫包括兩
個方面：一是對自己的一種稱呼，如之前引述詩篇〈文學史〉，渡也以筆
名「江山之助」在詩末登場；〈搜尋渡也〉全詩都是「他者」的書寫：

　　　　詩人渡也辛苦爬格子三十多年／突然，把自己搞丟了／留下不
　知所措的稿紙／及二十多種著作在世間／／
　　　　他的家人陳啟佑／在漠不關心的媒體刊登／尋人啟事／／
　　　　渡也，男，五十二歲／特徵：／濃眉，戴黑框眼鏡／身高一七
　八公分／隨身攜帶七十八公斤的詩／及一顆肥大的心／／
　　　　失蹤地點：在往肥大的網路途中／／
　　　　若有仁人讀者／或詩評家尋獲／請通知失蹤老人協尋中心／
　或文學史（渡也《太陽吊單杠‧搜尋渡也》²⁸）

在這首詩裡，不僅有筆名「渡也」，也出現了詩人的真實姓名「陳啟佑」，
渡也，作為詩人的筆名，可以看做一個「身份自我」，陳啟佑，是詩人的
「自然自我」，這裡的他者敘述體現出了「自然自我」對「身份自我」的
定位和尋找。

　　另一方面，渡也將過去的「我」外化為「他者」，採用時空交錯的手
法，實現自我的對話。如〈小站〉一詩，寫三十三歲的「我」凝視五歲的
「我」，繼而奔向蒼老的「我」。五歲的「我」便以他者身份出場；：

　　　　火車來到不知名的小站／雨中的小站／三十三歲的我在車中
　／隔著淚潸潸的玻璃／看月臺／看窗外的宇宙／／
　　　　不期然看到，一張／熟悉的臉，在寂寞的月臺／似乎，在哪裡
　見過？／想起來了……那是／五歲的我／／
　　　　我站起來，趕快／隔著哭泣的窗玻璃／對他喊／（我無法握住
　他的小手）／他訝異地望著／我焦急地喊：／「回頭吧！不要／向

---

²⁷ 司馬遷，《史記‧太史公自序》，3293；「漢籍電子文獻資料庫」，中央研究院歷
　史語言研究所，索檢日期：2016.8.21。
²⁸ 渡也，〈搜尋渡也〉，《太陽吊單杠》（彰化：彰化縣立文化局，2011）82-83。

前走，即使前方／遙遠的前方／有光，有聲音／呼喚你，也不要／向前……」／／

　　疲憊的我高聲喊：／「不要向前走，孩子／回頭吧——／回到我們的鄉下／耕田，織布，捕魚／和飼養家畜……」／／

　　起初他眼裡閃著問號，他根本／不知道我是誰／他有土色的膚色，雙頰／溢著稻香／／終於他開口了：／「為什麼？」／／

　　我正要回答／火車飛奔而去／啊，蒼老的我也向前／飛奔而去了（渡也《我是一件行李‧小站》[29]）

川合康三對〈太史公自序〉中自己以「他者」的身份出場的敘述方式考察後，指出：「作者寫的雖然是個人之事，但發言卻是站在作為官人的立場上。也就是說，〈太史公自序〉即使寫的是個人的事實，但敘述者司馬遷並不代表「私」的個人，而是代表「公」的史家。[30]」如果說〈太史公自序〉「他者」的敘述方式是基於「公」的史家，那麼渡也「他者」的敘述方式則是建立在自我反思和省察的基礎上，「他者」意味著拉開距離的審視。

（二）〈自祭文〉與自撰墓誌銘

　　據川合康三說，自撰墓誌文目前所見，最早見於漢代的杜鄴（？-前2？）[31]：

　　杜子夏（杜鄴字子夏）葬長安北四裡。臨終作文曰：「魏郡杜邺，立志忠疑。犬馬未陳，奄先草露。骨肉歸於後土，氣魂無所不之。何必故丘，然後即化。封於長安北郭，此焉宴息。」及死，命列石，埋於墓側。墓前種松柏樹五株，至今茂盛。（《西京雜記》卷三[32]）

自撰墓誌文由於是作者設想自己已死，用死者的眼光來看自己的一生，所以，這也是一種自傳書寫。自陶淵明的〈自祭文〉開始，自撰墓誌銘

---

[29] 渡也，〈小站〉，《我是一件行李》　104-07。

[30] 川合康三　17

[31] 川合康三　118。

[32] 劉歆（約前50-後23）撰、葛洪（284-363）集，《西京雜記校注》，向新陽、劉克任校注（上海：上海古籍出版社，1991）144。

成為自傳書寫的又一個重要門類。渡也的〈自祭文〉就是對這一門類的
繼承。

> 翻山越嶺終於找到／千里孤墳／碑上刻著兩個隸書／渡也／
> 墳上雜草有強烈／生之欲望／／
> 年年此日／只有我的孤獨來此／來此掃墓／你生前／世界雜
> 草叢生／走後／荒煙蔓草更是／奔騰而來／／
> 每年四月五日／渡也／只有我來此，和你見面／交談，獻上鮮
> 花水果／我不燒冥紙燒幾刀稿紙給你／目極千里兮傷春心／魂兮
> 歸來哀江南／想起你在稿紙上／奔波數十年／為國家為人民／大
> 聲急呼／想起……我流下兩行悲痛／千里孤墳，無處話淒涼（渡也
> 《不准破裂・自祭文》[33]

「千里孤墳，無處話淒涼」是蘇軾（1037-1101）悼亡詞〈江城子〉[34]的句
子。蘇軾的亡妻葬於蘇軾的家鄉，而蘇軾當時在密州任職，何止千里之隔，
死者在千里之外，該是何等的孤寂淒涼！「千里孤墳」的意象在開頭與結
尾遙相呼應，渡也正是借蘇軾的詩句，營造出一種濃郁的淒涼的氛圍。生
前雜草叢生，死後荒煙蔓草，這是一種深刻的生的孤獨與死的寂寞。

　　同陶淵明著名的〈自祭文〉一樣，渡也也在自祭文中回顧了自己的
「生」：「為國為民，大聲疾呼」的一生。這是一種強烈的入世精神，然
而入世的激憤、奔波與死後的孤墳形成了更加鮮明的對比。

　　顯然，渡也面對死亡，不是達觀，也非畏懼，而是導向了對生的意義
的探尋。正如川合康三認為自傳墓誌銘實際上是表達作者對自己人生狀態
的強烈關心[35]，渡也的自祭文同樣表達的是對自己生存狀態的關注。

（三）〈五柳先生傳〉與〈無柳先生傳〉

　　〈五柳先生傳〉是陶淵明的代表作之一，一般認為是陶淵明的自傳散
文。按川合康三的解讀，這篇文章開啟了虛構自傳的先河。渡也的〈無柳
先生傳〉顯然是對陶淵明〈五柳先生傳〉的修正與誤讀。

---

[33] 渡也，〈自祭文〉，《不准破裂》　92-94。。
[34] 龍榆生（1902-66），《唐宋名家詞選》（上海：古典文學出版社，1956）107
[35] 川合康三　118。

　　哈樂德‧布魯姆（Harold Bloom, 1930- ）創造性地將佛洛德「弒父娶母」的俄狄浦斯情結說運用於文學批評中，他認為，前輩詩人猶如一個巨大的父親般的傳統，後來的詩人與他的前輩詩人相比，是處在一種「遲到」的不利地位。一個強悍的詩人要有所作為，就必須走出他的「遲到」，走出前輩詩人給後人帶來的巨大陰影，克服前輩詩人影響帶來的焦慮。因此，當代強者詩人唯一可採取的策略就是對前人的成果進行某種「修正」或創造性「誤讀」。在布魯姆看來，文學史就是一位詩人對另一位詩人誤讀的結果。「詩的影響──當它涉及兩位強者詩人、兩位真正的詩人時──總是以對前一位詩人的誤讀而進行的。這種誤讀是一種創造性的校正，實際上必然是一種誤譯。一部成果斐然的‘詩的影響’的歷史──亦即文藝復興以來的西方詩歌的主要傳統──乃是一部焦慮和自我拯救的漫畫的歷史，是歪曲和誤解的歷史，是反常和隨心所欲的歷史。」[36]。

　　這種「影響的焦慮」在渡也的詩歌創作中明顯存在，無論是屈原、陶淵明，還是杜甫、李賀，他們的詩作在渡也看來都是一個巨大的父親般的傳統，要想創新，必須予以超越。在〈糯米‧豬肉‧花生──紀念屈原〉一詩中，詩人說「搶佔屈原的座位／端午節我也要吃粽子」[37]在〈戲贈杜甫〉說：

> 為了爭奪你在文學史上／所坐的那張沙發／現代詩人紛紛用晦澀的語言／勾心鬥角／死傷慘重（渡也《不准破裂‧戲贈杜甫》[38]）

在本詩中，詩人甚至發出了與杜甫比賽寫敘事詩的豪言壯語：

> 咱們在臺北比賽／就在洛夫家裡好了／你我各經營一首三百行的敘事詩／比個高下，看誰得首獎／我就是不信／哼，這種不押韻的新詩創作／你敢嘗試（渡也《不准破裂‧戲贈杜甫》[39]）

---

[36] 哈樂德‧布魯姆（Harold Bloom, 1930- ），《影響的焦慮》（*The Anxiety of Influence: A Theory of Poetry.*），徐文博譯（南京：江蘇教育出版社，2005）31；艾潔，〈哈羅德‧布魯姆文學批評理論研究〉，博士論文，山東大學，2011；瞿乃海，〈哈羅德‧布魯姆詩學研究〉，博士論文，山東師範大學，2012。

[37] 渡也，〈糯米‧豬肉‧花生──紀念屈原〉，《攻玉山》　67-68。

[38] 渡也，〈戲贈杜甫〉，《不准破裂‧戲贈杜甫》　20。

[39] 渡也，〈戲贈杜甫〉，《不准破裂‧戲贈杜甫》　22。

在〈戲贈李賀〉中，這種影響的焦慮更為直白：「的確／你為中國文學發達史／製造一個通風設備不良的／小小的地獄／讓後世詩評家坐在裡面」[40]

作為詩歌的後來者，他發現漫長的詩歌傳統留給自己的獨創空間並不多，詩歌中的主題和技巧都被前輩詩人利用殆盡，留給自己的唯有在反抗與修正中突出自己的個性。〈無柳先生傳〉就是渡也對陶淵明經典的自傳文本〈五柳先生傳〉進行的修正與誤讀。布魯姆認為：「影響不是通過狡點地扭曲傳統，而向我們表明傳統對先在性不斷犯錯，揭示傳統的真相，使傳統去理想化。[41]」

陶淵明在〈五柳先生傳〉中表明瞭自己讀書、飲酒、寫文章三大志趣。表達了不把得失放心上的豁達心態。而渡也的〈無柳先生傳〉則恰恰相反。

五柳先生命名是因為「宅邊有五柳樹，因以為號焉」，但到了渡也這裡成了「無柳」；主人公陶先生又使人聯想到陶淵明；五柳先生嗜酒、飲酒並且醉酒：「性嗜酒，家貧不能常得。親舊知其如此，或置酒而招之。造飲輒盡，期在必醉；既醉而退，曾不吝情去留。」而渡也筆下的陶先生有琴但無弦，有杯但無酒，他聽的是無弦琴，「且豪飲杯中的虛無」。

如果說〈五柳先生傳〉著眼點是人生的「有」以及對「無」的豁達（這也是一種「有」），那麼〈無柳先生傳〉的著眼點就是「無」，無柳、無弦、無酒，最後還有更大的虛無。川合康三認為，五柳先生是「陶淵明人生的理想」[42]，即理想中的陶淵明，那麼，渡也的戲仿之作〈無柳先生傳〉則指向的是現實中的「陶淵明」。「明明無酒，怎麼喝」，渡也最後指出：理想的「我」的狀態是無法抵達的，理想只是一種幻境。

渡也的〈無柳先生傳〉是建立在對陶淵明的精神世界的深刻理解的基礎上。它把陶淵明拉下豁達的幻境，給予了去理想化的修正，其結果便導致了某種程度的創新。

---

[40] 渡也，〈戲贈李賀〉，《不准破裂》　26。

[41] Harold Bloom, *Kabbalah and Criticism* (London and New York: Continuum 2005) 53-54.

[42] 川合康三　68。

（四）狂歡化的〈一九八五年嚴冬〉

《我是一件行李》附的寫作年表中提到：「1985 年，完成〈唐代山水小品文研究〉獲得博士學位。[43]」〈一九八五年嚴冬〉便是對寫作博士學位論文這段經歷的描寫。

> 一九八五年嚴冬／一位國家文學博士／大駕光臨陰濕的廁所／脫下內褲／讓綿綿長長的／中國文學史／通過腸胃／／他蹲在馬桶用力回想／從大一到博士班／艱難如便祕／他回想寫博士論文期間／面對一座高山／汗水惶恐地淌下……／／多年伏案點書／撰寫論文／近視比學問還深，甚至／內痔也有相當的成果／幾滴鮮血惶恐地淌下……／／
>
> 他深呼吸，用力／擠出一堆／金碧輝煌／／一九八五年嚴冬／一位國家文學博士／一共使用舒潔衛生紙／十張／解決一個文學史外的難題／／然後這一堆平平仄仄平的／心血結晶／如同十載苦讀／十載心血／隨著抽水馬桶的水／大江東去／浪沙淘盡千古風流人物（渡也《我是一件行李‧一九八五年嚴冬》[44]）

獲取功名是中國傳統知識份子的追求。在中唐詩歌中，我們看到文人對科舉及第的熱衷以及對功名俸祿的追求，渡也攻讀博士學位也是一種功名追求。

渡也用狂歡化的文體，完成了對這段經歷的自傳性書寫。在〈一九八五年嚴冬〉中，他回想自己的求學經歷，從大學到博士，把求學的艱難比作便祕，把寫博士論文過程比作拉肚子，有著明顯巴赫金狂歡化的特點。

巴赫金（M. M. Bakhtin, 1895-1975）他認小說有三大源流，分別是史詩、雄辯術、狂歡節。由此形成了歐洲小說發展史上的三條線索：敘事、雄辯和狂歡體。古代的狂歡節[45]，是民眾用以對抗森嚴的封建階段社會及

---

[43] 渡也，《我是一件行李》　209。
[44] 渡也，〈一九八五年嚴冬〉，《我是一件行李》　182-84。
[45] 巴赫金（M. M. Bakhtin, 1895-1975），《陀思妥耶夫斯基詩學問題》（*Problem of Dostoevsky's Poetics*），白春仁、顧亞玲譯，卷 5（石家莊：河北教育出版社，1998）

與之緊密結合宗教體制的方法，在廣場狂歡之時，大吃大喝，載歌載舞，於是就到處大小便，糞便成為狂歡化文學的特徵之一。狂歡式文學特別重視寫身體開口器官，譬如口（大吃大喝）、鼻（排泄系統之一）、生殖器、肛門。糞便、分娩、性交的描寫至為特徵[46]。

　　渡也詩作《憤怒的葡萄・耶穌與燒餅油條》、〈教徒日記〉、《我策馬奔進歷史・器官二首》對性器官、肛門、男歡女愛等都有所涉及。巴赫金說：「對於狂歡式的思維來說，非常典型的是成對的形象，或是相互對立（高與低、粗與細等等）、或是相近相似（同貌與孿生）。[47]」在以上詩歌裡，耶穌宗教式的神聖與燒餅油條、上廁所拉肚子的粗俗相對，基督教的禁欲與教徒的縱欲相對，博士論文的高雅與排便的粗鄙相對，這體現了渡也的狂歡化思維。這種狂歡，使神聖與滑稽、高雅與粗俗、崇高與卑下的界限被打破，並融為一體，顛覆了常規的思維結構，在語言的破壞中獲得了審美的陌生化。

四、懺悔錄式的告白

　　十七世紀的歐洲，雖然已早過了古希臘、羅馬時期在性上恣情縱欲的時代，但對於性的禁忌仍然是比較寬鬆的，人們可以公開的談論性。到了十九世紀，一系列涉及到性的詞彙被列為禁忌語，甚至開始談性色變。為了不觸犯禁忌，人們小心翼翼地談論有關性的問題，性似乎是被壓抑了。然而福柯（Michel Foucault, 1926-84）在考察了十七世紀以來對性語言的檢視制度之後，卻指出，這樣的表面壓抑導致的卻是人們性意識的增強，性成了人們時刻關注的物件：「正統的規範越來越嚴，很容易造成反面的效果，使得不正經的言語得以穩固和加強。然而更重要的是在權力自身使用的範疇之內關於性的話語的增殖。[48]」

　　143。

[46]　巴赫金，《拉伯雷研究》（*Rabelais and His World*），《巴赫金全集》，李兆林、夏忠憲等譯，卷6（石家莊：河北教育出版社，1998）368。

[47]　巴赫金，《陀思妥耶夫斯基詩學問題》　165。

[48]（法）蜜雪兒・福柯（Michel Foucault, 1926-84），《性史》（*The History of Sexuality*），張廷琛，林莉，范千紅等譯（上海：上海科學技術文獻出版社，1989）16。

　　福柯的發現，讓我們從所謂性壓抑的背後發現了話語的權利運作機制。壓抑只不過是權利利用話語實施控制的一種技巧。「權力玩弄被壓制事物的方法便是讓它在話語的外緣活動。或者說為它創造別一種話語，為它提供一種說話的機會，於是，一方面被壓制的事物必須受到壓抑，必須貶入冷宮，另一方面，它卻又必須時時露面時時伸張自己的意義。[49]」被壓抑的「性」便是這樣被權利玩弄於股掌之間，「法律本身便鼓動著人們去談性，越多談越好；權利的代表機構下定決心要聽到人們談它，並且要讓性自身以清晰的發音巨細無遺地談它。[50]」因此，「性」沒有被壓抑，而是被管理起來了。在天主教中的告解中，人們對性行為的蛛絲馬跡都要進行懺悔，檢討自己的一切思想，坦白一切關乎性的事情，不許有任何的隱瞞。18 世紀，盧梭（Jean-Jacques Rousseau, 1712-78）寫出了《懺悔錄》（*The Confessions*），如實地描寫了自己私生活中的很多事情，把自己弱點和一些骯髒的事情公之於眾。正是通過讓人們進行這樣自我暴露式的懺悔言說，基督教完成了對人思想行為的管理與規訓。

　　值得注意的是，這種規訓是一種不間斷的、持續的強制，監督著活動的過程，在軍營、學校、工廠、醫院等地方都存在著監視點。福柯指出：「『規訓』既不會等同於一種體制也不會等同於一種機構。它是一種權力類型，一種行使權力的軌道。它包括一系列手段、技術、程式、應用層次、目標。它是一種權力『物理學』或權力『解剖學』，一種技術學。[51]」這種規訓在傳統中體現為封閉、封鎖的特徵，隨著時代的發展，另一種福柯所謂的「全景敞視主義」[52]的規訓正在當今社會中普遍起來。這預示著「從一種異常規訓的方案轉變為另一種普遍化監視的方案……在 17 和 18 世紀，規訓機制逐漸擴展，遍佈了整個社會機體，所謂的規訓社會形成了。[53]」

---

[49]　福柯，《性史》　6。
[50]　福柯，《性史》　16。
[51]　蜜雪兒・福柯，《規訓與懲罰》（*Discipline and Punish: The Birth of Prison*），劉北成、楊遠嬰譯（北京：三聯書店，1999）242。
[52]　福柯，《規訓與懲罰》　219。
[53]　福柯，《規訓與懲罰》　235。

（一）渡也詩的懺情詩

　　渡也愛情詩量多，而且以告白的方式書寫，作品見於 1970 年的處女作詩集《手套與愛》，之後又有《空城計》和 1999 年出版的《流浪玫瑰》[54]。《手套與愛》有一首很短的〈懺悔〉：

> 她走了／／整個早晨／候車室空著的椅子都是我／揮手時的
> 眼神（渡也《手套與愛：渡也情色詩·懺悔》[55]）

懺悔在盧騷自傳，只是和盤托出的告白之意，並沒有說自己有什麼不正確。

（二）浪漫之愛的風格

　　克萊德·享德里克（Clyde Hendrick）等《浪漫之愛的風格》（*Styles of Romantic Love*）列出六種類型[56]：

類型	特點	渡也詩的特點
激情型	強烈的情緒，有好的外貌	充滿激情
游戲型	愛情是和不同的伴侶一起玩的游戲	前後與幾位女士戀愛
友誼型	把愛情看作友誼，也有愛	期待保持友誼
實用型	愛情是一張帶有期待性的購物單。	像購物
佔有型	形式有點激烈，活在狂喜和痛苦中。	佔有之後會放棄
利他型	愛人的幸福置於自己之上。但利他型只是偶然出現。	與其中一位結了婚

　　羅伯特·J·斯騰伯格（R. J. Sternbery）認為親密、激情、決定／承諾，三塊基石，組合成不同類型愛情[57]。

---

[54] 李世維，〈渡也新詩研究〉，碩士，國立彰化師範大學，2006，54-70。
[55] 渡也，〈懺悔〉，《手套與愛：渡也情色詩》（臺北：漢藝色研，2001）89。
[56] 克萊德·享德里克（Clyde Hendrick）等，〈浪漫之愛的風格〉（"Styles of Romantic Love"），《愛情心理學》（*The New Psychology of Love*），羅伯特·J·斯騰伯格（R. J. Sternbery）等編，李朝旭譯（北京：世界圖書出版公司，2010）161-62。
[57] 羅伯特·J·斯騰伯格（R. J. Sternbery），〈愛情的二種理論〉（"A Duplex Theory of Love"），斯騰伯格　196-98。

分類	特徵	渡也詩
親密	熱情、理解、互相支持	很多親密場面
激情	激發原慾，特別是性的想像	也有性的隱喻
承諾	致力維持感情	比較不可能

那時我念物理系／天天和牛頓泡在一起／實驗和演算／完全要合遵守邏輯／什麼問題／只要套入公式／就可以得到答案／他們說愛情也不例外／／

我就把愛情／和那朵花的名字／套進公式／微分積分／苦苦算了一年／沒有答案／／

我要愛情不要物理／／所以轉到文學系／詩詞曲賦／有愛情／沒有公式和邏輯／我把那朵花帶回宿舍／插在床上／在詩詞曲賦中過了一夜／就得到答案／根本不必推理（渡也《手套與愛：渡也情色詩・物理與與文學》[58]）

妳是上帝種在植物系的／一株植物／比茉莉還香／比菊花更傲／比玫瑰多刺／那種／植物不會眉目傳情／但妳全身皆有眉目／也能傳情／我把妳的植物學英文本拋到牆角／我要在床上解剖妳／慢慢剝開表層／從橫斷面／縱切面／仔細看妳／／

原來／妳不但無刺而且雪白／香而且甜／沒有病蟲害／既不屬草本／也非木本／夜裡能開花／／

以前／妳只知道記植物的名字／今後／看妳記不記我的名字（渡也《手套與愛：渡也情色詩・植物系》[59]）

這首詩，有親密、激情，但沒有海誓山盟。因為交往女子有幾位，不可能都有承諾。寫法是巴赫金《拉伯雷研究》所說的狂歡節行為：「所有等組界限、所有官職和地位的廢除及狂歡節娛樂的那種絕對的狎昵[60]」，「甚至猥褻也在狂歡節的放肆和狎昵這種氛圍中找到了自己的位置[61]」拉伯雷的世界就是：在「沒有敬畏的特殊節日、對嚴肅性的翻底擺脫、平

---

[58] 渡也，〈物理與與文學〉，《手套與愛：渡也情色詩》　26-27。
[59] 渡也，〈植物系〉，《手套與愛：渡也情色詩》　40-41。
[60] 巴赫金，《拉伯雷研究》284。
[61] 巴赫金，《拉伯雷研究》284。

等放肆狎昵的氛圍、猥褻所具有的世界觀性質、丑角式的加冕與脫冕、歡樂的狂歡節戰爭和毆打、諷刺摹擬性的學術辯論、動刀打架跟生育行為的關係[62]。」都變得稀鬆平常。〈植物系〉一詩,正是諧擬學術研究的情色作品。

(三)多腳關係:婚姻的補充

德里達(Jacques Derrida, 1930-2004)自盧騷的自傳找到「危險的補充」(dangerous supplement)的說法,盧騷認為「書寫」不過是「語音」的補充,手淫是性的補充,補充是必要的、危險的[63],「伴侶劈腿,該不該諒解」,教父吳若權(1962-)《多腳關係》一書認為這個問題,把「感情出軌」和婚外情簡單化[64]。

> 結婚後/太太步步高昇為一絲不苟的/品管人員/我只降為她心目中的一件/貨品而已//
> 盡職的她負責調查/我在北部有沒有和野生的茉莉/偷偷戀愛/品質管理實在嚴格/只要我身上躲著身分不明的/唇印和髮香/絕對難逃她的法眼//
> 每次返回南部家裏之前/我總是謹慎地暗暗地/把臺北野茉莉經常送我的/齒痕和指爪/一一留藏在北部/甚至我心底茉莉的倩影/耳裏茉莉的呢喃/都必須暫時丟掉//
> 唯有這樣/驗明正身/蓋上正字標記後/我才能又順利地出廠/品管員才肯放我再回臺北(渡也《空城計・品質管理》[65])

這首詩是說明:「感情出軌」和婚外情是婚姻的「危險的補充」。《愛、欲望、出軌的哲學》(*Wenn Eros uns den Kopf verdreht: Philosophisches zum Seitensprung*)說:「自由戀愛的婚姻」,「其實是很晚近的產物」。浪漫主義

---

[62] 巴赫金,《拉伯雷研究》294。
[63] 德里達(Jacques Derrida, 1930-2004),〈"……危險的增補……"〉("……Dangerous Supplement……"),趙興國譯,《文學行動》(*Arts of Literature*),趙興國等譯(北京:中國社會科學出版社,1998)54。
[64] 吳若權(1962-),《多腳關係》(北京:九州出版社,2014)182。
[65] 渡也,〈品質管理〉,《空城計》 130。

興起，漸漸發展至自由選擇伴侶。「幸福的情侶和長久的婚姻是否就此產生？尤其是後者，並不盡然。愛情是很不穩定的基礎。[66]」

五、結論

　　渡也的詩的自傳性很強，首先，作品有著中國古典文學的自傳體裁，譬如自祭文、重寫〈五柳先生傳〉的〈無柳先生傳〉，或如〈太史公自傳〉，以他者進入作品的自我意識的寫法，重寫在後現代因為布魯姆的誤讀，變得很重要，是很有創新的方式。作為中國文學系教授，能承先啟後，發揮事業，今人敬佩。

　　　　（拙稿是在黎活仁教授指導下寫成，謹在此致以萬分謝意。）

---

[66] 哈洛德・柯依瑟爾(Harald Koisser, 1962-　)、歐依根・舒拉克(Eugen Maria Schulak)，《愛、欲望、出軌的哲學》（*Wenn Eros uns den Kopf verdreht: Philosophisches zum Seitensprung*），張存華譯（台北：商周出版，2007）146。

參考文獻目錄

AI

艾潔.〈哈羅德‧布魯姆文學批評理論研究〉，博士論文，山東大學，2011。

DE

德里達（Derrida, Jacques）.〈"……危險的增補……"〉（"……Dangerous
　　Supplement……"），趙興國譯，《文學行動》（Arts of Literature），
　　趙興國等譯。北京：中國社會科學出版社，1998，42-71。

DI

翟乃海.〈哈羅德‧布魯姆詩學研究〉，博士論文，山東師范大學，2012。

DU

渡也.《不准破裂》。彰化：彰化縣立文化中心，1994。
——.《我策馬奔進歷史》。嘉義：嘉義市立文化中心，1995。
——.《空城計──渡也情詩集》。台北：漢藝色研，1998。
——.《太陽吊單槓》。彰化：彰化縣立文化局，2011。
——.《手套與愛：渡也情色詩》。臺北：漢藝色研，2001。

HENG

亨德里克，克萊德（Hendrick, Clyde）等.《浪漫之愛的風格》（"Styles of
　　Romantic Love"），《愛情心理學》，羅伯特‧J‧斯騰伯格（R. J.
　　Sternbery）等編著（*The New Psychology of Love*），李朝旭譯。北京：
　　世界圖書出版公司，2010，157-80。

LI

林淑芬.〈傅柯論權力與主體〉，《人文及社會科學集刊》16.1（2004）：
　　117-15。

LIAO

廖藤葉.〈元散曲中的屈原主題〉，《國立臺中技術學院通識教育學報》5
　　（2011）：3+5-19。

NI

倪炎元.〈進入傅柯系譜學分析的兩種策略〉，《新聞學研究》87（2006）：
　　183-88。

吳煨蓮.〈傅柯的權力學：其權力理論〉，《鵝湖月刊》192（1991）：42-51。

LIAN

連清吉.〈吉川幸次郎的陶淵明研究〉，《淡江中文學報》26（2012）：1-24。

LI

李琨.〈先秦兩漢詩歌的狂歡化色彩〉，博士論文，東北師范大學，2006。
李青華.〈蘇軾、賀鑄與納蘭性德悼亡詞研究〉，碩士論文，延邊大學，2011。
李世維.〈渡也新詩研究〉，碩士論文，國立彰化師範大學，2006。

LIU

劉包發.〈文化視域：中西悼亡詩的「愛」與「死」〉，碩士論文，中南大
　　學，2009。
劉歆撰、葛洪集.《西京雜記校注》，向新陽，劉克任校注。上海：上海古
　　籍出版社，1991，

LONG

龍榆生.《唐宋名家詞選》。上海：古典文學出版社，1956。

SI

斯騰伯格（Sternbery, R. J.）.《愛情的二種理論》（*A Duplex Theory of Love*）
　　《愛情心理學》《愛情心理學》（*The New Psychology of Love*），羅

伯特・J・斯騰伯格（R. J. Sternbery）等編著，李朝旭譯。北京：世界
　　圖書出版公司，2010。196-98。

WU

武志龍.〈中國古代悼亡詩中意象體系及愛情婚姻思考〉，碩士論文，蘭州
　　大學，2011。

YU

于麗.〈悼亡詩研究〉，碩士論文，上海師范大學，2012。

On the Features of Biography in Duye's Poems

Liyan SHI

Abstract

As a professor of Chinese literature department Du Ye inherited a lot of classic writing skills from an autobiography about Chinese whose author is KAWAI Kōzō such as writing funeral oration by himself when he was alive and highlighting himself as others in poems. On the other hand he adopted the advertisement way-self-betrayal in the autobiography of Lu Sao—to describe his association with several women in his gorgeous erotic stylistic which became his writing characteristic.

Keywords: Du Ye Autobiography Erotic Funeral oration M. M. Bakhtin

《閱讀渡也》 197-226。

語詞還鄉與詩意棲居

——論渡也存在主義傾向的文化鄉愁

■張放

作者簡介

張放（Fang ZHANG）常用筆名張歎鳳，1957生江源地汶川縣人，祖籍達縣。外祖一支系綿竹南宋名相張浚（紫岩）、張栻（南軒）父子後裔，代有配饗。四川大學中文現當代文學教研室教授，博士學位，博導，中國作家協會會員，《華文文學評論》《嶽飛文藝研究》常務主編。著有《中國新散文源流》《文苑星辰文苑風》《歎鳳樓枕書錄》《話說孔子》《課堂下的講述》《中國鄉愁文學研究》《海洋文學簡史》等，刊於《文學評論》等多端學術論文不具。

論文提要

臺灣高產詩人渡也通過半生執著的追求與選擇，實現了詩質語詞的「還鄉」，映射與棲居於中華文化的核心意義領域與精神層面。這並不代表他是一位復古與傳統派的詩人，恰好相反，他頗具現代性的言說，充分體現了生存意義的追問與自由選擇，存在主義哲學影響與文化鄉愁交映、互文，使其語詞結撰彰顯抗拒異化、孤裂化、邊緣化的指歸，悲劇精神於其宏大書寫與語詞狂歡、藝術張力中表現突出。

關鍵詞：渡也、詩歌、語詞、存在主義、文化鄉愁

一、前引

　　記不得是在讀大學還是留校任助教期間，我在成都街頭徜徉購得一冊
《台港文學選刊》，無意間讀到一個文學作品，似乎小說（Fiction）或似
散文（Prose），更像是詩歌（Poetry）——詩的質地（en-soi commun），
題目〈永遠的蝴蝶〉，通篇不過八百字吧，那像釘子一樣將我釘在街邊，
許久動彈不得。簡介中叫陳啟佑的青年作家，是臺灣人，他這個作品，簡
單得幾乎沒有情節，他唯一的情節就是一名叫櫻子的女朋友過街去幫「我」
投信給台南的母親，郵筒興許並不遙遠，就在眼簾中，然而「隨著一陣拔
尖的煞車聲。櫻子的一生輕輕地飛了起來，緩緩地，飄落在濕冷的街面，
好像一隻夜晚的蝴蝶。」作品的結尾是披露信上的內容：「媽：我打算在
下個月和櫻子結婚。[1]」而信中內容飄逝的櫻子興許並不知道。那天我的遊
興因此而蒙上感傷的詩的陰影。雖然我並不認識臺灣的「櫻子」也不認識
創作者陳啟佑，但文學的通感與強大的移情作用，讓我無法回避，有如太
史公（司馬遷，前145或前135-前86）昔所謂：「餘祇回留之不能去云[2]」。

　　　　由於孤獨、害怕，以及命定自由，我們成了無可名狀的憂慮、
　　　恐懼、痛苦和負罪感的犧牲品。……我們的暴力無所不在：不僅在
　　　大街上，家庭裡和日常生活中，而且在我們的心裡、頭腦裡和靈魂
　　　裡[3]。

也許作品是要反映這樣的主題。在這個充溢著存在主義氣息的詩體「小小
說」中，陳啟佑寫道：

　　　　她只是過馬路幫我寄信。這樣簡單的動作，卻要教我終生難忘
　　　了。我緩緩睜開眼，茫然站在騎樓下，眼裡藏著滾燙的淚水。世上

---

[1]　渡也，〈永遠的蝴蝶〉，《永遠的蝴蝶》（台北：聯合報社，1980）3-4。

[2]　司馬遷（前145]或前135-前86），《史記‧孔子世家》（北京：中華書局，1984）
　　1947。

[3]　[美]大衛斯戴維斯‧麥克羅伊（Davis Dunbar McElroy, 1917-2001），《存在主義
　　與文學》（*Existentialism and Modern Literature: An Essay in ExistentialCcriticism*），
　　沈華進譯（瀋陽：春風文藝出版社，1988）19。

> 所有的車子都停了下來，人潮湧向馬路中央。沒有人知道那躺在街
> 面的，就是我的蝴蝶。這時她離我五公尺，竟是那麼遙遠。更大的
> 雨點濺在我的眼鏡中，濺到我的生命裡來[4]。

可以這樣說，作者後來的創作許多時候都在書寫這種「更大的雨點」以及
「濺在」「眼鏡中」、「生命裡」的某種永恆（心靈記憶）。從存在主義的
危機意識到選擇語詞的還鄉、詩意（靈魂）的突圍與棲居，我認為是渡也
（即陳啟佑）文學創作所呈現給我們的一條「總路線」，即詩意的指歸（魯
迅，周樟壽，1881-1936）說過：「指歸在動作」[5]，即一個人有意識的行為
實踐）。

　　海德格爾（Martin Heidegger, 1889-1976）評述詩歌：

> 特拉克爾的詩詠唱著靈魂之歌，這個靈魂——「大地上的異鄉
> 者」——才漫遊在大地上，漫遊在大地上，作為還鄉種類的更寂靜
> 家園的大地上。[6]

移置渡也，我認為頗相吻合。生命如此脆弱，時間如此倉促，瞬間即定格
永恆（失去了的美好），人在危機四伏與心靈的涸澈中，必須要作出選擇，
實現「歸鄉」的本質意義。這是歐洲二十世紀存在主義哲學告訴我們的常
理。陳啟佑用渡也的筆名，用詩的船篙，著力將靈魂渡到彼岸。這個彼岸
當然不是簡單的中國大陸領域概念，更不是所謂西太平洋的新大陸，這個
彼岸即精神文化家園，即文學語詞創造、追求的終極歸宿與詩意「棲居之
所」。毫無疑問，渡也的作品展示了他對人生現實的憂慮以及自我救贖的
努力，渡也詩歌的個性以及語詞的張力，從他踏上創作道路即形成愈發清
晰堅固的連貫與構架，「風格即人」，也即人所作出的生命選擇。

　　感謝香港大學的黎活仁教授，他架接與修復了時間的橋樑，讓我在三
十年後，回想起成都街頭那場悲傷，那一次審美的記憶與情懷。教授不辭
辛勞所寄來的大量 PDF，幾乎包括了渡也先生的前半生以及創作的精華，

---

[4]　渡也，〈永遠的蝴蝶〉　4。
[5]　魯迅（周樟壽，1881-1936），〈摩羅詩力說〉，《魯迅全集》，卷1（北京，人民
　　文學出版社，1982）66。
[6]　海德格爾（Martin Heidegger, 1889-1976），《在通向語言的途中》（*On the Way to
　　Language*），孫周興譯（北京：商務印書館，2004）83。

給我一次饕餮的精神盛宴。中國大陸和寶島臺灣雖然政治體制不一，生活習俗不盡相同，但漢語詩歌這棵繁茂根鬚植自古今、穿越時空的長青樹，集合了我們共同的風雲氣候與家園意義、文化鄉愁，標示著默契無間的交流、應合（Ent-sprechen）、通感。「在作品中發揮作用的是真理，而不只是一種真實。……這種被嵌入作品之中的閃耀（Scheinen）就是美。美是作為無蔽的真理的一種現身方式。[7]」事隔三十年，〈永遠的蝴蝶〉仍然那麼鮮活、憂傷。沒有人去詰問，作家陳啟佑即渡也，生平有沒有那麼瞬間即為永恆地失去過一個戀人，甚至沒有人更多地去考究這件作品是小說還是散文抑或其他體裁，真實與體例都不是文學詩質的核心，詩質核心始終是真理的「顯現」（如黑格爾[Georg Wilhelm Friedrich Hegel, 1770-1831]名言：「美是理念的感性顯現」[8]）與一種「顯現方式」。我們可以通過審美航向渡也詩歌的核心領域，領會世間災難都並非出於偶然。這就足夠了。海德格爾強調：「語詞破碎處，無物可存在。」[9]德里達（Jacques Derrida, 1930-2004）也有類似的說法：「文本之外一無所有。[10]」這都尖銳地、深刻地肯定與指出了作品自身的品質體量，即唯一性、重要性、合法與豐富性。這絕非單單是「新批評」派或「結構主義」語言學派的觀點。許多經典之外的資訊我們知之甚少，而這並不妨礙對文本的深入研究與細剖。

　　好，現在我們可以沒有障礙、沒有疏隔感地來談論與應合渡也詩質中的「真理」及其「閃耀」（映射），進一步認識「美」作為「真理」的一種「現身方式」了。

---

[7]　海德格爾，《林中路》（*Off the Beaten Track*），孫周興譯（上海：上海世紀出版社集團，2008 年，第 37 頁。

[8]　北京大學哲學系美學教研室編，《西方美學家論美和美感》（北京：商務印書館，1980）190。

[9]　海德格爾，《在通向語言的途中》 219。

[10]　德里達（Jacques Derrida, 1930-2004），〈"……危險的增補……"〉（"……Dangerous Supplement……"），趙興國譯，《文學行動》（*Arts of Literature*），趙興國等譯（北京：中國社會科學出版社，1998）65。

二、作為話語建構的鄉愁

　　鄉愁是中國古代詩歌的一種話語方式，一種特別的建構與語詞中心，因為像在海洋國家所處的西方如英文詞彙中，頗難找到同義詞匯，homesick（想家）與 nostalgia（懷舊）都並不等同與漢語「鄉愁」的神韻與譜系。聯繫漢語鄉愁近同義的如春愁、秋愁、旅愁、邊愁、羈愁、客愁、牢愁、哀愁等，互文相應，源遠流長。我曾經寫了一部專著予以探討，並考證出鄉愁的最早的詞型與詞格，是出自唐代詩人杜甫（712-770）手筆，他的詩作〈和裴迪登蜀州東亭送客逢早梅相憶見寄〉一首：「幸不折來傷歲暮，若為看去亂鄉愁。[11]」

　　而在五四運動以降，最早使用的則是冰心（謝婉瑩，1900-99）女士[12]。這種鄉愁話語方式以後在佔有重要地位的民族救亡圖存運動中漸趨於淡化（讓位於宏大題材），1949 年後則戛然而止（克服小資產階級思想情緒，宣導「革命大家庭」、「四海為家」、「我為祖國守邊疆」、「哪裡有石油哪裡就是我的家」等）。而這時期在臺灣，則湧現一大批由大陸遷徙島上、成長起來的文人詩家，以書寫鄉愁見長、出名，最典型的如被喚作「鄉愁詩人」的余光中，而同題創作的鄉愁詩歌作品，俯拾即是，如楊喚（楊森，1930-54）〈鄉愁〉、朵思（周翠卿，1939-）〈鄉愁〉、蓉子（王蓉芷，1928- ）〈鄉愁〉、席慕蓉（1943- ）〈鄉愁〉等。現代派詩人洛夫（莫運端，1928- ）、鄭愁予（鄭文韜，1933- ）、瘂弦（王慶麟，1932- ）、楊牧（王靖獻，1940- ）、羅門（韓仁存，1928- ）、周夢蝶（周起述，1920-2014）等「陸仔」、「陸客」，情牽與維繫文化祖國家園，抒發鄉愁不絕如縷，各有佳釀。老前輩「陸客」于右任（于伯循，1879-1964）、胡適（胡洪騂，1891-1962）、林語堂（林玉堂，1895-1976）、梁實秋、台靜農（澹臺傳嚴，

---

[11] 見拙作〈論杜甫是鄉愁文學的鼻祖〉，《四川大學學報》（社科版）6（2010）：76-81。另拙著（張嘆鳳）《中國鄉愁文學研究》（成都：四川出版集團巴蜀書社，2011）154-65。《全唐詩》，卷 226，冊 7，2437，網站：寒泉、全唐詩全文檢索資料庫 http://210.69.170.100/S25/，檢索日期：2015.6.1。

[12] 拙作，〈論冰心文學的古典氣質與「鄉愁」書寫〉，《冰心論集 2012》王炳根主編（上海：上海交通大學出版社，2013）565-73。拙著《中國鄉愁文學研究》224-33。

1902-90）、蘇雪林（蘇小梅，1897-1999）、謝冰瑩（1906-2000）等懷鄉
感發，數不勝數。一言以蔽之，鄉愁是臺灣現代（包括現代派）文學中一
項重要的話語方式，一種道說（Sagen）的途徑與接力（傳統）現象。這也
是我們研究鄉愁文學不可忽略且可以說一方重鎮關心所在。

但是面對渡也，我們有些訝異。這位 1953 年早春出生的詩人，臺灣
嘉義市人，可稱典型的「灣仔」，雖然或許追溯他的祖先，依舊可以清理
出中國大陸根的脈絡（只要他的譜系不是臺灣原住民如高山族等），但那
畢竟是祖先記憶（現在有些人已在儘量淡化或加以遺忘）。是不是正因為
這種血緣關係，令渡也詩歌多有鄉愁表現。我們通過考察，注意到一個事
實，即他對臺灣「嘉南平原」生長地的鄉愁，固然有之，卻更多的是一種
彌漫性之精神[13]），更顯然是一種形而上的、可說是文化的鄉愁、語詞的
鄉愁。關於鄉愁的意蘊，詩人顯然有用心的、明確的意識——

　　　這本詩集所處理的均為中外文學的重要主題、原型，即鄉愁與
愛情。民事、返鄉所呈現者或隸屬時間的鄉愁，或隸屬空間的鄉愁。
不管寫何種主題，我希望作深入淺出的表達，而讀者能輕易掌握詩
旨。（渡也，《流浪玫瑰‧序》[14]）
　　　七十七年初離開嘉南平原，遷居台中，轉眼已過七年了，執筆
寫此序時，思念故鄉，鬱鬱累累，近讀詩人賈果伯先生早期之七律：
「台中林整可棲遲，我似鷦鷯寄一枝。……頻年多病獨傷時。」寄
居台中的我感慨良深，突然燃起再度返鄉從事教育、推動文化工作
之念啊!現在是正月初，春天快來了，策馬的我不禁又想起王翰的鄉
愁：「楊柳青青杏發花，年光誤客轉思家」。（渡也，〈年光誤客轉思
家〉，《我策馬奔進歷史》[15]）

此類表達多見詩集。我瞭解到臺灣詩壇多位前輩行文（包括我與之的面
談），不約而同地表達更喜歡渡也的鄉愁詩作。這如同渡也自述：「隱地先
生於去年十一月十八日給我的信，對《流浪玫瑰》提出意見，他表達「我

[13] 海德格爾，《在通向語言的途中》　83。
[14] 渡也，《流浪玫瑰‧序》（台北；爾雅出版社有限公司，1999）5。
[15] 渡也，〈年光誤客轉思家〉，《我策馬奔進歷史》（嘉義：嘉義市立文化中心，1995）
7。

最喜歡第三輯：『返鄉』令我感到欣慰。」[16]「返鄉」，顯然是渡也詩歌題材中作為「應合」（Ent-sprechen）力量的一個比較突出的文學表現領域，即其設身處地，描寫遷來島上的「陸居者」同胞（多是他前輩）還鄉的情懷與人生悲劇。這類詩他把握得很好，很有分寸，甚至不遜色於有親身體驗的前輩鄉愁詩人。如「返鄉輯」中〈地圖——為周老師而作〉、〈茅臺〉、〈蘇州〉、〈歸根〉、〈錄影帶〉、〈先進〉等，以及散佈於他其餘詩集中的同類題材作品，這裡錄〈茅臺〉一首觀之：

> 茅臺偷渡來台／看起來並不像／共產黨／／
>
> 茅臺偷偷到榮民家裡／久別重逢／來！浮一大白／／
>
> 打開瓶蓋／祖國的香味，撲過來／一把將他抓住／要他回去／／
>
> 仰首，合目，一飲而盡／貴州的山山水水／全在肚子裡矗立，蜿蜒／叫他回去／／
>
> 如何回去？／／
>
> 人醉，貴州也醉了／深夜醒來，吐——／穢物滿地都是／都是四十年來的／愁苦（渡也，〈茅台〉，《流浪玫瑰》[17]）

余光中（如〈鄉愁〉、〈老戰士〉等篇）、洛夫（如〈家書〉、〈邊界望鄉〉等篇）等名家的鄉愁代表作無疑給當時尚是青年作家的渡也以很大的啟發，看得出來他語詞中的借鑒。但他「視同己出」的那種簡潔有力、取精用宏的駕馭能力，顯然已經力透紙背。「榮民」的痛苦被他詳熟瞭解與洞徹。包括他的老師北京籍人「周老師」、受到還鄉限制的公務員、尋親未獲者等等，皆「民胞物與」、感同身受，發為心聲，作為代言。〈歸根〉一首寫老兵還鄉經歷的物是人非、不勝今昔之感，著實令人心驚扼腕。最奇特莫過「返鄉輯」中〈許多愁〉一首，作者禁不住躍入詩中，如其詩集《我策馬奔進歷史》，顯然忘記與突破了時間的界限，以我之介入，更深度具象地表達一種綿綿不盡的故國情懷：

> 一波波人潮／湧回故鄉／只有我仍在臺灣／流不走／載不動／許多愁／／

16　渡也，《流浪玫瑰・序》　4。

17　渡也，〈茅台〉，《流浪玫瑰》　109-11。

　　他們都有親人在大陸／其實，我也有親人／全大陸同胞都是／／
　　我到書店購買返鄉探親手冊／大陸探親旅遊手冊／準備回去／
啊，我要回去／有關單位攔住去路／／
　　整理好行李／整理好心情，攤開／手冊上的地圖／找到長安／
撫摸著久別的長安／這樣／就算回去了嗎？／／
　　滂沱的淚水淋濕了／手冊中的地圖／祖國山河也在哭泣／山
洪暴發，河流氾濫／一片汪洋中／再也找不到長安／我怎麼回去
（渡也，〈空中飛人〉，《流浪玫瑰》[18]）？

起初的立意可能亦是代人（受政令限制者）立言，實際在書寫過程中，作
者的「長安」古意彌漫開來，將之納入物我兩忘、主客一體，所謂「你中
有我，我中有你」。這種語詞的通感與複合，以及現代性文學的介入肌質、
在場意義，恰如海德格爾評述當時詩歌「你心系何方—你不知道」一行時
所指：「這一詩句猶如演奏的低音一般迴響在所有的歌中……這位詩人在
詞語上取得的經驗進入暗冥之中，並且始終還把自身掩蔽起來了。我們必
得任其如此；但由於我們如此這般來思考這種詩意經驗，我們也就已經讓
這種經驗處於詩與思的近鄰關係中了。[19]」渡也與他詩中前輩處於「近鄰
關係」，甚至「忘我」狀態與隨時疊現中，這亦如《文心雕龍・附會篇》
所云：「道味相符，懸緒自接。如樂之和，心聲克協。[20]」登山觀海，不免
都情意相通，「思接千載」。這都為我們研究渡也的鄉愁主題指出了一條直
徑，即他所寫的鄉愁，有小鄉愁，有大鄉愁，更多是他自己精神的鄉愁
——一種文化的鄉愁，亦即語詞的尋覓與盼歸。他無時不在使這一「返鄉」
行動，步伐嘹亮（如特拉克爾[Georg Trakl, 1887-1914]：「異鄉人的步伐在
鳴響」[21]），儘快地安居下來，以直達一個「詩意的棲居」，以歸宿、棲居
來抵抗漂浮、虛無與喧囂。
　　與前輩鄉愁詩人不同，渡也並沒有在中國大陸地區生長的經歷，因此
也並沒有那些少年時代所謂陸居者銘記在心的山川阡陌記憶與內地鄉土

---

[18]　渡也，〈空中飛人〉，《流浪玫瑰》　115-17。
[19]　海德格爾，《在通向語言的途中》　175。
[20]　劉勰（約 465-520），《〈文心雕龍〉注釋》，周振甫注（北京：人民文學出版社，
　　　1982）463。
[21]　海德格爾，《在通向語言的途中》　82。

風物資訊。有的只是間接如書上得來。但他描寫陸居者的鄉愁，一樣精警動人、活靈活現。縱觀其詩篇，「陸居者」的分量與題義，可謂「茲事體大」、具象突出，這是他作品的一根紅線，這個為他夢繞魂牽的「棲居之所」，也即中國古詩所謂詩質、「詩眼」、「詩魂」，毫無疑問，即中國文學──漢語文學的道義精神與語詞魅力，如其自謂「一把將他抓住／要他回去」。又如其詩自云──

> 二十二歲起／座大山奔進他眼裏／／
>
> 二十九歲時／他眼裏那座大山又長高了／一萬公尺／／
>
> 他看到那山上站著一個人／捧著漫長的中國文學史／那人以長髮擊打／千絲萬縷的風（渡也〈那人〉，《我策馬奔進歷史》[22]）

緊鄰此詩的〈母親的懷抱〉以及〈我策馬奔進歷史〉等，無不異曲同工。在行文中他則更加明確表達：以書中的一首詩的題目為書名，其實並未用該詩意旨，而是別有含意。二十多年來，我騎著文學的駿馬奔馳，「奔進歷史」則是多年夢寐以求的，能上文學史，佔有一席之地，乃是我最大的願望也。「《我策馬奔進歷史》是自勵，而非自傲。[23]」

　　你當然可以將其理解為「青史留名」的「意志」（Will），但我們注意到他這個「歷史」的指向與隱喻之詞是「中國」，而非單單的臺灣史或廓大無當的西方文明世界史。我們有十分充足的材料來說明詩人半生所系的這個「中國結」（與政治體制似無關），是其詩歌中最為耀眼的一個心結。亦是他詩歌象喻的根本所系、所在。他的〈鄉愁〉同題短詩一首相當值得我們注意：

> 與病相續／醒來／不見鞋／只見／／
>
> 啊／琴／黯黯／斷弦／黯黯地／說／鞋 已 還 鄉／（渡也，〈鄉愁〉，《我策馬奔進歷史》[24]）

這首雖然與前舉的鄉愁同題詩看似別無二致，但解讀與前輩陸居者切身回憶大不相同，他更側重於精神象徵的鄉愁。寫詩當時渡也年輕，無疑受到

---

[22] 渡也，〈那人〉，《我策馬奔進歷史》（嘉義：嘉義市立文化中心，1995）175。

[23] 渡也，〈年光誤客轉思家〉　5。

[24] 渡也，〈鄉愁〉，《我策馬奔進歷史》　19。

詩壇前輩的影響，例如「創世紀」精神領袖紀弦紀弦（路逾，1913-2013）的作品〈脫襪吟〉：

> 何其臭的襪子，／其臭的腳，／這是流浪人的襪子，／流浪人的腳。／／
> 沒有家，／也沒有親人。／家呀，親人呀，／何其生疏的東西呀。[25]

這種簡單明白的歌謠體所反映出來的現代隱寓，是渡也詩歌學習追求的一種風格。但他那首頗為肖似法國象徵派詩風詩句的〈鄉愁〉，所傳遞的更傾向形而上的意味，摒棄了自傳體的熟路，抽去了「回憶」這根橋樑，從語詞邏輯方面採取一種斷裂化處理，陌生化、符號學式的書寫，從而表達語詞本質的還鄉意義。「鞋」，先於身體，先於經驗，甚至先於時間，在還鄉的途中。「鞋」彷彿靈魂的載體與化身。海德格爾說：「惟有在他的語詞之到達中，未來才現身在場。[26]」「鞋」已先抵達未來，這正是語詞作為思想載體的神奇工用。

　　曾經明顯受到存在主義思想影響的青年渡也，在對黑暗命運與虛無的恐懼中，尋找到一條棲身永恆的蹊徑，從而實現其人生的選擇與救贖，這即語詞的返鄉與抵達。「精神驅趕靈魂上路，使靈魂先行漫遊，精神置身於異鄉者之中。[27]」這彷彿是前引渡也〈鄉愁〉一詩的注解，也是其大量鄉愁題材詩歌創作的象喻與宗旨。渡也詩歌總體構建了一個清晰的鄉愁話語系統，值得細細梳理與專文研究。

三、語詞還鄉的現代性

　　渡也的詩風總體清新明白、言簡意賅，重視歷史的積澱與文藝的感染力，似與晦澀艱深無關。他自己也於多處行文中表示對語詞表達含義的理解，例如：

---

[25]　流沙河（余勛坦，1931-）編，《臺灣詩人十二家》（重慶：重慶出版社，1983）1。
[26]　海德格爾，《林中路》　290。
[27]　海德格爾，《在通向語言的途中》　59。

這幾年詩壇流行的某些怪誕、晦澀的詩，我相當反感。去年底，洛夫返台，於台中開書法展，在報紙的報導中他也表示時下有些詩頗費解，而十二月下旬《聯合副刊》亦有讀者、主編探討此一問題。讓我們一起來關心這多年的沉疴！

我的詩該沒有「看不懂」的問題吧。

我並不反對別人嘗試新奇的路線，然而，無論開拓什麼前所未有的途徑，明晰易懂應是值得注意的原則，〈古詩十九首〉歷久不衰，兩千年後的今日仍令人回味無窮，恐怕與此原則有關[28]。

再如：

> 寫詩二十五年了，我始終戮力不懈，因而產量甚豐，迄今已發表詩作達千餘首。我的詩路之旅，並非平安無事，一帆風順，也有不少難關、掙紮和變化，早年曾沈湎於唯美的、個人的、玩弄技巧的小天地裡，後來幡然改圖，於十幾年前，努力要求自己，
> 一、語言平易近人
> 二、題材生活化、大眾化
> 三、不耍技巧
> 希望我的詩既具有詩質、詩味，又有很多人看得懂。這種「詩觀」，這種「美學」，有些人反對，但我只管寫我的，相信必有讀者支持我。[29]

清新明白並不等同通俗淺泛，總觀渡也詩作，我感覺他的「明白」之中，指意豐富，深伏現代性與語詞的柔韌張力，其能指與所指，常相轉義、互文、消長、迂回（détour）[30]、戲仿，他的詩作因其「還鄉」意識與歷史切入重心所在，這台詩歌的發動機，生命力經久，佔據了一個現代性的制高點，頗能代表臺灣現代詩風之一面，這是不能輕視與旁繞的。

---

[28] 渡也，《流浪玫瑰‧序》　5。
[29] 渡也，《不准破裂‧自序》（彰化：彰化縣立文化中心，1994）。
[30] 「迂回」系法國人弗朗索瓦‧于連指出中國文化話語系統的一種「意義的運作」，指關聯思維與複指、暗示藝術，參見吳興明《比較研究‧詩意論與詩言意義論》（北京：北京大學出版社，2013）28。

　　要闡述這個道理，我們得先行對現代性有一個比較完整的把握，以遮罩那些以晦澀難懂、空洞繁雜乃至故作高深、淺意曲解為美為唯一現代性的時俗觀念。于爾根·哈貝馬斯（Jürgen Habermas, 1929- ）《現代性的哲學話語》（*The Philosophical Discourse of Modernity*）一書深具參考的譜系價值，他指出現代性誕生於世界三大事件後，「即新大陸的發現、文藝復興和宗教改革，則構成了現代與中世紀之間的時代分水嶺。[31]」而對現代哲學的深刻闡述，首數黑格爾等人：

　　　　我們不難看到，我們這個時代是一個新時期的降生和過渡時代。人的精神已經跟他舊日的生活與觀念世界決裂，正使舊日的一切葬入於過去而著手進行他的自我改造。（黑格爾）[32]

無庸贅引，概括起來，應該說現代性即包括了以一種世界性的眼光、主體性的精神、自由書寫的風範，重估文藝與反思歷史，從而實現偶然與永恆的對接，價值的個人化選擇，達到時間意義上的、詩意言說上的審美新建。

　　渡也在題材豐富的一千多首詩歌創作中，體現出鮮明的主體性，其語詞的「還鄉」——即對中國文學瞬間與永恆價值的估量、披揀與自我認同、審思，在世界語境中，無疑有著充分的解構、建構，接合時空意義。他《流浪玫瑰》的第一輯「民藝」，即對民間歷史文物的書寫，一組「詠物詩」，從中反映出現代人的批判情懷，無異表達出這樣的審美傾向，且來錄看兩首短詩，以見一斑：

　　　　繡花鳥圖案／鞋上就有鳥叫的聲音／圖案的歡呼／啊，都飛不走／／
　　　　誰說一步一朵蓮花／不！一步一朵／問號／一步一朵／淚花／／
　　　　從清朝辛苦走到民國／初年，就結束了／誰說一生數十年／／
　　不！一生只有／三寸／／

---

[31] 于爾根·哈貝馬斯（Jürgen Habermas, 1929- ），《現代性的哲學話語》（*The Philosophical Discourse of Modernity*），曹衛東等譯（南京：譯林出版社，2004）6。

[32] 黑格爾（Georg Wilhelm Friedrich Hegel, 1770-1831），《精神現象學》（*The Phenomenology of Mind*），賀麟，王玖興譯，上卷，2 版（北京：商務印書館，1979）6-7。

> 不只是腳／連一生都在鞋中／而腳、鞋以及一生／啊，都在男人掌中／／（渡也，〈三寸金蓮〉，《流浪玫瑰》[33]）

你可以說詩歌明白如話，比較淺近易懂，但你不得不品味著濃郁的現代意義，即批判的精神。再如一首：

> 稻米進口／朱紅飯桶從清朝活到現代／從未聽過／孤獨站在現代客廳／聽電視新聞報導／朱紅生漆顏面如昔／飯香早已隨清朝遠去／只留下一桶的／無可奈何／／
>
> 一九九四年開始／臺灣必須吃外國米活下去／空空的稻田只能愣著／不知想什麼才好／如同舊飯桶一樣／／
>
> 而老飯桶架也只能／茫然站在現代客廳／無路可走／如同稻農一樣（渡也，〈飯桶〉，《流浪玫瑰》[34]）

這種沉雄有力的批判，以及時間穿越的魅力，語詞結構求新求變的擲地有聲，是渡也詩歌長年不被淡忘的關鍵與品質所在。看得出來，他在這方面深受「二弦」即「創世紀」詩人的影響，如瘂弦的名作〈紅玉米〉等，無疑給了他上引詩明顯的影響。

再有他大量中國歷史題材的詩歌，詠物寫人，包括敘事長詩領域（這也是他的一個創作重點），總體呈現出精神鑒別而語詞返鄉的宏大意義。這個「鄉」，古代文言正通假「向」義（如司馬遷：「雖不能至，然心鄉往之」[35]），可以互文，指出其人心向背與世間懷抱，毫無疑問，其「還鄉」意義即中國文化的更新魅力，這也是他的詩旨用心，即對存在意義的探索。關於這一層面我們下節再論。

四、抵制破裂與邊緣化

臺灣的現代詩不同於中國其他地區的詩歌格局風貌，我認為另一層即在於其中心意義的佔據與宏大書寫。彙集臺灣的大陸籍詩人以及臺灣本土

---

[33] 渡也，〈三寸金蓮〉，《流浪玫瑰》　5-6。
[34] 渡也，〈飯桶〉，《流浪玫瑰》　10-11。
[35] 司馬遷，《史記・孔子世家》　1947。

成長起來的文學作者，都毫無例外地有一種家國意識情懷，「以天下為己任」的責任擔當。他們從來沒有將自己置於地方化（方言區域）或偏安一隅的自足意識狀態。例如即便風格全然不同甚至不免彼此「相輕」的李敖（1935- ）與余光中，他二人都以宏大書寫逞名。前者自認為中國白話寫作五百年最好，書寫春秋，嬉笑怒罵，臧否風流人物。而後者以中華家園為感情維繫，長江、黃河、泰山、黃山，信手拈來，一往情深，華夏意表俱現詩中。老一代如胡適、林語堂、梁實秋等一批前輩，本來即新文化締造者發揚者，瀏亮風範，登高一呼堪為師表。成長於臺灣的著名詩人，還如洛夫、瘂弦、鄭愁予、楊牧、蔣勳、葉維廉（1937-）等人，莫不江山文化，堪為中華子孫代言。再至林清玄（1953- ）、林文月（1933- ）、簡媜（簡敏媜，1961- ）、渡也（他另一個筆名就叫「江山之助」，頗令人回味）、張曉風（1941- ）等人這一代，已系臺灣世系，卻莫不書寫「中國心」，以華夏文明為根本、為殊榮與語境。這都可以充分說明，臺灣這個寶島，自 1949 年以後，即行成為中國現代文學的另一個中心、重鎮，或叫中心意義的呈現與應合。這一文化特徵兼及各行各業，乃至新派歷史、武俠小說（如高陽〔許晏駢，1922-92〕、古龍〔熊耀華，1938-85〕等人），他們的視域與表現無不以大中華為在場、舞臺、疆場。

　　臺灣文學這種中心建構意義的當下性，決定了他們的文學大氣磅礴以及「國語」的語詞屬性。而在中國大陸，一些省區作者，則較為樂意與甘心寂寞以區域方言創作，潛心書寫一地一隅之民風民俗有如「花兒」「竹枝辭」，並不在於領導潮流，至少沒有明顯家國憂患這種高度精神節律與壓力，並無意去成為中心文化層面的代言人、佔據者。典型例子如我所在的巴蜀，方言作者可以列數多位，最有名的如李劼人（1891-1962），他的「大河小說」三部曲創作，雖被曾經同窗的郭沫若（郭開貞，1892-1978）評為「小說的近代史[36]」，庶幾可能成為「中國左拉」，然其小說問之外省時人、今人，知者寥寥，閱讀之下，不免詰屈聱牙、「向隅而泣」。再如吳語地區、粵港贛海（南）等方言區等，區域性的作者成就可稱不小，亦有流行，但並無中心意義的語義「霸權」試圖與領域佔據表示（金庸〔

36　郭沫若（郭開貞，1892-1978），〈中國左拉之待望〉，《中國文藝》1.2（1937）
　　265。亦見《郭沫若學刊》4（2011）：2。

查良鏞，1924- ）、梁羽生（陳文統，1924-2009）等「國語」作家恰好相反）。臺灣則不然，作家詩人，皆長於宏大書寫，表現國家中心意志、文化與在場意義。

即便是言情作家瓊瑤（陳喆，1938- ），她的故事，亦多以京、津、滬等大都市乃至於清宮皇族題材（如《還珠格格》）為標榜。我將此現象姑稱「故宮」情結，因為在臺北即有一「故宮」，與北京故宮，堪為一本所出，花開兩朵。「清華大學」等，亦同此義。據說臺北街名，多以大陸城市命名，此中「登高」意味，不言而喻。臺灣的中華文化中心與重鎮繼承建構之意義，實乃有目共睹。「台獨」近年所臆想的試圖「去中國化」的「台語文學」之路，實為方言土語區域乃至走入迷障文學的荒腔野板，姑不論政治性，就文化「肌質」而言，斷難暢通存立，遑論其宏大致廣。

早在十九世紀初黑格爾就指出：「中國『歷史作家』的層出不窮，繼續不斷，實在是任何民族所比不上的。[37]」黑格爾繼而指出中國人的精神是從「實體的『精神』和個人的精神的統一中演繹出來；但是這種原則就是『家庭的精神』……而同時又是『國家的兒女』。[38]」中國疆域遼闊與文化悠久，以及歷史責任態度，曾令黑格爾震驚歡賞，雖然他並不贊成奴化的臣服的皇族文化，而宣導現代性、世界性。

出身於臺灣中國文化大學的渡也博士，似乎先天就打上了這一大文化的烙印，且在他的成長創作中，決意「策馬奔進歷史」。他的中國言說，動靜相宜的歌詠，以及歷史審美判斷，皆可說明他宏大書寫的意謂。他雖然以臺灣嘉義人為榮，但一直有意排拒孤裂化、邊緣化乃至異化（事實上他創作的一個重要的隱喻主題即在此），他的一本詩集就題名《不准破裂》[39]，雖然其所指在於自己身心康全，有自勵之意，而能指意味，極其豐富，大可發人深省。據其詩集中自述，在臺灣他有被人稱為親陸親左，事實上正因為他詩歌的中國化質地體現。

中國大部史上名人文豪，幾乎皆收入渡也詩文，他的題材可稱詩歌的中國史案。可以擔當黑格爾「歷史作家」這樣一個稱謂，雖然只是將歷史

---

[37] 黑格爾，《歷史哲學》（*Philosophy of History*），王造時譯（上海：上海書店出版社，1999）123。
[38] 黑格爾，《歷史哲學》 164-65。
[39] 渡也，《不准破裂》（彰化：彰化縣立中心文化編印，1994）。

作為一種話語空間、一種指喻、象徵甚至一種戲謔、戲仿、反諷，但歷史的潮水，澎湃洶湧於其詩行間，則是不爭的事實。在書寫歷史的同時，他自身躍入其中，表達思想多維空間話語傳奇，從而實現現代性的「過渡」。如其〈渡也與屈原〉一首：

> 一九八〇年夏天／我沿高速公路南下／心裡湧動涉江與懷沙／
> 我看到三閭大夫／佩芝蘭以為飾／在路邊／低頭獨行／／
> 他首如飛蓬如／動亂的楚國／眼中流著哀傷／一看到我，馬上／
> 別過頭去／／
> 一九八〇年八月／我默默南下／謫貶我的不是楚懷王／也不
> 是頃襄王／原來是／我自己／／
> 一九八七年九月／我終於穿著一襲唐裝／手執黑扇，毅然／離
> 開眾人皆醉的嘉義／離開我心中的汨羅江／帶著屈原，再度／北上
> （渡也，〈渡也與屈原〉，《不准破裂》[40]）

一個人區域間轉換工作，本是極為普通甚至微小的事件，由於作者「自我放逐」意義層面的書寫，秉賦了語詞還鄉的宏大意義，使時間穿插與悲劇觀念，與屈原互文，融入字詞符號，直指中國歷史文化的核心事件，這一中心在場聯想與試圖，立即發揮巨大作用，令讀者神清氣爽、茅塞頓開，享受到詩意的神奇與刷新。其餘類似題材如司馬遷、陶淵明（陶潛，約365-427）、李白（701-762）、杜甫、王維（692-761，一說699-759）、李賀（790-816）等，皆闡述古意，取譬今喻。〈單兵〉一首，描寫「我攜帶武器裝備，在中國的草原前進」，遭遇種種，會合古之聖者，「全在山上」。海德格爾指出：「只有當靈魂在漫遊中深入到它自己的本質——它的漫遊本質的最廣大範圍中時，靈魂的憂鬱才熾熱地燃燒。[41]」渡也作品多選入兩岸中學語文課本，不僅在於他言暢意豐的語詞風範，更得力於他表達中心文明揚棄的擔當勇氣與不假粉飾的現代性追求。

在此方面，除了他大量的對古代文學家的「同構」、應和詩篇作品外，述及英雄的史詩層面的作品，包括長篇敘事詩，令其「中國詩人」「歷史

---

[40]　渡也，〈渡也與屈原〉，《不准破裂》　12-14。
[41]　海德格爾，《在通向語言的途中》　59。

作家」的修為與特色，更加突出彰顯，亦表現了悲劇審美情懷的另一方面，即崇拜與還名與失敗甚至毀滅了的英雄。他的敘事長詩集《最後的長城》，瘂弦贊為「抒大我之情」[42]，恰如其份。全集由〈宣統三年〉、〈永不回頭的方聲洞〉、〈最後的長城〉等組成，寫「革命黨」，寫方聲洞，寫林則徐，寫陳天華（〈殉國的梅花〉），無不元氣淋漓，慷慨悲歌，作者「有撰述『近代詩史』之決心」，成就斐然，當時獲《中央日報》「千萬讀者，百萬徵文」首獎。作者書寫了一篇題為〈中國近代史實民族血淚交織〉的獲獎感言，特別「對在艱難困苦的險境下，推倒龐大專制帝國的先烈，對『去邪無疑』的義士，表達正面的頌揚。[43]」另外一些謳歌歷史文化精英與歷史巨變的篇章包括詩劇，如寫蘇軾（1037-1101）的〈我靜靜眺望祖國江山〉，寫王維的〈王維的石油化學工業〉，寫歷史事件的〈天下大水〉、〈秦軍敗了〉等篇，莫不或賦誦中華魂魄精神，或於驚濤駭浪之間，穿插歷史的現代理念，於碎片化式的處理映射中，再行構織歷史的話語中心與場域意境。這些詩正氣凜然、元氣淋漓，應是臺灣現代文學的一項可貴嘗試與重要收穫。

叔本華（Arthur Schopenhauer, 1788-1860）認為悲劇感是「莊嚴與崇高的基本低音」：「悲劇給予我們的快感並不屬於我們對優美的感覺，而應該屬於感受崇高、壯美時的愉悅。悲劇帶來的這種愉悅，的確就是最高一級的崇高感、壯美感，因為，一如我們面對大自然的壯美景色時，會不再全神貫注於意欲的利益，而轉持直觀的態度，同樣，面對悲劇中的苦難時，我們也不再專注於生存意欲。[44]」淨化心靈、摒除貪欲雜念，沉浸於現代文藝的純粹澄明空闊審美境界中，這也是世界文學語境中中國現代文學語詞的特色成績。

渡也以他的文化中心意識與扛鼎歷史題材、書寫新篇的氣魄，以及堅實可觀的語詞能力，拒斥了身份的游離化狀態與孤島化、邊緣化、區域化，作出了以身示範的必然選擇與書寫，在中華臺灣文學場域中佔據一席不讓

---

[42] 瘂弦，〈抒大我之情——瘂弦評語〉，《最後的長城》（台北：黎明文化事業股份有限公司，1988）4。
[43] 渡也，〈中國近代史實民族血淚交織——《宣統三年》得獎感言〉，《最後的長城》19-20。
[44] 叔本華（Arthur Schopenhauer, 1788-1860），《叔本華美學隨筆》，韋啟昌譯（上海：上海人民出版社，2004）52。

之地位，並列群賢無愧讓，這也是他獲得我們論文支持的一個堅實基礎理由與說法。

五、對「活著」荒誕性的揭示

渡也自創作〈永遠的蝴蝶〉以來有關生存主題意義的書寫，雖如前引他所說一個時候曾驅於藝術至上、玩弄技巧的歧途，但總體看來，他並未偏離軌道，始終有追求、有追問執著不移，拷問生存意義，反思人生、暴露人性的弱點甚至卑污，他一路「詩路花雨」，以詩言志（著重生活荒誕性的揭示），從未放棄純文學的深度探索。洋溢在詩中那種一如「凡有生者，皆痛苦」、「活著是如此痛苦地善和真」[45]警示意味與哲學層面（特別關於異化）主題表現，如醍醐灌頂，傾瀉紙間，詩意往往直通文化精神命脈要塞，張顯強烈衝突的現代性——也即我思、我在、我痛、我懷疑。寫出生活意欲的無端、無奈，揭示荒誕與虛無，從而更加映襯還鄉的、救贖的指歸。本節側重渡也情詩作品分析，探析他關於生存意義的另一空間敘事書寫。

渡也有些情詩寫得相當露骨（兩性關係），有「情色詩」的冠名，如詩集《手套與愛——渡也情色詩》，有些近乎「惡搞」（更多戲謔與戲仿），著力展示現代與後現代的荒誕意味，例如「活著」與「情觴」的關係，玩世與動真的糾葛，總之是自由選擇所必然付出的痛苦代價。渡也沒有詳述戀愛失敗的原因，寫出來無非是種種存在的理由以及庸常瑣屑，他抽去過程，直奔題義，側重表現兩情相悅與靈肉分離、時間疏隔的情思、追憶以及歷久彌漸的懺悔、痛楚甚至罪疚感，凸顯愛的不朽價值，活著所必然的「痛苦地善與真」——

> 分手後這十幾年／妳在那裏／無盡的淚水／已把妳／載到天涯／或者海角？／／
> 十幾年來／我在每一個街角拐彎／都渴望不期然遇見／一個撲面而來的驚喜／一個撐傘而來的妳／二十歲的妳，或者／七十歲的妳／我都喜歡／／

---

[45] 海德格爾，《在通向語言的途中》 61。

> 讓我們在街角緊緊擁抱／來時路多痛苦多漫長／都不許回頭
> 看／十幾年的寂寞淚水愛與恨……／啊，都不要說／只讓我抱著瘦
> 小多病／衣衫襤褸的妳（渡也，〈都不要說〉，《空城計》[46]）

深情的書寫，在渡也多個詩集中迭相互現，是愛情主題的力作。有的詩不
無強烈的自嘲、自曝與反諷，特別是面對情人的配偶的善意相待時。現代、
後現代主義與文化深處的道義傳統的爭奪衝突，批判精神的聚焦，令詩行
無疑更具張力。如：

> 幾年來／那人常寫信給我／打電話來／常到我住的地方／／
> 　自從他太太的眼淚／來找我／來找我的眼淚／我決心不去開
> 信箱／拒絕電話／把所有門窗鎖上／／
> 　然而，那人仍在／仍在我心裏徘徊／向我揮手，微笑／／
> 　我只好天天睡覺／試圖將他從心中趕走／心，也決心不想他／／
> 　啊，那人竟然／仍然醒在我夢裏／／（渡也，〈那人〉，《空城
> 計》[47]）

類似題材的詩作還如〈今晚我從臺北來〉、〈散文家〉等。展示情愛世界的
「喧囂與騷動」，不假掩飾地揭示意欲人生的荒誕性以及人性的衝突、內
心的掙扎。再如：

> 我在研究兼愛的思想／並且實踐這套理論／阿桃卻站在我心
> 的邊緣地帶／哭得墨子束手無策／阿桃指責王蘭花搶走她的地盤
> ／搶走了我的心／那株蘭花動手抓破阿桃的果皮／後來李小梅也
> 加入／兵荒馬亂之中／在我小小的心裏／製造一個愛的／春秋戰
> 國／／
> 　她們一起打破了墨子的哲學體系／我彷彿聽到／墨子揮汗高
> 聲急呼／非攻非攻（渡也，〈兼愛非攻〉，《空城計》[48]）

---

[46] 渡也，〈都不要說〉，《空城計：渡也情詩集》（台北：漢藝色研，1998）90。
[47] 渡也，〈那人〉，《空城計：渡也情詩集》　104。
[48] 渡也，〈兼愛非攻〉，《空城計》　120。

這是苦笑的寓言敘事，通過「迂回」的言說，表現選擇的困難與自我交戰。渡也情詩更多的，還是滲透著感傷淚水的追憶以及幻滅之感。如〈妹妹〉——

　　　　　……

　　　妳轉過頭來問我妳是誰／妳是誰啊浪花互相擁抱／又揮手分離／無歡的潮汐湧過來／又含淚退回去了／我緩緩回答妳（啊大海也知道）／「上帝叫我帶妳來到這個人世／妳就是我最最深愛的／但永遠不能結髮為夫妻的妹妹」／／——節自渡也《空城計》頁 10
　　　渡也，〈妹妹〉，《空城計》[49]

總體而言，渡也情詩基調是鬱積、深情與自嘲、反諷，包括「戲仿」甚至「惡搞」（色情成分）。他的情詩如同重複著存在主義這樣的理論：「人將不可避免地直面自身的真相：這是唯一真正的解決方式。他必須認識到他的基本孤立和孤獨與他的命運無關；他必須清楚並沒有可以為他解決問題的超自然的力量。他必須這樣，因為他無法逃脫對自身的責任，並且事實上只有利用自身的力量，他才能使生命獲得意義。[50]」

　　如同在路上，渡也情詩抒發大膽披露自己的情史乃至隱私、內心世界包括罪感與荒唐，用意無非於此，在這些情詩中，「還鄉」的語詞救贖意義十分明顯，中華詩興空間與神曲意義展示，如題為〈三國演義〉、〈李白〉〈詩經衛風：氓〉、〈灞橋〉、〈中國結：兩隻老虎〉等詩作，無異於擦拭現實痛楚感傷淚水（他自己的詩題形容是「菊花淚」）的「紅巾翠袖」、精神慰藉。渡也情色詩近乎「自暴自棄」的不假掩飾的示愛，在他前輩詩人（如紀弦、瘂弦、余光中、洛夫等）詩中極為少見，原屬男性社會中心諱莫如深的題材領域，渡也不遺餘力加以渲染表現、「非難」，是存在主義哲學傾向使然，亦是他詩歌著力表現語詞還鄉與救贖的特異方式。

---

[49]　渡也，〈兼愛非攻〉，《空城計》　10。．
[50]　麥克羅伊　20。

六、新一代鄉愁詩人

　　渡也的詩寫得很多，用他自己《流浪玫瑰》序中的打趣說，在臺灣論品質他進入不了前十名，產量他則必定穩居前十。的確，其才如泉湧，風格多樣化，寫詩似乎已成一種生存樣式與自救屬性，在語詞還鄉的道路上，沒有停止過腳步。除了上述充滿生活氣息與歷史況味、感情糾葛的作品外，渡也還有一些另類風格的作品，如詩劇、兒童詩、科幻詩、諷刺詩、生態詩、散文詩等，內容亦正亦反，亦莊亦諧，如洪波彙集，不捐小溪，充分表現出試圖解構傳統與重構心靈世界的現代性努力。他深受現代哲學的影響，似已「不可救藥」。從一首奇怪的小詩可見一斑：

　　　　黑格爾跑到曠野／無拘無束的曠野／在夕陽下／對著自己／大聲喊：／放我出來！（渡也，〈《西洋哲學史〉，《憤怒的葡萄》[51]〉

詩集《憤怒的葡萄》最後一首題為〈天使〉，令人觸目驚心：

　　　　我沿著四月四日的早晨／散步過去／準備在開幕典禮時／用笑聲輕拍／那些天使的肩膀／／

　　　　走進廣場我才發現／兒童死了一地／他們靜靜帶走了／人類巨大的夢／沒有小草／這世界如何生長呢／／

　　　　我含淚將世上所有的／露水和初生的紅玫瑰／撒在他們身上／這樣／仿佛是／整部人類史的／閉幕典禮（渡也，〈《天使〉，《憤怒的葡萄》[52]〉

為什麼用這首短詩結束詩集《憤怒的葡萄》，我想，其義自見。我們在閱讀的時候，腦海裡撞來集中營、海灣戰爭（1990-91）、汶川大地震（2008.5）以及當下中東地區的血腥衝突場景（如近日發生的巴基斯坦塔利班暴徒沖進學校屠殺軍人子弟學校百餘名中小學生，2016.7.15）等一個個令人心碎的畫面。我們的存在有時候只是形骸，而沒有靈魂。救贖的方法，按存在

---

[51]　渡也，〈西洋哲學史〉，《憤怒的葡萄》（台北，時報文化出版事業有限公司，1983）140。

[52]　渡也，〈天使〉，《憤怒的葡萄》146-47。

主義哲學的說法，就是語詞的道路，即文藝的避難所。從〈永遠的蝴蝶〉開始，渡也一直在向我們暗示著生活的可怕的一面，如上引〈天使〉「閉幕典禮」一出。這首詩帶給我們的衝擊無疑是痛苦，而「事實上，痛苦就是一個淨化的過程。在大多數情況下，人只有經過這一淨化過程才會神聖化，亦即從生存意欲的苦海中回頭。[53]」「在目睹悲慘事件發生的當下，我們會比以往都更清楚地看到，生活就是一場噩夢，我們必須從這噩夢中醒來。[54]」「醒來」、「回頭」都寓意著向人的本質居所尋求庇護歸宿。在此方面，渡也大量的書寫，構建了一座精神建築、一個心靈港灣。他的詩文中多次表達這樣的指向與寄寓，如前引《我策馬奔進歷史》等，再如《不准破裂》一集中〈上班〉一首，縷述「淚水」「黑暗」，末闋寫：

> 我永遠上班／帶著一顆巨大的心／在人生旅途上／在中國文學史上／在通往永恆的路上（渡也，〈上班〉，《不准破裂》[55]）

「真正的現在是永恆性。[56]」渡也在現代人異化與喧囂的道路上，堅持走著自己選擇的語詞還鄉、穿越之路，抒發著孤寂的文化與精神的鄉愁，品味著時間歷練永恆意味的堅果——

> 上樓到書房去／風雨向生命襲來／上樓到書房去／遺失職業了／上樓到書房去／家中沒有柴米油鹽醬醋茶／上樓到書房去／讀書／／
> 生而為讀書人／不准有眼淚（渡也，〈上樓到書房去〉，《我是一件行李》[57]）

「不准有眼淚」，「不准破裂」，眼淚用於煮字洗硯，滲透著現代人的孤寂追求、純粹精神與懷疑的世界觀。在工業與後工業化、資本主義社會形態的臺灣，堅持從某方面來說也意味著放棄、放逐甚至犧牲。渡也給自己「不

---

[53] 韋啟昌譯，《叔本論道德與自由》（上海：上海人民出版社，2006）275、276。
[54] 叔本華，《叔本華美學隨筆》 52。
[55] 渡也，〈上班〉，《不准破裂》 85。
[56] 海德格爾，《存在與時間》（*Existence and Being*），陳嘉映、王慶節合譯（北京：生活・讀書・新知三聯書店，2006）487。
[57] 渡也，〈上樓到書房去〉，《我是一件行李》（臺北：晨星出版社，1995）195。

准破裂」的命令，以詩界鬥士般的姿態與「過客」般的孤注一擲迎接存在
的痛苦：

> 狂風暴雨有時來示威遊行／我全力抵抗／當乾旱造訪時／大
> 腦和雙手是我的信仰／我從不相信／神（渡也，〈以農立國〉，《我
> 是一件行李》[58]）

存在主義哲學誕生的先聲、條件即「上帝死了」，渡也的詩歌關注人生活
的方方面面，能從哲學深處開墾，展示與維繫人生困惑，表現人性的莊嚴
與社會的荒誕，他甚至走著一條「以文入詩」即無時、無事不可入詩的
探索道路，生活的各個層面各個細節，無時不可擷取入詩，吟成章節。以
詩代簡，以詩啟事（尋人、辭職等），以詩日誌、以詩論文、以詩寫史，
以詩議政，以詩教學……。也許他的詩並非都好，有些也稍嫌浮泛輕率，
選材不夠謹嚴，像詩集《我是一件行李》中連入廁大便、內痣流血及一些
個人隱私等都吟成詩行，形容有加，令人略感流於無謂，「惡搞」雖有揭
示荒誕性之意，但機智中戲謔超標近於輕浮淺露，後現代過了頭。這種弊
端瑕疵他另外詩集中也或有存在。才捷不免辭浮、辭累。渡也年輕時寫的
長篇敘事詩被前輩名家贊許後表達遺憾：「但是散文化之病仍然偶見」[59]。
這恰如過去劉勰（約 465 年- ？）評司馬相如（約前 179 年－前 117 年）：
「長卿傲誕，故理侈而辭溢。[60]」不過，魯迅（周樟壽，1881-1936）的翻
案文章卻評論為「卓絕漢代」[61]。畢竟文藝的生命更在於立意、用情、創
新、嘗試。重要的是詩人的詩質，以及語詞的能力。叔本華說：「要評價
一個天才，我們不應該盯著其作品中的不足之處，或者，根據這個天才
稍為遜色的作品而低估這個天才的價值。我們只應該看到他最出色的創
造。[62]」

---

[58] 渡也，〈以農立國〉，《我是一件行李》　189。
[59] 余光中，〈最後的長城・余光中評語〉，《最後的長城》　43。
[60] 劉勰，《文心雕龍・體性》　309。
[61] 魯迅，《漢文學史綱要》，《魯迅全集》，卷 9（北京：人民文學出版社，1982）
418。
[62] 叔本華，《叔本華美學隨筆》　128。

七、結語

　　渡也的文學成就即「最出色的創造」，在於他具有的存在主義意識與
文化鄉愁互動互文的形象書寫。縱觀其創作歷程，由代言、代筆性質（如
《流浪玫瑰》「返鄉」輯）以及打量、觀望（如「民藝」等「靜物寫生」）、
詠史（如《最後的長城》）終至《我策馬奔進歷史》、《憤怒的葡萄》、
《不准破裂》等，經歷了語詞的裂爆與蛻變，由旁觀者、見證者轉向親歷、
交融、穿越、互文、重構，以及時間的現代性分享，空間敘事，表現詩人
對現代世界衝突的勇敢面對、不假掩飾，以及「獨一性」的言說。其鄉愁
更多來自生命體驗與文化精神層面，來自中華漢語文化現代被擠縮、壓迫
甚至威脅、異化的現實危機與暴力（包括軟暴力）困惑狀態中。渡也以語
詞狂歡（他僅詩集就多達十九部）這一還鄉行為與詩意棲居，包括碎片化
的寫作，集中映射自由決擇與悲劇精神之維，展示精神家園的指歸。「唯
有一脈相通的靈犀才能把我們導向那裡。[63]」中華文化核心言說這「相通
的靈犀」，令「流浪玫瑰」等散發出別致的高尚與芳香。（完）

---

[63]　海德格爾，《存在與時間》　452。

參考文獻目錄

BEI

北京大學哲學系美學教研室編.《西方美學家論美和美感》。北京：商務印書館，1980。

DE

德里達（Derrida, Jacques）.《文學行動》（*Arts of Literature*），趙興國等譯。北京：中國社會科學出版社，1998。

DU

渡也.《不准破裂》。彰化：彰化縣立文化中心，1994。
——.《憤怒的葡萄》。台北：時報文化出版事業有限公司，1983。
——.《流浪玫瑰》。台北；爾雅出版社有限公司，1999。
——.《我是一件行李》。臺北：晨星出版社，1995。
——.《永遠的蝴蝶》。台北：聯合報社，1980。
——.《我策馬奔進歷史》。嘉義：嘉義市立文化中心，1995。
——.《我是一件行李》。臺北：晨星出版社，1995。

GUO

郭沫若.〈中國左拉之待望〉，《中國文藝》1.2（1937）：260-2。
——.〈中國左拉之待望〉，《郭沫若學刊》4（2011）：1-5。

HA

哈貝馬斯，于爾根（Habermas, Jürgen）.《現代性的哲學話語》（*The Philosophical Discourse of Modernity*），曹衛東等譯。南京：譯林出版社，2004。

HAI

海德格爾（Heidegger, Martin）.《存在與時間》（*Existence and Being*），
　　陳嘉映、王慶節合譯。北京：生活・讀書・新知三聯書店，2006。
——.《林中路》（*Off the Beaten Track*），孫周興譯。上海：上海世紀出
　　版社集團，2008。
——.《在通向語言的途中》（*On the Way to Language*），孫周興譯。北京：
　　商務印書館，2004。

HEI

黑格爾（Hegel, Georg Wilhelm Friedrich）.《精神現象學》（*The Phenomenology
　　of Mind*），賀麟，王玖興譯，上卷，2版。北京：商務印書館，1979，
　　6-7。
——.《歷史哲學》（*Philosophy of History*），王造時譯。上海：上海書店
　　出版社，1999。

LIU

劉勰.《〈文心雕龍〉注釋》，周振甫注。北京：人民文學出版社，1982。
流沙河編.《臺灣詩人十二家》。重慶：重慶出版社，1983。

LU

魯迅.《魯迅全集》。北京，人民文學出版社，1982。

MAI

〔美〕麥克羅伊，大衛斯戴維斯（McElroy, Davis Dunbar）.《存在主義與
　　文學》（*Existentialism and Modern Literature: An Essay in Existential
　　Criticism*），沈華進譯。瀋陽：春風文藝出版社，1988。

SHU

叔本華（Schopenhauer, Arthur）.《叔本華美學隨筆》，韋啟昌譯。上海：
　　上海人民出版社，2004。
——.《叔本論道德與自由》，韋啟昌譯。上海：上海人民出版社，2006。

SI

司馬遷.《史記・孔子世家》。北京：中華書局，1984。

WU

吳興明.《比較研究・詩意論與詩言意義論》。北京：北京大學出版社，2013）28。

YA

瘂弦，〈抒大我之情──瘂弦評語〉，《最後的長城》。台北：黎明文化事業股份有限公司，1988，4。

ZHANG

張放.〈論杜甫是鄉愁文學的鼻祖〉，《四川大學學報》（社科版）6（2010）：76-81。

──.〈論冰心文學的古典氣質與「鄉愁」書寫〉，《冰心論集 2012》，王炳根主編。上海：上海交通大學出版社，2013，565-73。

──.（張嘆鳳）.《中國鄉愁文學研究》。成都：四川出版集團巴蜀書社，2011。

The Return to Township of Word and Poetic Residence Theory - Du Ye's Cultural Nostalgia of Existentialism Tendency

Fang ZHANG

Professor Faculty of Letters Sichuan University

Abstract

Although the themes of modern literature in Taiwan are rich and spectacular the most direct clear and impressive literature symbol to the Chinese world is the Taiwan Nostalgia Theme Literature. The first generation literary masters of modern nostalgia literature are almost these who transferred from Chinese mainland to Taiwan and made a career there. Their works are mostly describing the hometown of Chinese mainland and the spirit of nostalgia. The most outstanding representative of the second generation of nostalgia literary writers is Du ye who didn't have the experience and memory of living in Chinese mainland during adolescence like the previous generation writers but he filled the intense thought of homeland into his creation realized the realm of the "Road to Home of Words "and the "Poetic Dwelling "by Heidegger. This make his works have profound mood and even better than the previous writers in presence sense which derive from motivation of spirit and nostalgia of culture as well as literary talent. Du ye loves Taiwan where he grown up and lived in but the root thought and the distinct sense of Chinese history in his mind as well as the understanding of the life of Chinese language promoted his majestic style and shown the charm. "Harmony of Emotion and Mettle unison of Words and Forms" not only had been shown in his many history narrative poems but also in short lyrical poems.

And these expressed great nostalgia is his soul of character creation and a very attractive theme among his many talent masterpiece. In this type of writing although he still retains the post-modern liberal colors such as generous playful ironic and exposure the spirit of historical and cultural identity and nostalgia made the way to return to a more soulful realm elastic stronger language and a richer poetic sentiment. At the same time the noble of the tragedy and magnificent signifier promote his works across literary classics to new ranks of nostalgia.

Keywords: The Literature of Taiwan, Du ye, Nostalgia, *Poetic Dwelling* by Heidegger

《閱讀渡也》　227-248。

成人化的二維語義空間建構[*]

——論渡也兒童詩中的親情詩和生態詩

■沈玲

作者簡介

　　沈玲（Ling SHEN），女，江蘇新沂人，文學碩士，廈門大學嘉庚學院教授，主要研究領域為臺灣華文詩歌，主要論著有《詩意的視界》（2012）、《詩意的語言》（2007）、〈論瘂弦詩歌的語詞建構及其詩意風格〉（2005）、〈依賴心理與鄭愁予詩歌的孤獨感研究〉（2006）、〈洛夫詩歌的文本與身體隱喻研究〉（2007）、〈土地的記憶與地圖的書寫——餘光中詩歌論〉（2008）、〈周夢蝶詩歌中有關「雪」的物質想像研究〉（2009）、〈動物描寫與生態倫理的人文觀察——商禽詩歌文本的生態學批評〉（2010）、〈貓族隱喻與都市生態——以朱天心〈獵人們〉為中心〉（2010）、〈蕭蕭詩歌的「白色」想像〉（2010）、〈詩歌文本的生態倫理意識——白靈詩歌論〉（2010）、〈詩歌語義的多元建構——唐文標詩論研究〉（2011）、〈隱地詩歌中的時間詞隱喻〉（2011）、〈林煥彰詩歌中貓的生態與想像〉（2010）、〈向陽詩歌文本的「無聊」意義的建構〉（2012）、〈路寒袖詩歌文本的語義風格解讀〉（2014）等。

論文提要

　　在當代臺灣詩壇上，渡也被視為是臺灣中生代的主力之一，先後出版的十五部詩集確立了他在海外華語詩壇不容忽略的地位。而其對兒童詩的自覺書寫，彰顯出知識份子的良知和社會的擔當。本文即以其兩本兒童詩

* 本文研究得到福建省哲學社會科學基金專案「臺灣中生代華文詩歌的多維研究」（2014B061）和廈門大學哲學社會科學繁榮計畫 2013 年資助課題「臺灣語文問題研究」資助，謹致謝忱。

集《陽光的眼睛》、《地球洗澡》為考察對象，通過對其間親情詩和生態詩的梳理以觀其「擬童心說稚語的背後的人生態度」。

關鍵詞：渡也、兒童詩、語義空間、親情詩、生態詩

一、引言

　　原名陳啟佑的渡也（1953- ）自 1980 年代出版詩集以來，筆耕不輟，用力頗勤，收穫也頗豐，先後出版詩集 15 部[1]。對於文學創作，渡也一直秉持開放的心態，如其所言：「作家，要有開闊的心靈及勇敢的嘗試，才能豐富每一個文學的明日。[2]」也正是在這種開放的心態下，他的詩作具有形式多樣、風格多元的特點。在形式上，既有四行小詩〈雨中的電話亭〉等，也有如〈宣統三年〉一般的 180 行敘事長詩；既有散文詩的成功嘗試，更有大量分行的自由體詩創作，此外還創作了詩劇《金閣寺》；在表達方法上，有抒情詩、敘事詩、哲理詩；從題材上說，更讓人眼花繚亂，「小自小草、野花，大至世界、宇宙，包羅萬象，我關懷的物件巨細靡遺。[3]」總之，渡也既是一位充滿活力不知疲倦馳騁詩壇 30 多年的常青樹，又是一位富有挑戰自我、不斷創新精神的優秀詩人，一位以多樣的詩歌形式播撒人文精神的歌者。他以其對詩歌的熱愛和執著，確立了他在臺灣當代中生代詩人群中不可小覷的地位。

　　在詩歌的世界裡，內在的意義只有通過一定的外在形式（文字等符號）才能表達出來。因此，渡也在詩歌寫作中傳達意義的語言，它們所表達的意義構成了特定的語義空間，本文擬運用語義空間理論（Theory of Semantic Scope, TSS），擇取其兒童詩集《陽光的眼睛》和《地球洗澡》為考察對象，以觀其「擬童心說稚語的背後的人生態度」[4]。

---

[1] 渡也迄今共出版了 15 部詩集，按照出版年先後分別為：《手套與愛》（台北：故鄉出版社，1980）；《陽光的眼睛》（臺北：成文出版社，1982）；《憤怒的葡萄》（臺北：時報文化出版司，1983）；《最後的長城》（臺北：黎明文化公司，1988）；《落地生根》（臺北：九歌出版社，1989）；《空城計》（臺北：漢藝色研文化公司，1990）；《留情》（臺北：漢藝色研文化公司，1993）；《面具》（台中：台中縣立文化中心，1993）；《不准破裂》（彰化：彰化縣立文化中心，1994）；《我策馬奔進歷史》（嘉義：嘉義市立文化中心，1995）；《我是一件行李》（台中：晨星出版社，1995）；《流浪玫瑰》（臺北：爾雅出版社，1999）；《地球洗澡》（彰化：彰化縣文化局，2000）；《攻玉山》（彰化：彰化縣文化局，2006）；《澎湖的夢都張開翅膀》（澎湖：澎湖縣政府文化局，2009。）
[2] 鄭懿瀛，〈和渡也愉快讀詩〉，《書香遠傳》40（2006）：47。
[3] 渡也，〈年光誤空轉思家〉，《我策馬奔進歷史》（嘉義：嘉義市文化中心，1995）3。
[4] 李瑞騰，〈語近情遙——渡也詩略論〉，《國文學誌》10（2005）：232。

二、渡也兒童詩的二維語義空間

　　兒童詩的語義建構方式，是兒童最早接觸外在世界的一種認知與表達方式，可以歸結為是一種程式化「適形」的語義空間圖式[5]。

　　渡也屬意於兒童詩的寫作，完全源於一個作家的社會擔當。因為自小他接觸到的兒童文學作品全是舶來品，這一閱讀經歷使他意識到：「自小對本國的兒童文學幾乎陌生則非好事。於是我在年少時代開始寫詩，希望能為臺灣的下一代盡點心力，彌補外國兒童讀物充斥的那種缺憾。[6]」這份希冀與他在〈中國兒童文學〉一詩中流露出來的擔憂有異曲同工之妙：「叔叔又在寫童話／叔叔說／外國童話看多了／頭髮就會變金色／眼睛變藍色。[7]」這份擔當給他帶來了責任，而責任並非永遠沉重。渡也懷揣一顆童心，「站在小孩的立場，以小孩的語言、題材、想像、觀點，來寫童詩。[8]」充滿童真童趣，不僅溫暖了孩子們閱讀的天空，也澄澈了成人的閱讀世界。

　　成人寫兒童詩，鑒於年齡的差距、心態的變化與認知方式的差異，如何超越年齡的鴻溝、如何貼近兒童的心態寫作，並寫出符合兒童心理特點、審美特徵與認知水準的詩作，對兒童詩人而言，無疑存在著先天的挑戰。享有臺灣「國寶級的兒童文學家」之譽的林煥彰（1939- ）先生針對成人寫作兒童詩也提出了自己的真知灼見：

　　　　成人為兒童寫詩，就是要讓兒童也擁有適合他們閱讀的詩，讓
　　　　他們有機會透過有形象、有韻味的語言，體會人生的真、善、美[9]。

5　這一理論依據來自格式塔心理學理論，該理論於本世紀初由德國心理學家韋特墨
　　（M・Wetheimer 1880-1943）、苛勒（W・kohler 1887-1967）和考夫卡（K・Koffka
　　1886-1941）創立的。該學派反對把心理還原為基本元素，把行為還原為刺激-反應
　　聯結。他們認為思維是整體的、有意義的知覺，而不是聯結起來的表像的簡單集合。
　　外在的「形」都是適應於內在結構之「基」的。
6　渡也，〈自序〉，《地球洗澡》 9。
7　渡也，〈中國兒童文學〉，《地球洗澡》 133。
8　渡也，〈自序〉，《地球洗澡》 9。
9　林煥彰，〈給孩子們一對想象的翅膀〉，《林煥彰兒童詩選》（合肥：安徽少年兒
　　童出版社，1991）220。

因為兒童詩的主要閱讀對像是兒童，所以兒童詩的創作者必須有一顆孩童的赤子之心，以童心去揣摩兒童的心理，以兒童之眼去關照世界、選取哪些可觀可感的形象來表現孩子的內心世界。而兒童世界因為缺少成人世界的人生閱歷和經驗而單純、溫暖、直觀，所以一首優秀的兒童詩首先在內容上要貼近兒童的生活，反映出這種單純、溫暖與直觀，使之容易被兒童理解、接受、欣賞甚至激起情感上的互動，在詩行間撒播啟迪、教育的種子。

此外，兒童詩的語言要符合兒童的用語習慣，使用最富於感情最凝練有韻律分行的語言來表情達意，淺顯平易，而立志要「推翻六、七十年代的詩語言，重新塑造一種新的平易的語言，並且迅捷有力的擊中鵠的[10]」的渡也，在兒童詩創作中更是堅持這一詩歌語言的理念。再者，兒童文學的創作者必有一顆不老的童心，只有具備一顆童心，才能真正接近或走入兒童世界，說童言、寫童趣，寫出真正的兒童詩，渡也的兒童詩無疑具備了這些特點。

兒童詩大多取材於日常生活，所以在渡也想像的孩子世界裡，日月星辰、花草魚蟲、小孩拌嘴打架等一應凡事俗物、尋常小事，經過孩童式想像力的過濾，立馬有了生動、有趣的姿容和可愛、稚拙的面影。如因揭別的孩子頭上生瘡的短處而被打卻深感委屈，發誓要報仇，結果以「我回家畫了一張臭頭的臉／五十個黑點／然後用力把他踩在地上／吐一口痰／臭頭！[11]」的孩子氣完成了自己的發洩報復，或者因懼怕母親威力雖氣憤偷吃自己餅乾的弟弟卻又無可奈何的〈大螞蟻〉[12]，或者描畫出每一個曾有過童年癡迷於自己喜愛動畫片經歷的過來人共同感受的〈無敵鐵金剛〉[13]，以及「颱風又來了／把好消息也吹來了／電視很高興地說：／國小一律放假[14]」的少年不知愁滋味的天真無邪，還有那「老天膀胱不好／天天小便[15]」的不憂之憂，形象說明生命輪回富有哲思的〈花之二〉和啟

---

[10]　《漢語新詩名篇鑒賞辭典》（臺灣卷），傅天虹主編，張默賞析。wenwen.sogou.com/z/q319643457.htm，2011 年 9 月 12 日，引用於 2014 年 10 月 28 日。

[11]　渡也，〈臭頭龍仔〉，《陽光的眼睛》　21。

[12]　渡也，〈大螞蟻〉，《陽光的眼睛》　34。

[13]　渡也，〈無敵鐵金剛〉，《地球洗澡》　93。

[14]　渡也，〈颱風天〉，《地球洗澡》　71。

[15]　渡也，〈老天膀胱不好〉，《地球洗澡》　76。

人深思的〈椅子〉等等，兩部詩集 113 首詩中，像這樣充滿童真、童趣、童心的佳作比比皆是，它們是渡也立志為中國兒童寫詩，以淺近的語言，兒童式的想像和豐沛的兒童情感吟唱的一首首或生動或溫暖或深刻的歌謠。

　　兒童接觸的外在世界其實並不宏大，因為受其活動範圍所限，基本上集中於家庭與周圍環境，所以兒童詩的內容相對而言沒有成人詩歌那麼複雜，親情與自然就構成了兒童詩歌的二維語義空間。現把《陽光的眼睛》《地球洗澡》中有關生態詩、親情詩篩選如下：

表 1：渡也兒童詩中的親情詩

詩集	篇目
《陽光的眼睛》	無
《地球洗澡》	〈猴〉（1987）、〈釣魚〉（1983）、〈魚〉、〈賽鴿〉（1987）、〈地球洗澡〉（1984）、〈請給我們一顆全新的地球吧〉（1994）、〈綠色的歌〉（1985）[16]

表 2：渡也兒童詩中的生態詩

詩集	篇目
《陽光的眼睛》	〈魔術師〉 〈陽光的眼睛〉[17]
《地球洗澡》	〈母愛〉（1987）、〈康乃馨〉（1986）、〈媽媽之一〉〈媽媽之二〉（1988）、〈爸爸的葡萄〉〈種菜〉（1988）、〈願〉[18]、〈牛〉（1986）

---

[16] 分見《地球洗澡》：〈猴〉　52-54；〈釣魚〉　60-61；〈魚〉　62-64；〈賽鴿〉　67-68；〈地球洗澡〉　78；〈請給我們一顆全新的地球吧〉　80-82；〈綠色的歌〉　88-90。

[17] 分見《陽光的眼睛》　33，69-70。

[18] 分見《地球洗澡》：〈母愛〉　20-22；〈康乃馨〉　24-25；〈媽媽之一〉　26-27；〈媽媽之二〉　28-29；〈爸爸的葡萄〉　32；〈種菜〉　48-49；〈願〉　140-41；〈牛〉　65-66。

誠如英國哲學家洛克（John Locke, 1632-1704）所言，兒童的頭腦宛如一張白紙，成人在這張潔白的紙上繪出的一點一線，都是構成整個圖案的基礎[19]。所以，一個富有社會責任感的兒童詩人，不會只停留於形態逼真地再現兒童的思維、心理、生活點滴趣事，而是要通過詩人自身的認真思考同時積極在白紙上描畫真善美的圖畫。渡也兒童詩中的親情詩和生態詩部分即是他在白紙上勾勒出的生動的一點一線，構成了他兒童詩的二維語義空間，也最能凸顯他詩行背後的人生態度。

三、「童心感世」的親情語義空間

父母親情是人類情感中最為溫柔的一部分，也是文學書寫的永恆主題之一。古往今來不知有多少文人墨客為此賦詩作文低吟淺唱，古有「母氏聖善，我無令人」（〈凱風〉[20]）的令人動容的殷殷表達，今有「母親啊，你是荷葉，我是紅蓮。心中的雨點來了，除了你，誰是我在無遮攔天空下的蔭蔽[21]」的真情歌贊；中國有膾炙人口的「誰言寸草心，報得三春暉」的深情慨歎，外國有海涅（Heinrich Heine, 1797-1856）「你有滲透一切的、崇高的精神，／光芒四射，直飄向日月星辰[22]」的母愛高歌。而母親又是孩子的第一任老師，由於母親和孩子之間骨肉相連的關係，所以從心理學上講，母親是孩子依戀需要的主要對象。因此，毋容置疑的是，在兒童的世界裡母親的地位最舉足輕重。

---

[19] 洛克繼承和發展了亞里斯多德的蠟塊說，認為人出生時心靈像白紙或白板一樣，只是通過經驗的途徑，心靈中才有了觀念，這就是著名的「白板說」，主張認識來源於經驗的一種哲學思想，西方哲學家用它來比喻人類心靈的本來狀態像白紙一樣沒有任何印跡。因此，經驗是觀念的惟一來源。洛克拋棄了笛卡爾等人的天賦觀念說，而認為觀念分為兩種：感覺（sensation）的觀念和反思（reflection）的觀念。感覺來源於感官感受外部世界，而反思則來自於心靈觀察本身。與理性主義者不同的是，洛克強調這兩種觀念是知識的唯一來源。洛克還將觀念劃分為簡單觀念和複雜觀念，不過並沒有提供合適的區分標準。

[20] 祝敏徹、趙浚、劉成德、張文軒、侯蘭生、郭芹納譯注，《詩經譯注》，（蘭州：甘肅人民出版社，1984）66。

[21] 冰心《往事（一）之七》，《冰心散文全編》（上），傅光明、許正林編（杭州：浙江文藝出版社，1995）93。.

[22] 海涅（Heinrich Heine, 1797-1856），〈獻給我的母親 B・海涅〉（"To My Mother B. Heine"），《海涅詩選》，錢春綺譯（濟南：山東大學出版社，1999），33。

關於親情語義空間的這十首詩是對母愛、父愛的歌贊。通過上表1和表2，我們清晰發現無論對於親情的描寫還是對於生態的關注，出版於1982年的《陽光的眼睛》在數量上明顯遜色於 2000 年發行的《地球洗澡》。翻檢渡也的創作年表，得知其子介甫出生於 1989 年，〈母親〉、〈康乃馨〉等皆不是出於兒子給渡也帶來的創作靈感，而是詩人啟迪兒童的自覺之作。

> 老師說：／「紅色康乃馨／代表母愛／白色康乃馨／沒有母愛」／母親節那天／姐姐在花瓶裡／插了好多康乃馨／有紅的／也有白的／哇，好多好多的母愛／／弟弟就問：／「為什麼插幾朵白的？」／姐姐回答說：／「要讓那些有母愛的／照顧沒有母愛的」（〈母愛〉，《地球洗澡》[23]）

> 小明胸前戴了／兩朵康乃馨／一朵紅色／一朵白色／／我問他為什麼／他說：「我本來有媽媽／後來，媽媽又嫁別人了」（〈康乃馨〉，《地球洗澡》[24]）

> 母親好傷心啊／帶著白花／她沒有媽媽／我帶著紅花／我有媽媽／／喔，我知道了／世上所有的紅花／都有媽媽／只有白色的康乃馨／沒有媽媽（〈媽媽之一〉，《地球洗澡》[25]）

草有草言，花有花語，在花的海洋裡，康乃馨是母愛之花的象徵。如何向孩子進行愛的教育，傳遞愛媽媽敬母親的心意，無疑是詩人要考量的一大問題。構思的別致，是這組康乃馨詩作的最大特點。孩子感知世界的方式多樣，對於學齡兒童來說，喜「聞」樂「見」也是他們感知世界的主要方法。在小學生心理，老師是神靈，老師的話有壓倒一切的絕對權威，所以，在〈母愛〉中，渡也巧妙地以老師簡單、質樸、不帶任何感情色彩的兩句話揭開佈道的序幕，孩子們從聆聽中產生情感的共鳴，接受了康乃馨代表母愛，紅色祝願母親健康長壽，白色表達對母親懷念之意的花語。在〈媽媽之一〉裏，渡也又從視覺出發，讓兒童感知色彩不同的意義：「世上所有的紅花／都有媽媽／只有白色的康乃馨／沒有媽媽」。

---

[23] 渡也，〈母愛〉，《地球洗澡》 20-22。
[24] 渡也，〈康乃馨〉，《地球洗澡》 24-25。
[25] 渡也，〈媽媽之一〉，《地球洗澡》 26-27。

　　三首關於母愛和康乃馨的詩因為故事背景的不同，主題上雖各有偏重，卻都一樣令人動容。《母愛》以「要讓那些有母愛的／照顧沒有母愛的」姐姐對弟弟「為什麼插幾朵白的？」疑問的作答，昇華了母愛的主題。整首詩的語言像尋常餐桌上的白米飯一樣，樸實無華，但在孩子自然而然的插花動作和絲毫不做作的天真對答中，我們看到了有情人渡也要肯定要傳播的暖暖情懷，即在母愛浸潤下滋養的由一己之愛而擴展到「老吾老以及人之老」的大愛。這份大愛在〈媽媽之二〉中再度重現：「我也請神保佑他自己的／媽媽，以及／天下所有的媽媽」[26]。

　　〈康乃馨〉表達的感情較為複雜，以母親之花命名卻讓主人公小明失去了母愛，同情之中不無隱喻意義。仍然是紅白兩色的康乃馨，但已不在瓶中，而是在小明的胸前；也已不是《母愛》中姐姐的博愛情懷體現，它是小明對自己的追悼。紅色康乃馨是母親存在的象徵，母親在，小明戴上了；而白色表達的是紀念、追悼，母親改嫁，不在了，小明戴上了它。在孩子直觀的思維中，紅白兩色共同出現在自己身上，不衝突，各歸各的，清清爽爽。

　　有人說父愛如山，母愛似水，也有人說母愛似清風似清泉，父愛如茶如酒，但無論是山是水還是清風溫泉、茶與酒，在孩子直觀、單純的世界裡，他們還是很能難理解山的堅毅沉穩，水的包容綿長，茶的先苦後甘，酒的蘊藉綿香的。從心理學上說，易被孩子理解的意象首先要具有具體、直觀的特點，這樣才易於被理解、接受，情感也才會被打動。母親節大街小巷遍佈的康乃馨無疑是孩子心中表達母愛的最佳選擇。親情詩中涉及母親形象的共有 6 首，以康乃馨直接入題的占 3 首，所以說，渡也以具體的康乃馨直觀地告訴孩子們，康乃馨——母親的花。渡也站在孩子思考、接受問題的立場，以這種清清爽爽的區分展現了小明複雜的內心活動和對母愛的深切渴盼。母親，難以遺忘，母愛，讓他流連，但「媽媽又嫁別人了」的殘酷現實把這份不捨變得慘白無力。在小明怯怯弱弱的一句答疑中，是否有渡也代表孩子對大人（家長）的質問？

---

[26] 渡也，〈媽媽之二〉　28-29。

　　紅色康乃馨白色康乃馨，紅白二色交替映現在孩子清澈的雙眸中，流轉在他們簡單稚嫩的心田，以一幕幕質樸而動人的畫面傳遞愛的資訊，進行愛的偉大教育。

　　「男主外，女主內」，由於中國傳統家庭角色定位的不同，日常生活中，母親陪伴孩子的時間居多，所以母教對孩子的成長具有深遠影響。《種菜》中的母親無疑是智慧的，在孩子厭食不吃飯的情況下，沒有一般母親著急、訓斥或追著餵食情況的發生，而是波瀾不驚地輕描淡寫一句：不要緊，下午陪自己去菜園。聰明的母親知道孩子不吃飯的「病」在哪裡，經過一個下午菜園裡的「拔草、澆水、施肥／我肚子好餓／」成為不僅知道了「菜是喝媽的汗水長大的」，而且雖然「晚上／菜和中餐一樣／但是，我吃了兩碗飯／還吃了好多魚和菜」，母親的智慧、母子情深盡在「菜園」一景和一餐一飯中。

　　社會的積極引導、母教的正能量傳遞，培育出來的孩子必將是善的、美的，秉承中華傳統美德的。《陽光的眼睛》是首小敘事詩，以一個叫小明的小男孩天真的言行再現了百善孝為先的孝行故事：

> 　　住在對面的李大年哥哥告訴我／陽光可以治療媽媽的眼睛／我趕快到春天的草地去捉／陽光的眼睛／用小手帕把好多好多陽光的眼睛包起來／帶著春天高高興興跑回家／我在家門口摔了一跤／討厭／手帕裡的陽光全打翻了／「媽媽……陽光飛掉了」我急得哭了／和我一起回家的春天也不要我了／可是，隔壁王阿姨把我扶起來／「陳小明，不要哭」我擦乾聽話的淚水，／王阿姨在黑暗的客廳裡對我說：／「陽光，小明／陽光就在你眼睛裡」（〈陽光的眼睛〉，《陽光的眼睛》[27]）

母親、陳大年、小明、王阿姨，有動有靜，有明有暗，有聲有色，有情有愛。用手帕捉太陽的眼睛——陽光的行為，在成人的世界裡看似荒誕、滑稽，但小明的一片赤子之心最終感動的不僅僅是他失明的母親，而是整個成人世界。

---

[27] 渡也，〈陽光的眼睛〉，《陽光的眼睛》　69-70。

　　由於社會分工的差異，父親或許因為忙於工作，所以陪伴孩子的時間較少，因此，兩部詩集中關於父子之情的詩只有四首，不到寫母親詩作的一半，但孩子對父親的尊重與喜愛程度絲毫不亞於母親。

　　〈魔術師〉呈現出來的情境可以說是很多孩子的共同經歷：

> 　　每一次爸爸從北部做生意回來／一定會從他的大皮箱中／變出許多玩具來／你不知道／我爸爸真是萬能魔術師／電視裡的那個魔術師變魔術／也很好看／但有什麼用處呢／他變的東西又不是給我的／只有爸爸變出來的東西／樣樣都是我小明的／我爸爸真是萬能魔術師（〈魔術師〉，《陽光的眼睛》[28]）

出差外地的父親回家，總會給孩子帶來他喜愛的玩具，帶來一片歡聲笑語。我們可以充分想像到，當小明的父親從大皮箱中拿出一件件玩具時，站在旁邊像看魔術師變戲法的小明是何等的驚奇和欣喜，而父親在兒子的歡叫聲中更是享受到了那份能夠給孩子帶來快樂的喜悅和自豪，身在外心系家的父愛情懷呼之欲出。

> 　　年老的爸爸在果園裡種了／許許多多的葡萄／弟弟說那是紫色的眼睛／姐姐卻說那是／爸爸一生的汗珠／（〈爸爸的葡萄〉，《地球洗澡》[29]）

該詩以弟弟「那是紫色的眼睛」形象比喻和姐姐的那是「爸爸一生的汗珠」抽象比喻作對比，傳達出孩子對父親勞動辛苦的認知，與寫母親菜園辛勞的《菜園》有異曲同工之妙。同類型的還有《牛》，高高瘦瘦的爸爸像牛一樣辛勞在地裡耕耘，為誰辛苦為誰忙？為的「只要我們像稻子一樣／快快長大，趕緊結實／」。

　　母子之情中寫孝的有〈陽光的眼睛〉，父子情深中有〈願〉可與之媲美：

> 　　爸爸／當你年老時／我願成為你的牙齒／幫你咬東西／我願成為你的胃／替你消化食物／／

---

[28] 渡也，〈魔術師〉，《陽光的眼睛》　32-33。
[29] 渡也，〈爸爸的葡萄〉，《地球洗澡》　32。

因為……／因為我也喜歡／吃（〈願〉,《地球洗澡》[30]）

在非常口語化的淺顯語句中,「孝」的表達沒有豪言壯語,沒有華麗的藻飾,甚至要成為父親的牙、胃的原因看上去都那麼可愛、好笑。但喚起孩子們行孝美德的欲望就是在這種貼近孩子語言、思維的天真詩行中表現出來。渡也是位重孝行的詩人,在成人詩如〈母親的懷抱〉[31]、〈土壤改良與文學研究——寫給父親〉[32]中也繼續這種宣揚母愛、父愛的親情詩寫作。

四、「童言知世」的自然語義空間

俄羅斯思想家奧斯賓斯基（P.D. Ouspensky, 1878-1947）認為:「地球是一個完整的存在物……我們認識到了地球——它的土壤、山脈、河流、森林、氣候、植物和動物——的不可分割性,並且把它作為一個整體來尊重,不是作為有用的僕人,而是作為有生命的存在物……」[33]伴隨著工業社會的發展,生態環境的惡化,生態意識吸引了詩人的注意。兒童詩屬意於自然語義空間的描寫,表達對生態的關注,大抵一般是成人意識的投射,所以這一認知與表達方式來自於成人世界對自然的理解,可見這一自然語義圖式應該說並非是兒童在自然狀態下的建構。所以,我們解讀渡也的兒童詩,如果剝去外在的兒童式形式表達,在抽取出圖像的視覺表像特徵和語義建構特徵來解讀時,發現大多符合的是成人觀念中對於「環境」的普泛認識,折射出來的深刻的人類的對待自然環境的行事準則,其用意恐怕也與成人的環境保護的觀念有關。

自二十世紀 70 年代開始,臺灣大力發展經濟,但在工商業獲得突飛猛進發展,都市圈迅速擴大,臺灣人民物質生活極大豐富起來的同時,是自然生態環境的嚴重破壞。環境的退化、物種的滅絕、各種污染、核能政策以及資本主義現代化都市生活環境等等問題一股腦兒地伴隨經濟的發

---

[30] 渡也,〈願〉,《地球洗澡》 140-41。
[31] 渡也,《我策馬奔進歷史》 174。
[32] 渡也,〈土壤改良與文學研究——寫給父親〉,《憤怒的葡萄》（臺北:時報文化出版事業有限公司,1983）1-3。
[33] 何懷宏‧《生態倫理——精神資源與哲學基礎》（保定:河北大學出版社,2002）448。

展推到臺灣人們面前。作為社會良心的作家們，責無旁貸地從 70 年代中期即有開始為臺灣的生態保護進行呼籲，但到 80 年代前後才漸成氣候，渡也兒童詩中的生態主題詩作即是這一社會、文化背景下的產物。所以，對照表二可以有一個鮮明的對比發現，《陽光的眼睛》50 首詩中沒有涉及生態問題詩作的出現，而《地球洗澡》收錄的 63 首詩中有 7 首關乎生態內容，占了九分之一的比重。這一變化說明，伴隨著臺灣生態問題的嚴重，渡也勇於擔當的社會責任意識再次使其詩歌觸角自覺地觸碰生態這一社會問題，並試圖對兒童產生影響，樹立保護環境，從娃娃抓起的可貴信念。因為隨著人類對大自然的過度索取，人類正在漸漸失去「詩意棲居」的生存環境。生態危機某種意義上說是由於公民生態意識的缺乏導致的生態觀念的危機，所以生態意識的培養在消除生態危機的過程中事關重要。兒童是人類的希望與未來，培育兒童的生態意識無疑是公民生態教育中最重要的一個環節。因而，生態兒童詩顯得尤為重要。

　　七首生態詩中，〈釣魚〉、〈猴〉和〈賽鴿〉涉及到了人與動物的關係問題。生態倫理學認為：「有思想的人體驗到必須像敬畏自己的生命意志一樣，敬畏所有生命意志。他在自己的生命中體驗到其他的生命。[34]」也就是說，要像關懷自己的生命一樣關懷其他生命，關懷其他生命就是關懷自己的生命。但如何向孩子傳遞這種意識？渡也的這幾首詩堅持從童心的純真出發，通過小主人公「我」的換位思考，在對爸爸釣魚、耍猴人耍猴、叔叔訓練賽鴿的觀察中，表達動物關懷的心理，體現思考人與動物關係的生態倫理情懷。

　　　星期天我和爸爸去釣魚／看魚和爸爸舉行／拔河比賽／魚輸了／就默默哭泣／整個池塘都是／魚的眼淚（〈釣魚〉，《地球洗澡》[35]）

「整個池塘都是／魚的眼淚」無疑是一個出人意料的別致聯想，魚的眼淚，又何妨不是見證者小主人公的眼淚。看到爸爸釣上了魚，沒有一般小

---

[34] 阿爾貝特・施韋澤（Albert Schweitzer, 1875-1965），《敬畏生命：五十年來的基本論述》（*Ehrfurcht vor dem Leben*），陳澤懷譯（上海：上海社會科學院出版社，2003）9。

[35] 渡也，〈釣魚〉，《地球洗澡》　60-61。

讀者經歷過的歡呼躍雀，而是魚兒的眼淚，小主人公的傷心，相信這一情緒反差的處理會給閱讀者帶來巨大的情感衝擊力、視覺衝擊力。

> 叔叔養了幾十隻鴿子／他說鴿子參加比賽／可以賺大錢／／
> 每天他把鴿子趕出去／命令它們飛，拼命飛／說那就是上課／」（〈賽鴿〉，《地球洗澡》8[36]）

小抒情主人公依據自己對生活中上課的認識，面對疲倦的拼命飛的鴿子心裡不禁納悶並責問：「鴿子繞了幾個大圈／很辛苦／還喘著氣／叔叔為什麼不讓它們下課呢」。

鴿子、魚默默承受人的迫害，還缺乏自我意識，而猴子卻不一樣了。渡也採用擬人化的手法，以兒童的心態猴眼看人世。主人為了賺錢，不停歇的從早到晚讓他們在街頭巷尾耍把戲，他們抱怨人類對他們的不尊重，對他們自由的限制。

> 主人叫我們天天耍把戲／替他賺錢／在街頭，在巷尾／從早到晚／累死了／／聽說人是猴子變的／那我們就是／人的祖父祖母嘍／／
> 人太過分了／居然不尊敬祖先／還把我們關著／不能出去看卡通／打電動玩具／不能出去吃麥當勞／孫悟空也不來救我們／／
> 不過／我們還是要勇敢活下去／慢慢等，慢慢變／總有一天／會變成人（〈猴〉，《地球洗澡》[37]）

兒童的思維非常富有跳躍性，天馬行空，所以詩裡的猴不僅想到「那我們就是人類的祖父祖母嘍」、「孫悟空也不來救我們」，而且最後還暢想未來：「慢慢等，慢慢變／總有一天／會變成人」。

〈猴〉是渡也借孩子之眼動物之口為動物的申辯之聲，即如辛格所言：「被迫害的動物不能組織起來反對所遭受的虐待，雖然他們能夠而且一直在個別地盡其所能進行反抗。我們必須為這些不能為自己申辯的動物說話。」[38]在孩子天真善良的世界裡，魚兒的天空在水裡，自由暢遊是它

[36] 渡也，《賽鴿》，《地球洗澡》 67-68。
[37] 渡也，〈猴〉，《地球洗澡》 53-54。
[38] 辛格（Peter Singer, 1946-），《動物解放》（*Animal Liberation*），祖述憲譯（青島：

們的生命本分；訓練賽鴿既然是給鴿子上課，那麼作為學生的鴿子就得像他們一樣，有上課也有下課；活潑的猴也得有自由，有自己支配的時間和生活，有被尊重的權利，動物的喜怒哀樂他們感同身受，所以直接可以替動物代言。在孩子還比較簡單的思維裡，他們還不會瞭解英國近代功利主義思想家傑羅米・邊沁（Jeremy Bentham, 1748-1832）的思想，但如果聽說邊沁的倫理思想基礎是快樂主義他們肯定會歡快擁抱的[39]。邊沁認為避苦趨樂是人與動物的共同本性，而避苦趨樂又是以肉體的感受為條件的，所以當人類根據行為是導致痛苦還是快樂為標準進行道德評判時，邊沁主張要把動物的快樂與痛苦考慮在內。因此，「一個行為是善是惡，只要考慮它的結果如何而定。其所以是善，是因為它能夠引起愉快或排除痛苦；其所以是惡，是因為它能夠引起痛苦或排除愉快。[40]」或者更明確地說，「善的本質是：保持生命，促進生命」「惡的本質是：毀滅生命，毀壞生命。[41]」魚在流淚、鴿子在疲憊中飛行、猴子在抱怨生命的不被尊重，而導致痛苦與不快產生的原因是人類的欲望。人與動物生命平等的秩序被打破，但人畢竟不是地球上唯一的動物，他的存在有賴於其他生命和整個世界的和諧。所以如果人類一意孤行，踐踏其他動物的尊嚴和權利，人類將走向生命的孤獨。一句「慢慢等，慢慢變／總有一天／會變成人」的開放式結句似乎是對人類惘惘的威脅。在通俗淺白的語言，生動有趣甚至奇特的想像中，孩子們自然而然地進行了一場人與動物生命平等意識的教育。

　　人對動物的態度是人對自然態度的一個縮影[42]。對動物生命缺乏尊重、愛護的人類對自然當然如法炮製。

青島出版社，2004）4。

[39] 傑羅米・邊沁（Jeremy Bentham, 1748-1832）是英國的法理學家、功利主義哲學家、經濟學家和社會改革者。他是一個政治上的激進分子，亦是是英國法律改革運動的先驅和領袖，並以功利主義哲學的創立者、一位動物權利的宣揚者及自然權利的反對者而聞名於世。

[40] 羅國傑，宋希仁，《西方倫理思想史》，下卷（北京：中國人民大學出版社，1988）375。

[41] 施韋澤　91-92。

[42] 楊通進，〈非典、動物保護與環境倫理〉，《求是學刊》5（2003）：34。

　　〈地球洗澡〉、〈綠色的歌〉、〈魚〉和〈請給我們一顆全新的地球吧〉是四首關於環境污染問題的詩作。地球是生命的搖籃，人類的家園。但隨著社會發達的程度越來越高，公路越來越多越來越長越來越寬，摩天大樓櫛次鱗比而起，森林被大量砍伐，山禿了，耕地被大量佔用，「都市丟了綠色的衣服／鄉村也丟了綠色的褲子／大地就打赤膊，光著屁股」[43]，生活垃圾堆積如山，池塘充斥著臭鞋、空罐頭盒，綠色的人類家園被撕裂得千瘡百孔。賴於生存的家園沒有了，生命的搖籃被毀了，生命離消亡也就不遠了，為了臺灣的將來，為了人類的未來，渡也要把這一憂患意識及時傳遞給孩子們。「禮拜六下午／我和爸爸去釣魚／池塘的臉／比上個月還黑／不知道為什麼」[44]，把水面說成「池塘的臉」，是孩子觀察事物的直觀反映和萬物皆有靈性皆有生命的自然體認，一個「黑」說明瞭河水的污染，一個「還」強調了污染的加重，雖然在孩子的心裡「我」還不明白為什麼會這樣，但在爸爸先後釣起的空罐頭盒和臭鞋裡，從爸爸的一句「二十世紀的魚」詛咒中，小夥伴們明白了池塘的臉為什麼越來越黑的原因。面對環境的污染，髒兮兮的地球，渡也以一場大雨和兒童的直觀想像乾淨利索地完成了問題的解決：「昨天愛乾淨的大雨來找它／就給地球沖冷水澡／在大自然的浴室裡。[45]」大地洗乾淨了臉，她還要梳妝打扮：「趕快給大地穿上衣服／穿上褲子，戴上綠帽／這樣子，可以遮太陽／也免得它著涼感冒／它也會歡笑。[46]」完全孩子似的思維和口語化的自言自語，雖看似淺顯地反映兒童看到的的表面問題現象，實則是詩人憂時傷事的深刻表達。

　　〈請給我們一顆全新的地球吧〉是七首生態詩中詩形較為考究，態度也最為嚴肅、生態危機感最強的一首：

　　　　我今年六歲，小名阿牛／聽說三十年前／小溪把自己洗乾淨後會歡呼／魚蝦也會唱流行歌／而今，黑暗急遽生長／我們看不見微笑／／

---

[43] 渡也，〈綠色的歌〉，《地球洗澡》　88。
[44] 渡也，〈魚〉，《地球洗澡》　62-64。
[45] 渡也，〈地球洗澡〉，《地球洗澡》　78。
[46] 渡也，〈綠色的歌〉，《地球洗澡》　89。

> 我是小惠，今年十歲／空氣，水和陽光都已高齡／請給我們一
個初生的／像嬰兒的地球／／
>
> 我叫大雄，十五歲／據說三十年前／大地會輕快地奏綠色樂章
／而今，空罐頭塑膠保麗龍／拉高嗓門混聲合唱／／
>
> 才三十年／就用掉一個地球／／
>
> 再三十年／將用掉一個月亮（〈請給我們一顆全新的地球吧〉，
《地球洗澡》[47]）

這首詩前三個詩節比較對稱，分別以 6 歲的阿牛、10 歲的小惠、15 歲的大雄先後登場的自薦形式，敘說各自聽說的 30 年前的故事或現今的祈求。三十年前「小溪把自己洗乾淨後會歡呼／魚蝦也會唱流行歌」，三十年前「大地會輕快地奏綠色樂章」，而今「很暗急劇生長」、「空氣、水和陽光都已高齡」、「空罐頭塑膠保麗龍／拉高嗓門混聲合唱」，人類「才三十年／就用掉了一個地球」，所以「請給我們一個初生的／像嬰兒的地球」。詩歌演繹的是「地球是我們所知道的宇宙中能夠維持人類生命的唯一星球，但人類的活動卻逐步使得地球很難適合人類繼續生活下去」[48]的話題，雖是兒童詩，但不見一點兒童的歡快和稚嫩，唯有沉重和迫切的危機感貫穿始終，最後以「再過三十年／將用掉一個月亮」的預言危機警醒天下，珍惜所有，敬畏所有！渡也的這種強烈的生態危機意識體現了臺灣知識份子積極關注社會、幹預社會、改變社會的歷史擔當。

可見，這裡構建的自然語義空間同詩人渡也的認知構架密切相關，也反映出語義建構過程中詩人以自身在人類與自然關係中的生存根基為出發點，提取環境意象轉化為符合成人認知結構系統架衍範疇的詩歌符號形象。其語義空間圖式，既依生於成人世界，不遠離環境秩序，又從有限而又感性的直觀材料中尋找到成全詩人觀察、體驗兒童世界的語義表述手段。

---

[47] 渡也，〈請給我們一顆全新的地球吧〉，《地球洗澡》　80-82。
[48] 羅伯特‧艾倫（Robert C.Allen），《如何拯救世界》（*How to Save the World*），（北京：科普出版社，1986）1。

五、結語：兒童詩的獨特語義空間

　　根據格式塔心理學理論，「基—形關係（figure-ground relation）」是「形（figure）」由於其自身特點，而依賴於其所在之「基（background）」；「基」相當於一個結構，「形」則載於其中，因而受其潛在的語義結構制約。兒童詩的語義空間也是這樣，表現出的語義世界之「形」是外在的，那是通過童心感受到的以及用童言表達出來的語義世界，而內在之「基」則是成人化的語義結構，這是一個難以規避的悖論。

　　如何破解這一認知悖論？我們看到，兒童的成長不僅是生理成長的過程，更是心理成長、精神成長的重要過程，當兒童詩與兒童相遇時，超越年齡的兒童詩人就要自覺地肩負起引導的重任，確實如此，如何超越年齡的認知差異，其間的橋樑大抵是以「愛」來溝通兩個世界。

　　無疑的，渡也即以一顆童心，寫童趣，書童真，描畫兒童成長中活潑生動的畫面；以一顆愛心，寫親情，寫自然，陶冶兒童的道德品質，培養他們的道德認識。相信這些詩曾經像也一直會像一條寧靜的小溪，流進孩子的心田，滋潤著他們的心靈，讓他們從小樹立起關愛父母的親情意識和關愛地球的生態意識，這也是兒童能夠感知到的兩個最為主要的語義空間。應該說，通過親情詩和生態詩，我們看到了渡也在詩行背後浮現出來的人生態度。

參考文獻目錄

BIN

冰心.《冰心散文全編》，傅光明、許正林編。杭州：浙江文藝出版社，1995。

BU

布迪厄，皮埃爾‧（Bourdieu, Pierre）.《藝術的法則——文學場的生成和結構》（*The Rules of Art: Genesis and Structure of the Literary Field*），劉暉譯。北京：中央編譯出版社，2001。

DU

渡也.《地球洗澡》。彰化：彰化縣文化局，2000。
——.《陽光的眼睛》。台北：成文出版社，1982。

GENG

耿占春.《失去象徵的世界——詩歌、經驗與修辭》。北京：北京大學出版社，2008。

GU

古繼堂.《臺灣新詩發展史》。北京：人民文學出版社，1989。

HAI

海涅（Heine, Heinrich）.《海涅詩選》，錢春綺譯。濟南：山東大學出版社，1999。

HE

何懷宏.《生態倫理——精神資源與哲學基礎》。保定：河北大學出版社，2002。

HONG

洪子誠、劉登翰.《中國當代新詩史》，北京：北京大學出版社，2009。

HU

胡曉明.《詩與文化心靈》。北京：中華書局，2006。

LI

李瑞騰.〈語近情遙──渡也詩略論〉，《國文學誌》10（2005）：221-33。

LUO

羅國傑、宋希仁.《西方倫理思想史》，下卷。北京：中國人民大學出版社，
　　1988。

MENG

孟澤.《何所從來：早期新詩的自我詮釋》。北京：九州出版社，2011。

SHI

史懷澤，阿爾貝特（Schweitzer, Albert）.《敬畏生命：五十年來的基本論
　　述》（*Ehrfurcht vor dem Leben*），陳澤懷譯。上海：上海社會科學院
　　出版社，2003。

WEI

威廉斯，雷蒙・（Williams, R.）.《關鍵詞──文化與社會的詞彙》（*Keywords:*
　　A Vocabulary of Culture and Society），劉建基譯。北京：三聯書店，
　　2005。

XIONG

熊輝.《五四譯詩與早期中國新詩》。北京：人民出版社，2010。

YANG

楊通進.〈非典、動物保護與環境倫理〉，《求是學刊》5（2003）：34-36。

YE

葉浩生.《西方心理學的歷史與體系》，2 版。北京：人民教育出版社，2014。

ZHANG

張桃洲.《現代漢語的詩性空間──新詩話語研究》。北京：北京大學出版
　　社，2005。

ZHENG

鄭懿瀛.〈和渡也愉快讀詩〉，《書香遠傳》40（2006）：46-49。

Fauconnier, G. *The Way We Think: Conceptual Blending and the Mind's Hidden Complexities*. New York: Basic Books 2002.

Gavins, J. & G. Steen eds. *Cognitive Poetics in Practice*. London & New York: Routledge. 2003.

Goatly, Andrew. *Washing the Brain: Metaphor and Hidden Ideology*. Amsterdam: John Benjamins Publishing Company 2007.

Hergenhahn, B. R. & T. B. Henley. *An introduction to the History of Psychology*. Belmont CA: Wadsworth: Cengage Learning 2014.

Hirage, M. *Metaphor and Iconicity: A Cognitive Approach to Analysing Texts*. NY: Palgrave Macmillan 2004.

Koffka, Kurt. *Principles of Gestalt Psychology*. London: Routledge and Kegan Paul Ltd 1935.

Stockwell, P. *Cognitive Poetics: An Introduction*. London: Routledge 2002.

Discussion about Kinship Poems and Ecopoetries in Children's Poems of Du Ye's

Ling SHEN

Professor, Tan Kah Kee College, Xiamen University

Abstract

The author of children's poem must has an innocent heart likes a child so that to conjecture children's thought and "to describe children's inner world by selecting visible perceptible and vivid images". This paper chooses two collections of children's poems and discusses "the attitude towards life behind a children's heart" though text analysis of kinship poems and ecopoetries using theory of literary psychology and eco-literature. This paper assumes that though children's poems of Du ye's are based on daily life usual things such as sky plants insects and fighting between little children become vivid interesting and lovely once going through the children's world which Du ye image. At the same time along with serious environmental problem Du ye dare to take the responsibility which making his poems touch such problem consciously.

Keywords: Du Ye Children's Poems Kinship Poems Ecopoetries Images

總主編的話

■總主編　黎活仁

問：您對渡也認識多久？

答：三年前明道的周夢蝶研討會見過一面，之後，在明道的隱地研討會，
渡也教授又再應邀講評，又見過一面，兩次都沒有交談過。之前，倒
是陳義芝教授曾託他把大作寄給我，應該是十多二十年前的事，簡政
珍和林燿德的《臺灣新世代詩人大系》（1990）一書出版之時，其時
我已有志於研究臺灣新詩。到現在為止，始終沒有機會詳細交換意
見。他住的地方收訊不好，打十次十次都不通。結果終於放棄，不再
聯絡了。辦研討會，總是有些事情需要溝通的。

問：為什麼會研究臺灣新詩？

答：我在大學任教時開一門臺灣文學的課，好像也講授了二十年左右。課
程內容應該什麼都有一點比較好，包括新詩。

《閱讀渡也》的編輯

問：《閱讀渡也》的作者大部分是內地學者，他們如何獲取臺灣研究資料？

答：先把渡也詩集、散文集及其他著作掃瞄，提供給各位，研究資料和學
位論文，蒐集到後，也陸續以電郵寄給各位，故應該是滿齊全的。

問：您覺得內地學者做得怎麼樣？

答：有幾篇寫得好，四川社科院游翠萍老師的一篇，能觀察到渡也的死亡
書寫，別具慧識，應屬首選。南京東南大學張娟老師於垂直與空間的
論文，組織到不少有關房子的素材，巴什拉常用垂直的概念，因為人
是用腿直立起來的，因此垂直有正面意義，房子是直立的，故也是垂
直的，這方面巴什拉並未對他的「垂直詩學」加以完善，有待後人重
新建構。臺灣的新詩研究比較一般，孟樊在他的著作《當代臺灣新詩
理論》也有過這一觀點，內地學者的研究經驗，剛好可以互補。內地

學者以前的問題是看不到臺灣書籍和研究材料，如果研討會前準備工作做得充足，說不定可收意想不到的效果。

問：會不會有理解上的錯誤？

答：論文收到後，交三位學者糊名評審，或稱盲審，作者在出版前據此作了修訂。另外，又對引用文獻逐字作了核對。

問：誤植會不會很多？

答：有一位學者，幾乎每個注都是不正確的，後來因事退出；這一覆核記錄公開之外，後來收到的，已有改善。

問：內地有逐字覆核的嗎？

答：《中國社會科學》在 2014 年開始，已要求作者提供 PDF 覆核。依我十年來覆核學術著作經驗，在臺灣誠品書店架上的新書，「平均」每本有五百到一千五百個誤植，學報或論文集錯漏可達兩千個。

目前的渡也研究

問：目前的渡也研究您認為如何？

答：以幾篇碩士論文最重要，建議今後適用內地「論文盲審」制度，淘汰劣質碩論。

問：學位論文也用「盲審」嗎？

答：內地除博士論文外，碩論的部分章節也送盲審。

問：盲審是否有用。

答：最近看去年出版的一篇村上春樹博士論文，如果是通過盲審，表示這一制度是形同虛設。

問：那麼為什麼仍然推薦這種制度？

答：什麼制度，都需要時間才上軌道的。

問：盲審是否表示對博導的指導，有所懷疑？

答：估計也是原因之一，博導碩士的指導功能，出了問題：1）.博碩導不具備指導能力，情況亦普遍；2）.研究生入學之後，不聽指揮，這也十分常見。

問：大學教授為什麼沒有指導能力？

答：雖然也寫論文，但沒有論文寫作能力。籌辦《國際村上春樹研究》之
　　時，內地有一位學者說她寫博士論文時，看過所有內地相關的研究資
　　料，覺得層次都很低，希望《國際村上春樹研究》能夠改變這種情況。
　　另外，中國社會科學院的張夢陽教授說魯迅研究，一百篇只有一篇有
　　新意。指導教授本身並無謀篇能力，如何可以指導學生。

問：有什麼改善的方法。

答：鼓勵老師一對一教本科生寫作論文，如是會比較有效，台中科大就這
　　樣辦起本科生研討會。實踐檢證一年生也能寫作達博士水準的論文。

對渡也著作的整體印象

問：閱讀過渡也的著作，有什麼印象？

答：渡也的抒情散文，譬如《永遠的蝴蝶》、《歷山手記》，很有何其芳的
　　味道，內容以失戀為題材的特別如此，臺灣的散文名家輩出，因為散
　　文不好研究，因此也就沒有大量的研究成果可言。

問：渡也的詩作應怎樣評價？

答：渡也某種程度，像法國的巴代耶，直面情欲與死亡。以中國人對佛教
　　的理解，多少也於身後事有心理準備；但情欲的問題，渡也的探索，
　　比「下半身寫作」風潮來得早，而且量較多，在將來編寫的學術史也
　　可能會認為較重要。

關於《閱讀渡也》的想法

問：怎對評價《閱讀渡也》一書？

答：將來會成為研究生學習寫作論文的經典。

現代文學評論　PG1697　文學視界 82

閱讀渡也

總 主 編 / 黎活仁
主　　編 / 江寶釵、白靈
責任編輯 / 盧羿珊
圖文排版 / 楊家齊
封面設計 / 蔡瑋筠

發 行 人 / 宋政坤
法律顧問 / 毛國樑　律師
出版發行 / 秀威資訊科技股份有限公司
　　　　　114 台北市內湖區瑞光路 76 巷 65 號 1 樓
　　　　　電話：+886-2-2796-3638　傳真：+886-2-2796-1377
　　　　　http://www.showwe.com.tw
劃撥帳號 / 19563868　戶名：秀威資訊科技股份有限公司
　　　　　讀者服務信箱：service@showwe.com.tw
展售門市 / 國家書店（松江門市）
　　　　　104 台北市中山區松江路 209 號 1 樓
　　　　　電話：+886-2-2518-0207　傳真：+886-2-2518-0778
網路訂購 / 秀威網路書店：http://www.bodbooks.com.tw
　　　　　國家網路書店：http://www.govbooks.com.tw

2017 年 4 月　BOD 一版
定價：420 元

國家圖書館出版品預行編目

閱讀渡也 / 黎活仁總主編. -- 一版. -- 臺北市：
秀威資訊科技, 2017.04
　　面；　公分. -- (現代文學評論；PG1697)
(文學視界；82)
　BOD 版
　ISBN 978-986-326-417-0(平裝)

　1. 陳啟佑　2. 新詩　3. 詩評

851.486　　　　　　　　　　　106003879

讀者回函卡

感謝您購買本書，為提升服務品質，請填妥以下資料，將讀者回函卡直接寄回或傳真本公司，收到您的寶貴意見後，我們會收藏記錄及檢討，謝謝！
如您需要了解本公司最新出版書目、購書優惠或企劃活動，歡迎您上網查詢或下載相關資料：http:// www.showwe.com.tw

您購買的書名：_____

出生日期：_____年_____月_____日

學歷：□高中 (含) 以下　　□大專　　□研究所 (含) 以上

職業：□製造業　□金融業　□資訊業　□軍警　□傳播業　□自由業
　　　□服務業　□公務員　□教職　　□學生　□家管　　□其它_____

購書地點：□網路書店　□實體書店　□書展　□郵購　□贈閱　□其他

您從何得知本書的消息？

　□網路書店　□實體書店　□網路搜尋　□電子報　□書訊　□雜誌
　□傳播媒體　□親友推薦　□網站推薦　□部落格　□其他_____

您對本書的評價：(請填代號　1.非常滿意　2.滿意　3.尚可　4.再改進)

　封面設計____　版面編排____　內容____　文／譯筆____　價格____

讀完書後您覺得：

　□很有收穫　□有收穫　□收穫不多　□沒收穫

對我們的建議：_____

_____

_____

_____

11466
台北市內湖區瑞光路 76 巷 65 號 1 樓
秀威資訊科技股份有限公司　　收
BOD 數位出版事業部

⋯⋯⋯⋯⋯⋯⋯⋯⋯⋯⋯⋯⋯⋯⋯⋯⋯⋯⋯⋯⋯⋯⋯⋯⋯
（請沿線對折寄回，謝謝！）

姓　　名：＿＿＿＿＿＿＿＿＿　年齡：＿＿＿＿　性別：□女　□男

郵遞區號：□□□□□

地　　址：＿＿＿＿＿＿＿＿＿＿＿＿＿＿＿＿＿＿＿＿＿＿＿

聯絡電話：(日) ＿＿＿＿＿＿＿＿＿＿＿ (夜) ＿＿＿＿＿＿＿＿＿＿＿

E-mail：＿＿＿＿＿＿＿＿＿＿＿＿＿＿＿＿＿＿＿＿＿＿＿＿